작가론 총서 **17**

조지훈

————

최승호 편

새미

20세기 한국문학은 해체와 통합이 서로 길항작용을 벌이며 진행되어 왔다. 기존의 굳어 가는 시스템과 권력을 허물어버리고 삶의 유연성, 곧 삶의 민주화를 확보하려는 것이 해체의 전략이라면, 혼돈스럽게 해체된 바탕에 새로운 삶의 형식과 질서를 부여하려는 노력이 통합의 열망이다. 이처럼 해체와 통합은 매우 자각적으로 전략적으로 반복될 필요가 있다. 해체를 위한 해체가 비판받아 마땅하지만, 맹목적인 통합 또한 배제되어져야 한다. 실제 우리의 20세기 문학에는 부정정신을 상실한 해체, 허무적인 해체가 범람했고, 파시스트적인 통합 또한 남과 북을 휩쓸곤 했었다.

요새는 바야흐로 서정적 통합이 강조되는 때이다. 1990년대 해체시의 선두주자였던 사람들이 요즘 들어 신화에 몰두하고 있다. 그들은 근대화에 의해 파괴된 신화적 상상력을 복원함으로써 사물들간의 원초적 화합을 이끌어내고자 한다. 또 한쪽에서는 서구 낭만주의자들에게서 보이던 동일자 중심의 근대적 통합을 거부하며 새로운 탈근대적인 방법을 개발하고 있다. 그들이 꿈꾸는 탈근대는 오히려 전근대, 그것도 동양적 전근대에서 그 가능성을 찾아오고 있다. 또 다른 한쪽에서는 미메시스적 방법을 통한 새로운 통합에의 방법도 논의하고 있다. 그것은 극도로 분열되고 상대주의화된 이 시대 객관적이고 보편적인 미를 제시함으로써 분열된 삶을 통합할 뿐만 아니라, 삶의 도덕적 진보를 꾀할 수 있다고 본다.

조지훈은 전통 동양적 방법으로 통합을 꿈꾼다. 그는 제유적 방법으로 사물들간의 통합을 꿈꾸는데, 유가적인 전통의 세례를 강하게 받은 그는 단순한 제유에 머물지 않고 은유로까지 나아가고 있다. 사물들간의 부분적 독자성과 유기적 통합을 강조하면서도 전일적 개념으로서의 태극을 내세우고 있다는 점에서 그는 우주적 통합의 중심을 부각시키고 있다. 그리고 통합에 있어서 인간 주체의 역할도 상당히 강조하고 있다. 이처럼 제유를 끌어안고 은유로까지 고양되는 삶의 방식은 오늘날과 같이 극도로 분열된 시대 바람직한 통합을 위한 현실적 방법의 하나로 참고할 만하다 할 것이다.

보수 개혁, 즉 고전, 전통에 대한 확고한 믿음 위에서 현실을 개혁, 발전시키려는 노력은 오늘날 많은 시사점을 던져주고 있다. 남과 북의 극한적인 대치상태로 이 땅에서 보수주의라는 용어는 너무나 왜곡되어버렸다. 이 시대 조지훈을 통해 진정한 보수주의가 무엇인지 재검토해보는 작업은 의의가 있을 것으로 본다. 근대이후 동양학 자체에만 매달리는 것은 시대착오적일 수 있다. 조지훈 자신도 그의 생애 후기에 동양적인 직관에만 머무는 것의 한계를 인식하고 근대적인 분석의 방법을 동원코자 했다.

하지만 예술성(동양적 직관)과 비평성을 하나의 틀 안에다 성공적으로 버무려내지 못한 채 그는 이 세상을 떠나갔다. 단순히 안이하게 물아일체를 노래하는 것으로 만족할 수 없다 하는 데서 지식인의 아름다운 양심을 읽을 수 있을 것이다. 개인의 내면적 차원에서나 사회역사적 차원에서의 바람직한 통합을 위한 그러한 노력과 열정에서 온건 보수주의자의 진실된 고뇌를 읽을 수 있는 것이다. 우리는 그의 유유자적의 미학 속에 들어있는 뼈아픈 고독과 핏빛 오기의 냄새를 맡아야 하리라. 존재들간의 참된 만남을 위한 열망과 쓰라린 좌절의 날카로운 사금파리를 만져봐야 할 것이다.

삶의 모델이 없는 시대, 조지훈이 추구한 고전주의적 방법, 곧 미메시스 시학은 새로운 구원의 길이 될 수 있을 것이다. 객관적이고 보편적인 미에 대한 열망과 그것을 모방하려는 시학은 서정적 통합을 위한 새로운 방법으로 부각될 수도 있을 것이다. 우리는 좀더 차분해지고 냉정해질 필요가 있지 않을까.

귀한 원고를 보내준 필자들과 정찬용 사장님을 비롯한 도서출판 새미 관계자들에게 심심한 감사의 인사를 드린다. 자료수집과 워드작업 등에 도움을 준 윤상덕과 권한밀 그리고 김해인에게 감사의 말을 전한다. 진정한 통합에 대해 고민하는 모든 분들과 사심 없는 깊은 대화를 나누고 싶다.

2003. 봄
편집인 최승호

I. 연구논문

II. 연구자료

III. 연보 및 연구 서지

I. 연구논문

詩와 선비의 미학

- 조지훈론 -

김용직

1. 머리말

趙芝薰은 우리 현대시와 시단, 지성사에 거연히 솟아오른 크고 높은 산봉우리다. 그는 시인으로 자처했으나 여느 시인처럼 詩作만을 일삼은 데 그치지 않았다. 시를 쓰기 전부터 그는 민족 운동의 선구자적 자질을 보였다.[1] 또한 평생을 대학에서 한국문학을 가르치는 교수로 살았고, 6·25 사변 후에 빚어진 자유당 정권의 전제적 폭압이나, 4·19, 5·16에 임하여서는 정치적 비리에 맞서 한 시대를 바로잡으려는 지사의 모습을 보였다. 그가 오랫동안 고려대학의 교수로 후진을 지도하면서 젊은이들에게 올곧은 정신 자세와 의기를 가르친 일도 널리 알려진 바와 같다.

그러나 조지훈은 그 모든 일에 앞서 시인이며 문학자로 살고자 했다. 1939년 『문장』지를 통하여 시가 추천되면서 그는 시인의 길을 걸었다. 8·15직후에는 당시 우리 시단의 화제를 모은 청록파 3인시집 『靑鹿集』을 출

---

1) 조지훈이 경상도 주실에서 상경한 것이 그의 나이 17세를 헤아린 1936년이다. 그는 상경하자 곧 기미독립 선언의 33인 가운데 하나인 한용운을 찾았고 이어 다음해에는 그와 함께 만주 항일 투쟁의 거벽인 一松 金東三의 죽음에 임해 그의 시신을 서대문형무소에서 인수하는 데 일역을 담당했다.

간했고 이어 『풀잎 斷章』(1952), 『조지훈 시선』(1956), 『歷史 앞에서』(1959), 『餘韻』(1964) 등을 상재했다. 이와는 달리 그는 『詩의 원리』(1953), 『詩와 人生』(1953) 등의 시론집도 가진다.

이제 우리가 이런 조지훈의 시쓰기를 살피면 거기에는 뚜렷하게 선을 긋고 나타나는 특성 같은 것이 있다. 그 하나가 본론, 正系의 입장을 취하고자 한 점이며 다른 하나가 가능한 한 외래취향에 젖기보다는 한국적인 시를 쓰고자 한 점이다. 후자와 같은 단면은 정서, 기법 면을 통해서 동시에 그 모습이 드러난다. 많은 경우 그의 시는 제재부터를 한국, 또는 동양적인 것에서 택했다. 형태, 기법에 있어서도 그는 그 무렵 다른 시인들이 즐겨 택한 모더니즘계의 것과는 다른 시를 발표했다. 『문장』의 추천 작품인 「古風衣裳」이나 「僧舞」 등은 이런 경우 우리에게 좋은 보기가 된다.

> 하늘로 날을듯이 길게뽑은 부연 끝 풍경이운다.
> 처마끝 곱게 드리운 주렴에 半月이 숨어
> 아른아른 봄밤이 두견이 소리처럼 깊어가는 밤
> 곱아라 고아라 진정 아름다운지고
>
> ─「古風衣裳」 일부2)

> 얇은 紗 하이얀 고깔은
> 고이 접어서 나빌레라
>
> 파르라니 깎은 머리
> 薄紗 고깔에 감추오고
>
> 두볼에 흐르는 빛이
> 정작으로 고아서 서러워라.

---

2) 『文章』(3)(1939. 4), pp.128-129, 『靑鹿集』(을유문화사, 1946), pp.40~41.

빈 臺에 黃燭불이 말없이 녹는 밤에
오동잎 잎새마다 달이 지는데

소매는 길어서 하늘은 넓고
돌아설듯 날아가며 사뿐이 접어올린 외씨보선이어.

―「僧舞」[3]

　본래 한국어는 서양어와 달라서 격조사가 유난히 많으며 곡용의 경우
형태부를 이루는 어미도 그 양이 매우 풍성하다. 「고풍의상」에서는 그런
우리말의 특성에 의거한 자취로 「곱아라 고아라 진정 아름다운지고」와 같
은 부분이 있다. 의미내용으로 보아 「곱아라」와 「고아라」 사이에는 큰 차이
가 없다. 그러나 음운상의 맛은 두 개의 말에 상당한 거리가 생긴다. 또한
「아름다운지고」는 「아름답다」의 고어형이다. 이것으로 전통의상을 입고 내
당에 선 한국여인의 모습이 기능적으로 나타난다.
　다음 「승무」의 첫 연에 대해서도 비슷한 이야기가 가능하다. 「하이얀」은
「희다」의 의태상 변형이다. 그리고 「나빌레라」의 기본형은 「나비이다」가
된다. 그런데 기본형에 형태부를 잘 살려 쓴 것으로 이들 시는 한국어의
결과 맛을 매우 기능적으로 살린 것이다. 뿐만 아니라 이 시의 제재 내지
제목인 「고풍의상」이나 「승무」 또한 서구 취향의 것이 아니라 매우 한국적
인 것이다. 등장 초기부터 조지훈의 시가 갖는 한국적인 것의 추구, 전통
지향성은 이와 같이 뚜렷한 선으로 나타난다.

---

3) 『文章』(1939. 12), pp.119~120, 『靑鹿集』, pp.66~67.

2. 전통지향과 재래종 미학

초기시를 통해서 보면 조지훈은 모든 것에 앞서 시를 우선시킨 단면을 드러낸다. 그에게는 시의 예술성 확보가 최우선 과제였고 그밖의 사상, 관념, 정치적 목적의식은 시를 위해서 배제되거나 부차적인 뜻밖에 지니지 않았다. 이런 목표달성을 위해서 조지훈은 강하게 전통추구의 시를 썼다. 이를 검증하기 위해서 우리는 다시 그의 추천작을 검토해 볼 수 있을 것이다. 그 제목으로 짐작되는 바와 같이 「고풍의상」은 한국의 고유의상을 입은 여인의 자태를 노래한 것이다. 그리고 「승무」는 한국의 전통종교 가운데 하나인 불교에서 파생된 춤이다.[4] 그것은 범박하게 보아도 우리의 고유한 문화적 표상이다. 그러므로 얼마간의 역사적 시각을 곁들여도 이 작품은 민족의식을 담을 수 있었다. 그런데 조지훈은 이 작품에서 전혀 그런 입장으로 말을 쓰지 않았다. 이 작품들에서 그는 마지막까지 객체를 객체로 둔 채 그에서 빚어지는 미감만을 노래했다. 그 나머지 이 작품에서는 정치나 역사, 현실이 의식적으로 배제된 낌새가 나타난다.

초기의 조지훈 시에 나타나는 이와 같은 의식상의 특성을 우리는 일종의 순수시 지향이라고 할 수 있다. 그러나 그의 순수는 흔히 서구에서 시도된 절대시의 개념과는 다르다. 현대문학의 단계에서 서구시인들은 시에서 일체의 시 아닌 요소를 제거하려고 들었다. 그 나머지 유리알과 같이 투명한 의식을 전제하게 되고 그런 절대의 경지에서 쓰이는 시를 순수시라고 생각했다. 이것이 흔히 일컬어지는 발레리식 순수시, <투명인간>의 논리다. 그러나 조지훈은 출발 초기에 투명인간을 생각하지는 않았다. 그 단적인 보기가 되는 것이 『文章』의 추천작품이다. 절대순수의 경지를 추구하면 한국의 전통적인 미인이 마냥 아름답게만 노래되지도 않았을 것이다. 오동잎

---

4) 시작과정에 대하여, 『詩와 原理』, 『조지훈 전집』, 일지사, 1973, pp.100~101.

잎새마다 달이 지는 밤의 「승무」가 갖는 재래적 정서도 편향적인 느낌이 없는 바 아니다. 이것은 무엇을 뜻하는 것인가. 이에 대한 답이 궁금한 우리에게 해답의 실마리를 열어주는 것에 「문학의 근본과제」라는 글이었다.

여기서 조지훈은 문학이 지적인 것이 아니며 윤리도덕과도 별개의 범주에 든다고 전제했다. 문학이 주는 감동은 미의 범주에 드는데 그 미는 아름다운 꽃을 볼 때 받는 느낌과 같다. 그것은 도덕적 희생이나 과학적 발견에서 얻을 수 있는 기쁨과 근본적으로 다르다는 것이다. 이렇게 독자성을 가진 것이 문학이며 시이므로 그 존재의의를 다른 영역과 격리시킬 수밖에 없다. 여기서 빚어지는 심리가 조지훈으로 하여금 역사, 현실과 시를 격리시키게 한 것이다. 여기서 주목되는 것이 조지훈에게 있어서 시의 순수는 정치, 경제, 역사가 빚어낼 수 있는 부작용을 경계한데서 이루어진 것이다. 서구 현대시에서 순수는 이와 달리 시자체에 끼어 들 수 있는 일체의 다른 정신 영역을 거부하는 일이었다. 이것은 조지훈이 생각한 순수시와 상당한 거리가 있는 개념이다.

지금 돌이켜 보면 초기의 조지훈 시에 나타나는 심미적 세계의 편향성은 일종의 결벽증에서 빚어진 결과였다. 그가 전제로 한 인간의 정신영역 구분부터가 문제를 내포한다. 지식이나 도덕이 시와 이해상반된다는 생각부터가 그랬다. 시와 문학, 또는 심미의 차원이 고정되어 있다는 생각은 아무래도 정신의 편향을 낳을 수밖에 없다. 그 부작용으로 빚어질 사태는 시를 온실의 화초로 만들거나 정체의 늪에서 떠돌게 할 수 있었다.

다음 조지훈의 초기시에 나타나는 전통지향성에 대해서도 우리는 의문을 제기하게 된다. 훗날 그가 실토한 바에 의하면 『문장』 시대 이전에 그가 사숙한 것은 서구쪽의 시인들이었다.

> 내가 조선에서 자랐을 뿐 나의 마음의 고향은 한곳에 고요히 있는 것이
> 아니다. 괴에테와 하이네의 고향도 나의 마음의 고향이었다. 보오드렐의

퇴폐, 베르렌느의 비애, 랭보의 유현, 콕토의 기지가 사는 불란서의 하늘이
그리워 때로는 내 마음 새하얀 캡을 쓰고 스틱을 두르며 파리장이 되어
푸른 파리의 거리를 헤매는 것이다.[5]

　　조지훈은 철이 들자 곧 조부인 趙寅錫 옹 슬하에서 漢文을 배웠다. 그는
또한 일찍부터 그 무렵 영남지방의 내방에서 널리 퍼진 내방가사에도 익숙
했다고 한다.[6] 그러나 감수성이 예민한 청소년기에 이들 재래종 시문이
주는 충격은 서구 근대문학의 비가 되지 못했을 것이다. 그는 열여섯 때
제도 교육을 받기 위해 상경했는데 그 직후부터 「승무」계의 작품과 함께
모더니즘의 유형에 드는 작품도 썼다. 그 단적인 보기가 되는 것이 『白紙』에
실린 「계산표」 이하 다섯 편의 작품이다.

　　고오이 자라다.
　　窒息하다

　　슬픈 가슴 華美로운 惰性

　　玉같다 부서진 쪽빛 桎梏에
　　뜬 구름 하나 둘이 고운 輓歌라

　　가울었다. 하이얀 조각달조차
　　야윈 요카낭의 肋骨아 울어라.

　　작은 水族館 三角의 破窓

　　맑은 性 살아오다 가는 호들기
　　기리 悔恨없이 고오이 눈감다

　　　　　　　　　　　　　　　　　　　　－「浮屍」[7]

---

5) 『詩와 人生』, 신흥출판사, 1959, p.320.
6) 『趙芝薰 硏究』, 고려대출판부, 1978, p.39.

조지훈은 훗날『白紙』를 통해 발효한 그의 시를 그의 사화집에 수록하지 않았다. 그 가운데 단 하나 예외가 된 것이 이 작품이다. 이 작품은 두 가지 점에서 동양적이며 전통적인 쪽의 것이 아니라 서구 지향의 단면을 드러낸다. 우선 여기에는「요카낭의 늑골」이 나오며「수족관」이 소재로 등장한다. 이 자체가 재래종의 테두리를 벗어난 서구취향이다. 그와 아울러 이 작품의 제목이 되어 있는「浮屍」도 서구적인 것이다. 여기서「부시」, 곧「물위에 떠오른 시체」는 생명이 끝나 배를 뒤집고 뜬 물고기를 가리킨다. 동양에서는 물고기의 죽음이 시의 제재가 된 예는 거의 없다. 특히 그 죽은 모습 자체가 인생사에 대비되지 않은 채 심미의 차원에서 노래된 예는 잘 나타나지 않는다. 그러나 서구, 특히 보오드렐과 같이 탐미적인 성향이 짙은 시인의 작품에서는 죽음이 그 자체로 미화된 예가 얼마든지 있다. 뿐만 아니라 이 작품의「玉같다 부서진 쪽빛 桎梏에/ 뜬 구름 하나 둘이 고운 輓歌라」와 같은 부분은 모더니즘의 단면까지가 지적될 수 있을 정도로 주검이 감각화되어 있다. 이 역시 재래종의 정서가 아니라 이 무렵 조지훈 시에 내포된 서구취향이다. 이렇게 보면 초기 조지훈 시에 나타난 전통성이 시인 자신의 의도한 바가 아닐 수도 있음이 짐작된다.

처음 그는 이런 점에서 상당히 유동적인 시인이었다. 그의 등장이 1939년『문장』4월호를 통해서였음은 이미 밝혀진 바와 같다. 이때에 조지훈은「古風衣裳」으로『문장』추천제의 첫 관문을 통과했다. 그런데 이때에 그가 제출한 작품은「고풍의상」하나만이 아니라「부시」계의 것도 있었다고 한다. 이때의 선고위원은 심사기준이 엄격하기로 이름이 나 있었던 정지용이었다. 그는 첫 회부터 모더니즘의 영향을 느끼게 하는「부시」계의 작품을 뒷전으로 돌리고「고풍의상」,「승무」,「봉황수」등을 추천했다. 그리고는 이례적인 찬사로 그의 추천사를 마쳤다.

---

7)『白紙』, 창간호(1937. 7), pp.14~15.

> 趙君의 회고적 에스프리는 애초에 명승고적에서 날조한 것이 아닙니다.
> 차라리 고유한 푸른 하늘 바탕이나 고매한 자기 살결에 무시로 去來하는
> 一林雲暇와 같이 자연과 人工의 극치일까 합니다. 가다가 明鏡止水에 細雨
> 와 같이 뿌리며 내려앉는 悲哀에 artist 趙芝薫은 한마리 白鷺처럼 도사립니
> 다. 詩에 있어서 깃과 죽지를 고를 줄 아는 것도 天成의 기품이 아닐 수
> 없으니 詩壇에 하나 新古典을 紹介하며…… 뿌라보우[8]

이런 정지용의 찬사는 그 내용이 조지훈의 추천시들이 갖는 예술적 완성
을 산 것으로 집약된다. 그러나 여기서 우리가 지나쳐 버릴 수 없는 말이
있다. 그것이 「회고적 에스프리」라고 한 부분이다. 여기서 회고적의 뜻은
반외래, 전통지향성을 이른 것이다. 이미 든 바와 같이 추천을 받기 전의
조지훈은 우리 재래종 것보다는 서구의 근대시에 보다 많은 매력을 느낀
터였다. 그 나머지 「고풍의상」과 함께 그와 대척되는 성향의 시로 「華悲記」
를 투고했다고 한다. 그런데 추천자인 정지용이 「화비기」를 뒷전으로 돌리
고 「고풍의상」을 택했다. 이 「화비기」가 바로 모더니즘계의 작품, 곧 「浮屍」
의 성향을 지닌 쪽의 것이었다.[9]

단적으로 말해서 조지훈의 전통적 시 선택은 그가 스스로 택한 길이었기
보다는 다분히 타율적인 것이었다. 이런 그의 시적 경향에 더욱 박차를 가한
것이 그의 성장 배경이다. 그는 영남 북부지방의 유서를 지닌 가문출신이다.
그의 조부인 趙寅錫 옹은 봉건 유생의 후예였으나 일찍부터 개화개혁의
열정에 불탄 사람이었다. 그는 몇 차례의 서울 출입 다음 집안과 문중의
구습타파와 신문화 수입에 발벗고 나섰다. 그러나 차례로 동경에 유학시킨
자제들이 일제치하에서 요시찰 낭인이 되는 것을 보자 신교육의 부작용도
통감한 듯하다. 그 나머지 총애하는 손자들에게는 신교육 대신 집에서 재래
식 서당교육을 받게 했다.[10] 그리하여 조지훈은 여느 경우처럼 적령기에

---

8) 정지용, 「詩選後」, 『文章』(1940. 2), p.171.
9) 나의 시의 편력, 『靑鹿集 이후』, 현암사, 1968, pp.352~353.

그에 걸맞은 공적 교육과정을 이수하지 못했다. 그가 훗날 혜화전문에 든 것은 독학, 자습에 의해서 자격시험에 합격했기 때문이다.

조지훈이 제대로 제도권 교육 과정을 이수하여 중등교육과 전문교육을 받았을 경우를 생각할 수 있다. 그랬다면 아마도 그는 내방가사와 고담소설, 한문과 한학의 분위기에 젖기 전에 상당히 깊속히 서구의 근대문화에 매료 되었을 것이다. 그랬다면 「고풍의상」과 「승무」는 애초부터 나오지 않았을 가능성이 있다. 어떻든 『문장』추천과 함께 그는 전통지향의 시인이 되었다. 그리고 그것은 다분히 타의가 작용한 결과이기도 했다. 이 경우 우리에게 참고되어야 할 것이 『문장』 추천때부터의 문우인 朴木月의 추억담이다. 그 무렵 박목월은 『문장』의 관문을 통과한 시인으로 경주의 금융조합에서 근 무하고 있었다. 그런 그를 조지훈이 찾아갔다고 한다. 박목월에게 그때 조지 훈의 모습은 여간 인상적인 것이 아니었다. 그런데 훗날에 이르기까지 박목 월은 이때 경주 역두에 나타난 조지훈이 흰 두루마기 차림이었다고 기억했 다. 그러나 그가 세상을 떠난 후 박목월이 사진첩을 뒤적이다가 그것이 기억 의 착오임을 알았다.

> 밤물결처럼 치렁치렁 장발을 날리며, 경주역두에서 내게로 걸어나오던 芝薰은 틀림없이 수수한 흰 두루마기를 입고 있었다. 그의 웃는 눈매며 허연 이마까지도 나의 기억에 선명한 것이다. 그럼에도 그가 세상을 떠난 후, 나는 오래된 사진첩을 뒤지다가 우리들이 함께 박은 사진을 발견하고 놀랐다. 석굴암에서 가즈런히 서 있는 사진에 그는 희꾸무레한 양복을 입고 있는 것이다. 물론 해방되기 전 그와 내가 만난 것은 단 한번뿐이며 그러므 로 거짓이 있을 리 없다.[11]

일상생활을 통해서 우리는 끊임없이 실제 겪은 일에도 착각을 일으키고

---

10) 지훈의 고모 조애영 여사의 증언, 『조지훈 연구』, p.39.
11) 박목월, 「芝薰 회상 이제」, 『조지훈 연구』, pp.417~418.

사실과는 다른 판단을 한다. 박목월의 조지훈에 대한 첫 대면의 기억도 그에 속할 것이다. 그러나 중요한 것은 이런 기억 속의 착각이나 오류와 사실 사이의 거리가 아니다. 생전 조지훈과 가장 가까운 문우 가운데 한 사람인 박목월이 그것도 인상적인 첫 만남에서 입은 의상의 종류를 혼동했다. 양복을 한복으로 바꾸어버린 것이다. 이것은 무엇을 뜻하는 것인가. 여기서 우리는 조지훈의 시에 나타나는 전통지향성이 애초부터 예정된 것은 아니었음을 짐작하게 된다. 그것은 그의 성장 배경과 함께 주변 여건이 빚어낸 타율적 의사들의 결과와 같은 것이었다. 또한 그런 성향이 조성된 데는 조지훈 자신이 풍긴 인상이나 행동이 한 몫을 차지했을 공산도 있다.

3. 순수의 변모양상, 지훈 시의 세 단계

비록 그것이 여건과 상황의 영향에 의한 것이긴 했으나 조지훈의 시가 전통에 의거한 것은 평생 한 시인의 방향타 구실을 했다. 이미 살핀 바와 같이 그는 문단 등장과 동시에 이 갈래에 드는 시를 썼다. 그리고 범박하게 보면 그런 정신성향을 평생 바꾸지 않았다. 그러나 화제가 순수시 쪽으로 이동하면 이와는 사정이 좀 달라진다. 큰 테두리로 보면 조지훈은 목적의식이나 이념에 앞서 시를 추구한 시인이다. 그런 의미에서 그는 평생을 바쳐 순수의 편에 선 시인이기는 하다. 그러나 30년을 헤아리는 문단 역정을 살펴 보면 조지훈의 시작경향에 적지 않은 변모 양상이 나타난다.

등장 초기부터 8・15 직후에 이르기까지 조지훈의 시는 다분히 회고적이며 세속회피의 단면을 드러낸다. 이 유형에 속하는 작품들이『문장』의 추천 작인「승무」,「봉황수」등이며, 그 후에 발표한「가야금」,「古調」,「古寺」,「芭蕉雨」,「玩花衫」,「律格」,「落花」,「피리를 불면」등이다.

차운 산 바위 우에
하늘은 멀어
산새가 구슬피
우름 운다.

구름 흘러가는
물길은 七百里

나그네 긴 소매
꽃잎에 젖어
술익는 강마을의
저녁 노을이여

이 밤 자면 저 언덕에
꽃은 지리라

다정하고 한 많음도
병인양 하여
달빛 아래 고요히
흔들리며 가노니……

　　　　　　　　　　　　　　　－「玩花衫」 전문12)

외로이 흘러간 한송이 구름
이 밤을 어디메서 쉬리라던고

성긴 빗방울
파초잎에 후두기는 저녁 어스름

창 열고 푸른 산과

---

12) 『象牙塔』(5)(1946.4), p.11. 단 이때의 행과 연 구분은 훗날 시집 출간 때와 상당히 거리가
　　있다. 여기 작품 형태는 『조지훈 詩選』(정음사, 1956), pp.124~125에 의한 것이다.

마조 앉아라.

들어도 싫지 않은 물소리기에
날마다 바라도 그리운 산아

온 아침 나의 꿈을 스쳐간 구름
이 밤을 어디메서 쉬리라던고

－「芭草雨」[13]

「완화삼」은 조지훈이 박목월을 경주로 찾았을 때 선물로 지니고 간 작품
이다. 조지훈은 첫 만남의 자리에서 그것을 푸른 줄이 든 원고지에 훌륭한
글씨로 써서 박목월에게 보여 주었다.[14] 그 무렵 그는 아직 혜화전문의 학생
이었고 당시 한반도의 정세는 일제의 전시체제 강화로 질식상태가 되어
있었다. 그럼에도 이 작품에는 산과 가람 그 속에서 관조의 경지에 접어든
사람이 느끼는 정감이 피력되어 있을 뿐 각박한 현실은 의도적으로 배제되
어 있다.

「파초우」 또한 철저하게 물외한인, 관조의 세계에 젖어 있는 작품이다.
여기서 작품의 화자가 노래하고 있는 것은 파초잎에 후두기는 빗방울이며
아침과 저녁 산과 들판을 지나간 구름이다. 그 구름은 자연의 일부일 뿐
현실과 생활의 테두리에서는 벗어나 있다. 조지훈이 속한 청록파의 이런
시에 대해서 한때『상아탑』을 통해서 그 발표무대를 제공한 비평가가 김동
석이었다. 그런데 청년문학가협회가 발족하고 청록파의 시가 문학가동맹의
경우와 현저하게 거리를 두게 되었다. 그러자 김동석은 이들의 작품경향에
대하여「그대들이「神」이나「黃金」이나 혹은「당파」나 기타 어떤 세력에도
예속하지 않고 순수한 정열을 가지고 앞으로 나아간다면 [……] 하지만 그

---

13)『청록집』, 을유문화사, 1946, pp.64~65.
14) 박목월, 「처음과 마지막, 芝薰에의 회상」, 『조지훈 연구』, p.420.

대들이 詩나 소설을 쓸 동안 밥을 누가 먹여 주느냐가 문제이다」[15]라고
핀잔을 던졌다. 7호로『상아탑』간행을 종결한 다음 김동석은 급격하게 이
데올로기 쪽으로 빠져 들었다.[16] 따라서 그의 청년문학가협회에 대한 공격
은 그런 각도에서 파악되어야 한다. 다만 이때의 그의 비판을 통해 우리가
읽어야 할 사실이 꼭 하나 있기는 하다. 그것이 이 무렵 조지훈의 시가
초세속적이며 현실과 인간에서 상당한 거리를 둔 점이다.

　조지훈 시의 또 다른 유형을 이루는 것이 1940년대 말경부터 6・25 동란
속에서 발표된 그의 작품이다. 그 이전 그의 작품에 인간의 일상생활이 철저
하게 배제되었음은 이미 살핀 바와 같다. 그런데 40년대가 저물면서 조지훈
의 이런 시세계에는 뚜렷하게 균열 현상이 나타난다. 그 구체적 보기가 되는
것이 「민들레꽃」(1949), 「풀밭에서」(1949), 「산길」(1949), 「花體開顯」(1949),
「絶頂」(111952), 「코스모스」(1954) 등이다. 여기서 「민들레꽃」은 「까닭없이
마음 외로울 때」와 같이 민들레를 시인의 의식 속 갈등과 일체화시킨 상관
물이다.[17] 그런데 이 작품은 「잊어버리다 못잊어 차라리 병이 되어도 / 아
얼마나한 위로이랴 / 그대 맑은 눈을 들어 나를 보느니」로 끝난다. 「민들레
꽃」 이전에 조지훈의 객체는 모두가 인생의 고뇌, 갈등을 초탈한 자리에
있었다. 그것이 이 작품에서는 인간적인 애증의 촉매제 내지 등가물이 되어
있는 것이다. 이것은 물아일체, 일상과 인생에서 초월한 경지가 명백히 아니
다. 이런 사정은 「산길」같은 작품에서 더욱 증폭된다.

　　혼자서 산길을 간다. 풀도 나무도 바위도 구름도 모두 무슨 얘기를 속삭이
　　는데 산새 소리조차 나의 알음알이로는 풀이할 수가 없다.

---

15) 김동석, 「비판의 비판, 청년문학가에게 주는 글」, 『예술과 생활』, pp.108~109.
16) 『상아탑』은 1945년 12월10일 창간, 타블로이드판으로 10면 정도의 주간지 체제 문학지였는
　　데 1946. 6・25에 7호(16페이지)를 내고 종간되었다.
17) 『조지훈 시선』, 권말 작품연표, pp.174~175.

[……]

이따금 내 손끝에 나의 발가숭이 영혼이 부디처 푸른 하늘에 천둥 번개가
치고 나의 마음에는 한나절 소낙비가 쏟아진다.

—「山길」1연, 3연.18)

이 작품 이전의 조지훈 시에 나타나는 정신의 차원은 거듭 살핀 바와
같다. 「완화삼」이나 「파초우」를 통해서 확인된 바와 같이 이 단계 이전의
조지훈의 시에서 「나」와 객체, 인간과 자연은 별개로 인식되기 전의 하나였
다. 그것이 이 작품에 이르면 서로는 독립된 실체로 나타난다. 특히 1연
마지막 부분인 「산새 소리조차 나의 알음알이로는 풀이할 수 없다」는 매우
충격적이다. 이것으로 우리는 이 작품의 인간이 자연의 일부인 채 존재하는
동양의 그것이 아니라 서구적인 단면을 지녔음을 알 수 있다. 여기서 우리는
하나의 의문을 품지 않을 수 없다. 대체 조지훈의 이 무렵 시에 나타나는
이런 류의 변모가 무엇을 뜻하는가 하는 것이 그것이다. 아울러 이것이 그의
순수에 대한 포기인가 아닌가도 문제삼지 않을 수 없다.

조지훈의 시가 현실과 대중에서 괴리된 것이며 음풍영월, 봉건시대의 낡
은 것이란 비판을 가한 것은 문학가동맹측이었다. 다시 김동석에 따르면
조지훈이 소속된 청년문학가협회는 물질과 현실을 도외시한 채 꿈과 관념
만 뒤쫓는 바보들의 집단이 된다.19) 『청록집』을 전후해서 조지훈이 반계급
주의의 입장을 취한 것은 사실이다. 그러나 이 무렵 그의 시가 인간을 전혀
뒷전으로 돌린 것은 아니다. 8·15 직후에 쓴 그의 시론 가운데 하나를
보면 조지훈이 배제한 것은 「정치에서 출발하여 정치」로 돌아가는 시였다.
이때부터 그는 사상과 시대 현실도 시의 자료일 수 있다고 보았다. 다만

---

18) 『풀잎단장』, 창조사, 1952, pp.4~5.
19) 김동석, 「청년문학가에게 주는 글」, 『예술과 인생』, 박문출판사, 1947, pp.102~103.

그런 것들이 시의 목적은 아니라고 본 것이다.[20] 이렇게 보면 제 2단계에 나타나는 조지훈 시의 인간 수용은 근본적인 방향전환이 아니다. 그것은 시간의 흐름에 따른 조지훈 시의 필요한 변모양상이라 할 것이다.

다음 6·25를 거치면서 조지훈의 시에는 또 하나의 국면이 전개되었다. 6·25가 일어나고 서울에 인민군이 들어오자 조지훈은 창황한 피난길을 나섰다. 대구에서 그는 종군 문인이 되어 싸우는 병사의 대열에 끼어 일선에 서고 처참한 전투 현장도 목격했다. 이때에 얻은 몇편의 시를 그는 1950년대 막바지에 나온 『역사 앞에서』에 수록되어 있다. 거기에는 「절망의 일기」 이하 16편의 전선시가 실려 있다. 그 가운데서 「다부원에서」는 대구 북방의 한 마을이며 6·25 동란 중 최대의 격전지로 손꼽히는 전적을 노래한 것이다.

조그만 마을 하나를
自由의 國土 안에 살리기 위해서는
한해살이 푸나무도 온전히
제목숨을 다 마치지 못했거니
사람들아 묻지 마라
이 荒廢한 風景이 무엇 때문의 犧牲인가를

얼핏 보아도 나타나는 바와 같이 이 작품의 무대가 된 것은 가열한 전투가 벌어진 전장터다. 그 처절한 풍경을 제시하기 위해서 조지훈은 푸나무를 의인화시켰다. 그들조차가 치열한 전투로 사라져 버린 정경을 통해 조지훈은 전란의 막대한 희생을 유추케 했다. 여기에서 우리는 산수소요가 아니라 우리가 현실에서 겪을 수 있는 비극적 체험의 집약을 읽는다. 이와 또 다른 전선시에서 조지훈은 주검이 되기 직전의 인민군 병사를 노래했다.

---

20) 「순수시의 지향」, 『조지훈 전집』(3), 일지사, p.212.

義城에서 安東으로 竹嶺으로
바람처럼 몰아가는 進擊戰의 한때를

내 추럭에서 뛰어내려 목을 축이고
조찰히 피어난 들국화를 만지노라니

길가 푸섶에 白墨으로 써서 꽂은
나무 조박이 하나―.

「여기 괴뢰군 병사가 쓰러저 있다」

그 옆에 아직 실낱 같은 목숨이 붙어 있는
少年의 屍體

검붉은 피에 절인 그의 四肢는 썪었고
반만 뜬 눈망울은 이미 풀어져 말을 잊었다.

아프고 목마름에 너 여기를 기어와
물고에 머리를 박고 마냥 물을 마셨음이려니

같은 祖國의 山河
네 고장의 흙냄새가 바로 이러하리라.

[……]

　　　　　　　　　―「여기 괴뢰군 전사가 쓰러져 있다」[21]

　　이 작품을 쓸 때 조지훈은 종군문인의 자격으로 전선에 선 몸이었다.
그런 입장에서 보면 괴괴군 전사, 곧 인민군 병사는 그의 적이었다. 전투가
시작되면 적과 나는 죽이느냐 죽느냐로 맞서 싸운다. 그런 원수인 적이 주검
이 되기 직전에 있는 것이다. 본래 '나'와 적 사이에 가로 놓인 감정은 증오

---

21) 상게서, pp.85~86.

뿐이다. 그러나 여기서 그런 원수의 하나인 인민군 병사는 목마름에 목을 축이고자 다다른 샘물가에서 숨을 모으는 중이다. 그는 이미 전투능력을 상실한 사람이며 화자와 피를 같이 하는 동족이다. 모든 인간의 생은 존엄한 것이며 죽음도 엄숙한 것이다. 이 작품에서 조지훈은 그런 생명 존중의 감정을 노래했다. 그런 감정은 「들국화」, 「白墨으로 써서 꽂은 나무조박이」 등의 객체를 등장시킨 가운데 기능적인 심상으로 제시되어 있다. 이 전선시는 조지훈의 다른 시 못지 않게 성공적이다.

그러나 조지훈의 시의 이와 같은 의식의 지각변동 현상은 전선시 쓰기에 그치지 않았다. 한국 정치사에서 1950년대 후반기는 일종의 암흑기에 접어든 때다. 1953년 7월 한국동란의 막을 내리게 한 휴전협정이 체결되기는 했다. 그러나 그것은 평화시대의 개막이 아니라 휴전선을 사이에 두고 남북이 무장을 한 채 대치한 상태에서 전투행위를 유보한 것이다. 동란의 휴유증으로 우리 경제는 나락을 헤매는 중이었고 사회의 구성원들은 모두가 절망을 곱씹고 있었다. 그로 하여 우리 사회의 정치 경제적 불안은 가속일로로 치달렸다. 그러자 정국 안정을 내세운 이승만 정권이 잇달아 자유민주주의 체제를 훼손, 유린하는 폭거를 자행했다.

대한민국 헌법은 1948년 처음 공포되면서 대통령의 임기를 4년으로 하고 재임이 가능한 것으로 되어 있었다. 그것을 1954년 2대 국회에서 삼선이 가능하도록 개헌이 이루어졌다. 헌법의 개정은 출석 국회의원의 3분의 2선이 확보되어야 가능한 것이었다. 그러나 이승만 정권의 여당인 자유당은 필요로 한 표수를 얻어내지 못했다. 그러자 사사오입의 논리를 내세워 일단 부결된 3선 금지 조항을 삭제하는 폭거를 자행했다. 그후에도 야당과 반체제 활동은 전면 봉쇄되었고 민의는 철저하게 유린되었다. 그 나머지 1956년의 정부통령 선거에는 이승만과 함께 자유당 후보인 이기붕이 부통령에 당선한다. 이 엄청난 역사의 파행기에 조지훈은 새 시대와 새 날을 부르는 시를 썼다. 1957년 신년송으로 쓴 「빛을 부르는 새여」가 그것이다. 이 시에서 조지훈은 이 해의 간지에 해당되는 닭을 상관물로 등장시켰다. 허두에서 닭은 '빛을 부르는 새'이며 '새벽을 다스리는 새'로 나타난다. 조지훈에게 그의 시대는 온갖 사악이 판을 치는 암흑의 밤이었다.

> 百鬼夜行의 소름끼치는 공포를 몰아내는
> 神秘한 呪力을 가진 네 울음이여
> 다가오는 公道를
> 生命으로 豫見하는 詩人의 노래여
> 모가지를 비틀리어 붉은 피를 뚜욱 뚝
> 흘리면서 죽어갈지라도 背信할 수 없는
> 이 志操의 絶叫여
> 깊은 잠에 혼자 깨여 하늘을 향해
> 외치는 불타는 목청이여
>
> ─닭이 운다. 새로운 하늘이 열린다고
> 새해 첫닭이 운다. 어둠 속에서 빛을
> 거느리고, 빛이여 오라 鷄林八道에
> 첫닭이 운다.

─「빛을 부르는 새여」 후반부[22]

여기서 「계림팔도」는 말할 것도 없이 우리나라를 가리킨다. 조지훈은 그 상황을 「百鬼夜行의 소름끼치는 공포」의 지역으로 파악했다. 닭은 그런 공포를 몰아내는「신비한 주력」의 새다. 그러나 그것은 울기만 하면 새날, 새 시대가 도래할 것이라는 안이한 생각을 전제로 하지 않는다. 「닭」이 「百鬼夜行」의 공포를 몰아내기 위해서는 「모가지를 비틀리어 붉은 피」가 뚜욱 뚝 떨어지는 희생이 필요하다. 그것을 조지훈은 또 하나의 말로 「志操의 絶叫」라고 노래했다. 여기에 이르면 조지훈은 이미 「창열고 푸른 산과 자주

---

22) 『역사 앞에서』, p.119.

앉아라」의 시인이 아니다. 사나운 동란의 틈서리에서 병사를 만나면 인간적 동정을 토로하고 적군의 시체 앞에서 생과 사의 의미를 되새기는 인도주의자에 그치지도 않는다. 이 단계에 이르러 그는 명백하게 체제의 비판자가 되고 필요하다면 직접적인 행동도 불사할 단면을 드러낸다.

4. 시대와 시, 순수시인의 현실 참여

50년대 후반기에 접어든 다음 우리 문단에서 일종의 유행어가 된 말이 있다. 그것이 참여라는 말이다. 본래 참여의 반대개념을 지닌 말은 순수다. 이미 드러난 바와 같이 문학이나 시에서 순수란 인간과 사회, 정치, 경제를 부차적인 것으로 돌리고 예술성 확보를 최우선 과제로 삼는 입장이다. 이런 시각에서 보면 조지훈의 시는 1950년대 후반기부터 두드러지게 참여의 편으로 기울기 시작했다. 개헌이 자행된 바로 그 다음 해 벽두에 그가 한국의 정치, 사회상을 「百鬼夜行」의 밤으로 비유한 사실은 이미 살핀 바와 같다.

한국의 정치적 상황은 60년대에 접어들자 더욱 악화되었다. 1960년 자유당 정권은 또 하나의 부정선거를 자행하여 이승만을 4선의 대통령으로 추대했다. 이에 격분한 민의를 학생들이 대변하고 나타났다. 3·15 부정선거 규탄으로 명명된 이 데모 사태는 단초가 대구의 고등학교 시위로 열렸다. 이어 3월 15일 저녁에는 마산에서 대규모의 학생 데모가 벌어졌다. 그리고 부산에서 그에 잇따른 데모 시위가 벌어지자 곧 사태는 서울로 비화했다. 서울에서는 3월 18일 고려대학교 학생들의 궐기 데모가 있었다. 이어 다음날 그것은 바로 서울시내 각 대학이 총동원되어 독재정치 타도를 부르짖는 양상으로 확대되었다. 이것이 훗날 4·19 혁명으로 명명된 학생의거였다. 이때 조지훈은 고려대학의 교수로 재직중이었다. 그는 아직 철들기 전이라고 생각한 어린 학생들, 곧 제자와 후배들이 역사를 외치며 피흘리는 사태에 직면하자 입을 닫고 있을 수가 없었다. 그의 시 「사랑하는 아들 딸들아」의 후반부는 다음과 같다.

사랑하는 아들딸들아 우리는 아직도 모른다.
너희 부모와 조상이 쌓아온 죄를 대신하여
피 흘리지 않으면 안되었다는 것을

연약한 가슴을 헤치고 목메어 웨치는 늬들의 순정을
총칼로 무찌른 무리가 있다는 것을
아무리 죄지은 자일지라도 늬들 앞에 진심의 참회
부드러운 위로 한마디의 언약만 있었더라면
늬들은 조용히 물러 나왔을 것을
그렇게까지 너희들이 憤하지 않았을 것을
그 값진 피를 마구 쏟고 쓰러지지는 않았을 것을
사랑하는 아들 딸들아
너희는 종래 돌아오지 않는구나
어느 거리에서 그 향기 높은 선혈을 쏟고 쓰러졌느냐.
어느 병원 베드 위에서 외로이 신음하느냐 어느 산골에서
굶주리며 방황하느냐

고귀한 희생이 된 너희로 하여
民族萬代 脈脈히 살아 있는 꽃다운 魂을
폭도라 부르던 사람들도 이제는 너희의 공을
알고 있다.
떳떳하고 귀한 일 했으며 너희
부몬들 무슨 말이 있겠느냐마는 아무리 너희들의 꿈이
조국의 역사에 남아도
너희보다 먼저 가야할 우리 어버이 된 자의 살아남은
가슴에는
죽는 날까지 빼지 못할 못이 박히는 것을 어쩌느냐.

　　　　　　　　　　　　　　　　　－ 「사랑하는 아들 딸들아」에서23)

조지훈으로 하여금 이런 시를 쓰게 한 4·19는 학생들 가운데 130명의 목숨을 앗아 갔고 1,000여 명에 이르는 부상자를 내게 했다. 이승만은 대통령직을 물러났고 정권은 교체되었다. 그러나 부정부패의 척결을 전제로 한 참신한 정치, 건강한 사회는 오지 않았다. 민생은 도탄에 빠지고 물가는 천정 모르고 치솟는 가운데 뜻있는 사람으로 나라 살림을 걱정하지 않는 자가 없었다. 그러자 이 틈을 타서 군인들이 쿠테타를 일으켰다. 박정희 소장이 이끄는 군부세력이 주축이었는데 처음 그들은 혁명공약을 내걸었다. 그 가운데 하나가 도탄에 빠진 민생고를 해결한 다음 군인 본연의 임무에 따라 국방의 대열로 돌아 갈 것이라는 공약이었다. 그러나 이 공약은 그후 제대로 지켜지지 않았다. 쿠테타를 일으킨 군인들은 그후 군복을 벗고 정권을 장악하여 정국을 좌우해갔다.

5·16 군사혁명이 일어나자 조지훈은 처음 얼마간 그 나름의 기대를 걸었던 것 같다. 「군사혁명에 부치는 글」에서 그는 군인들의 궐기가 4·19 의거의 정신, 곧 기성세대의 무능과 부정부패를 극복하는 것으로 작용하고 민주사회 건설에 매진하기를 요망했다.[24] 「나라를 다시 세우는 길」은 군사정부가 시도한 「재건국민운동」을 논한 글이다. 여기서 조지훈은 타성에 젖은 무능정치를 극복하고자 하는 충정에서 5·16이 일어난 것으로 보았다.[25] 그러나 시간이 흐르면서 군사정권은 장기집권의 야심을 드러내기 시작했다. 그러자 조지훈은 군사정권에 대한 우호적 태도를 철회하고 결연하게 시시비비의 입장을 취하게 되었다.

> 박대통령이 지식인을 옹졸하다고 하는 것은 정부를 비판하는데 용기가
> 없다는 말이 아니고, 정부의 잘하는 일을 칭찬할 용기가 없다는 뜻이니

---

23) 『조지훈 시선, 승무』, 미래사, 1991, pp.232~233.
24) 「지조론」, 『조지훈 전집』(5), 나남출판, 1997, pp.157~158.
25) 상게서, p.226.

애기가 다르지만, 우리는 역대 정권이 조금씩 잘한 일은 기억하고 있고, 이것은 언제든지 찾아서 정당(正當)히 평가해 줄 수가 있다.

그러나 잘한 일보다는 잘못한 일이 훨씬 더 많고 잘못한 일은 언제나 방대한 문제여서 거기 비해서는 너무나 미세한 잘한 일을 찬양할 여유가 없다는 것도 또한 사실이다. 발등에 떨어지는 불이 연달은 나머지에, 이제는 이마빼기에 불이 붙어 떨어지게 되었으니 어느 겨를에 "잘했다 잘했다"고 할 수가 있을까말이다.[26]

여기서 조지훈의 글이 갖는 뜻을 제대로 파악하려면 당시 상황을 알 필요가 있다. 5·16후 군사정권이 민간정부로 탈바꿈하면서 곧 시도된 것이 한일회담이었다. 군사정권이 정권을 장악한 명분 가운데 하나가 도탄에 빠진 민생고의 해결이었음은 이미 밝힌 바와 같다. 그를 위해서는 경제 건설과 산업진흥이 반드시 이루어져야 했다. 그런데 당시 우리나라에는 그에 소요되는 자금이 없었다. 그 해결책으로 박정권은 일본측에서 전후보상을 받아내는 길에 착안했다. 그 나머지 1962년부터 한일회담이 시작된 것이다. 그런데 일단 한일회담이 시작되자 지식인 교수들과 학생들의 거센 반발이 일어났다. 그 무렵까지 우리 사회에는 아직도 일제가 36년 간 우리 민족을 지배한 식민지 탄압의 악몽이 살아 있었다. 언론은 잇달아 교수, 지식인들의 반대 논설을 실었다. 그리고 학생들의 데모 행렬은 한일회담 결사반대의 구호를 내걸고 나섰다. 이것은 당시 정부의 수장인 박대통령으로서는 크게 못마땅한 일이었다. 그 나머지 박대통령이 격앙된 목소리로 지식인, 언론, 학생들을 싸잡아 비난했다. 그에 따르면 언론은 무책임하며 학생은 데모만 일삼고 지식인은 옹졸하다는 것이었다.[27]

이런 비난의 말이 박정희 대통령에 의해 나왔을 때 당시의 우리 정치 상황은 농도가 짙은 군사문화의 영향 아래 있었다. 일반적으로 군인들은

---

26) 「그들은 과연 비애국적이며 무책임하고 옹졸한가」, 상게서, pp.183~184.
27) 상게서 p.182.

명령을 복종하는 것이 체질화되어 있고 다양한 의견의 제기와 수렴에 익숙하지 못했다. 그런 그들에게 조지훈의 박대통령에 대한 반론 제시는 그 자체가 명령 불복종으로 생각될 소지가 많았다. 조지훈은 또한 한일회담을 반대하는 지식인 성명에도 앞장을 섰다. 그리하여 한때 그는 정치교수로 낙인찍혀서 교단에서 추방될 위기에 처했다. 이때 정부에서는 서명교수 명단을 확보하여 해당교수의 소속대학에 넘겼다.

소속대학에서는 해당교수를 징계회의에 부쳐 해임조치하도록 되어 있었다. 조지훈이 소속한 고려대학이 그 예외일 수는 없었다. 그 앞에도 징계위원회 회부의 통고가 날아갔다. 그러자 조지훈은 의연한 태도로 징계위원회 인정보다는 차라리 사표를 내겠다고 맞섰다.

> 잘못한 것이 없는데 왜 징계위원회 앞에 서야 하는가. 그런데도 징계위원회 앞에 서지 않을 수 없다면 나는 차라리 사표를 내겠다.[28]

여기서 우리가 볼 수 있는 것은 이미 시와 문학을 위해 정치가 배제될 요소라고 본 왕년의 순수시인, 조지훈이 아니다. 그보다 그는 정치의 비리에 맞서 한 몸을 던져 맞서는 지사의 모습으로 탈바꿈해 있다. 이 무렵에 그는 몇 편의 행사용 작품을 제외하고는 거의 시를 쓰지 않았다. 그 대신 그는 진술형태로 그의 생각을 토로한 논설을 많이 발표했다. 「큰 일을 위해 죽음을 공부하라」는 「사월의 학생들에게」란 부제를 단 글이다. 여기서 조지훈은 4·19의 주역인 학생들이 손쉽게 세속과 타협하는 일을 경계했다. 그에게 청년은 이상과 용기로 역사의 새 국면을 타개해 나갈 역꾼이다. 그를 위해서는 희생을 각오해야 한다.[29] 여기서 조지훈은 명예롭게 살고 그렇게 죽는 길을 배우라고 외쳤다.

---

28) 김종길, 『진실과 언어』, 일지사, 1974, p.145에서 재인용.
29) 「지조론」, 『조지훈 전집』, 나남, pp.167~168.

「우리의 신념에 의혹은 없다」는 한미행정 협정체결을 촉구한 글이다. 60 년대에 접어들면서 데모의 구호 속에 한미행정 협정체결을 외치는 것이 있었다. 이것을 미국측에서는 직접적인 반미시위로, 그리고 정부측에서는 한미 양국의 이간을 위한 시위, 북쪽을 이롭게 하는 데모로 보았다. 조지훈 은 이 데모가 자유민주주의의 기치 아래서 이루어지는 것이며 한미양국 간의 우의를 더욱 든든히 할 것이라고 설파했다.[30] 또한 「혁명정부에 직언 한다」를 통해서는 군인정치의 획일화와 도식주의를 경계했다. 여기서 조지 훈은 언론과 인사행정 등에서는 유연성이 전제되어야 함을 역설했다. 그와 동시에 정책에 일관성을 확보하고 문화행정을 문화부문의 자율적 기능에 맡기라고 종용했다.[31]

조지훈의 이들 시국 발언은 그 성격이 모두가 비판을 위한 비판이 아니었 다. 혁명정부가 그것을 잘 수용하는 경우 그것은 좋은 의미의 방향타 구실을 할 수 있었다. 그럼에도 군사문화의 체질을 벗지 못한 박정희 정권은 조지훈 의 이런 발언과 정부 비판을 상당히 못마땅하게 생각했다. 그 나머지 한때 그는 정치 교수로 낙인찍혀 고려대학교 강단에서 추방당할 뻔도 했다. 그때 마다 그는 지사의 기개를 보이면서 의연하게 상황에 대처했고 당당하게 정책 당국자와 맞섰다. 이 무렵 그는 어느 의미에서 역사를 온몸으로 살고자 한 선비였다.

이제 우리 앞에는 하나의 물음이 던져진다. 순수시인 출신인 조지훈의 후기에 보인 전신 성향, 곧 역사와 현실 참여는 무엇을 뜻하는가. 그에게 있어서 시와 행동은 별개의 것이었던가 아닌가. 이런 물음에 해답을 마련하 기 위해서 우리는 조지훈의 시론을 검토할 필요가 있다. 『시의 원리』에서 조지훈은 시를 시정신과 작품을 이루는 기법(이것을 그는 형식 또는 기교라 고도 했다)의 두 요소로 보았다. 여기서 정신은 시인의 몫이다. 그에 대해서

---

30) 상게서, pp.173~174.
31) 상게서, pp.180~181.

기법은 외재적으로 나타나는 형태, 형식의 문제다.[32] 그러면서 조지훈은 다른 자리에서 시인 우위론 내지 정신 우선주의의 입장을 택했다. 다음은 그가 한국시의 이상을 순수시로 규정하면서 그 본질이 어디에 있는가를 밝힌 글이다.

> 순수한 시정신을 지키는 이만이 詩로서 설 것이요 진실한 민족정신을 지키는 이만이 民族詩를 이룰 것이니 詩를 정치에 파는 경향시와 민족의 해체를 목표로 하는 羊頭狗肉의 民族詩인 계급시의 결탁은 도리어 詩 및 民族詩의 한 이단이 아닐 수 없다. 時流의 격동 속에서 흔들리지 않는 변하는 가운데 변하지 않는 영원히 새로운 것이 詩 본래의 정신이며 이른바 자본주의와 함께 일어나고 그와 함께 사라지는 것이 아니고 언제나 새로운 의의를 가질 수 있는 것이 민족정신이다. [……] 이 두 가지 정신의 합치에서만 우리 민족문학의 대화는 이루어지는 것이니 본질적으로 순수한 시인만이 개성의 자유를 옹호하고 인간성의 해방을 전취하는 혁명시인이며 진정한 민족시인만이 운명과 역사의 공동체로서의 민족을 자각하고 정치적 해방을 절규하는 애국시인일 수 있는 것이다.[33]

여기서 드러나는 바와 같이 조지훈은 한때 시가 시류에 흔들리지 않는 정신의 확보와 함께 가능한 것으로 보았다. 이것은 범박하게 보아도 상당한 경사도를 가진 정신주의. 그런데 시인이 정신주의의 길을 택하는 경우 불가피하게 그는 그 기준이 되는 고전에 의거하게 된다. 시인이 아닌 사상가, 철인이라면 그는 이상적 행동철학을 스스로 계발해낼 수가 있다. 그러나 대부분의 시인은 그런 능력을 보유하지 않은 사람이다. 그 나머지 시인은 행동의 원천을 고전에서 얻어내지 않을 수 없는 것이다.

조지훈의 경우 이런 일은 두 가지 각도에서 모색될 수 있었다. 그 하나가 서구에서 그 원천을 구하는 길이었고 다른 하나가 동양고전의 세계에 의거

---

32) 『조지훈 전집』(3), 일지사, 1973, p.11.
33) 순수시의 지향, 『조지훈 전집』(3), 일지사, pp.211~222.

하는 길이었다. 조지훈은 후자의 길을 택했다. 그 까닭을 지적하는 것은 별로 어려운 일이 아니다. 文靑時代에 매력을 느꼈다고 하지만 서구의 근대시와 문학은 아무래도 그에게 거리가 있는 것이었다. 무엇보다 그는 「파우스트」나 「실락원」을 원서로 읽을 능력이 없었다. 보오드렐, 말라르메, 발레리, 릴케 등의 작품도 일본어 번역으로 읽을 수 있을 뿐이었다.

그러나 동양고전, 특히 한문으로 된 경전과 당시나 한국의 한문시로 화제가 바뀌어지면 사정은 그와 180도 달라질 수가 있었다. 이미 드러난 바와 같이 조지훈은 상경하기 전까지의 청소년기에 한문교육을 받았다. 거기서 얻은 능력으로 『고문진보』와 『당송팔가문』을 수용한 터였고 두보와 이백의 시의 상당수는 암송과 평설이 가능할 정도였다. 여기서 한 걸음 더 나아가 조지훈은 한시의 창작 능력도 보유하고 있었다. 이런 경우의 좋은 보기가 되는 것이 未刊 한시집인 『流水集』에 포함된 그의 작품 「旅懷」다.

千里春光燕子歸　　雲心水性動柴扉
苔封路石寒山雨　　酒熟江村暖夕暉
客窓殘燭思今古　　故國遺墟論是非
多恨多情仍乃病　　惜花愛月拂征衣

가이 없는 봄빛이라 제비들 찾고
물인 양 구름 마음 삽짝을 여네
이끼 낀 돌길에는 차운 뫼의 비
술익는 강마을엔 따뜻한 노을
나그네로 촛불 앞에 옛일 헤이니
옛 나라 끼친 터전 가슴 아프다.
다정하고 한많음도 병인 양하여
아쉬운 꽃 고운 달에 걸친 옷 터오.[34]

---

34) 원문은 김종균, 「조지훈 한시연구」, 『한국외대 논문집』(17) (1984), p.111에서 재인용, 단 의역은 필자에 의한 것임.

언뜻 보아도 드러나는 바와 같이 이 작품은 조지훈의 또 다른 작품인
「완화삼」을 연상케 한다. 이미 제시된 바와 같이 「완화삼」은 「차운산 바위
위에 하늘은 멀어」로 시작한다. 또한 거기에는 「나그네 긴소매 꽃잎에 젖어/
술익는 강마을의 저녁 노을이어」가 포함되어 있는데 이 두 줄은 그대로
「旅懷」의 마지막 두 줄에 대비될 수 있는 것이다.[35] 뿐만 아니라 조지훈의
작품 가운데는 제목만이 다르게 붙여진 한글시와 한시도 있다. 그의 한시
「送人」은 「送子靑山路/ 滿山花政飛/ 行行白日暮/ 應悔振衣非」로 되어 있
는데 이에 대비되는 작품 「송행 1」은 다음과 같다.

      그대를 보내노니
      푸른 산ㅅ 길에

      자욱히 꽃잎이
      흩날리노라

      가고가면 꽃비 속에
      白日은 지리

      날 두고 그대 홀로
      떨치고 간 소매가

      섧지 않으랴.

                              ─「송행 1」 전문[36]

여기서 우리는 하나의 사실을 지적해 볼 수 있다. 그것이 『청록집』이
나올 무렵까지 조지훈이 이외에도 깊숙히 한시의 세계로 빠져든 점이다.

35) 이에 대해서는 필자에 앞서 김종길 교수가 지적한 것이 있다. 『진실과 언어』, p.148 참조.
36) 『조지훈 시선』, pp.134~135.

이 무렵 그의 시 대부분은 발상단계에서 두보나 이백 또는 한국 한시인들의 작품을 염두에 둔 가운데 이루어진 것 같다. 그런 뼈대에 우리말을 문맥화시킨 것이 이 무렵 그의 시가 된 셈이다. 그런데 이런 시 해석과 조지훈의 정신주의 성향 및 일방적으로 생각되는 세속적 비리와 맞서는 태도 사이에는 어떤 상관관계가 있는 것인가. 이를 위해서 일단 우리는 조지훈의 가계 내지 혈통을 살필 필요가 있다. 본래 조지훈의 윗가지는 한양에 살았고 그 핏줄 가운데는 「聖學至治」를 지향한 靜庵 趙光祖가 있다. 조선왕조가 건국 이념을 유학에 둔 사실은 널리 알려진 바와 같다. 유학은 임금을 섬기면서 이루어지는 정치지만 올바른 정치를 위해서는 임금조차가 절대자는 아니다. 유학이 이상으로 하는 왕도정치를 위해서는 임금까지가 끝없이 성학인 유학을 익히며 배우는 가운데 나라를 다스려야 한다.

이런 기준에 따라 신하들 특히 그 가운데 간관들은 언제, 어디에서나 임금에 충간의 말을 올릴 수 있다. 그런데 실제 정치에 임하고 보면 나라 다스리기가 반드시 「聖學至治」의 논리대로 이루어지지는 않는다. 사람에 따라서는 이것을 정치현실로 인정하는 경우가 생겼다. 그들이 바로 수구파 권신들로 지칭된 현실 정치론자들이다. 趙靜庵 등 신진사류는 이런 현실론을 있을 수 없는 패덕으로 규정했다. 그리고 그 대체 개념으로 성학을 외곬으로 믿는 이상정치를 기한 것이다. 개략해서 보아도 이것은 상당히 경직된 정신주의다. 그런데 조지훈의 조상이 바로 이런 趙靜庵의 피붙이였다.

조지훈의 조상은 趙靜庵이 士禍를 입자 남행 길을 택해 영양 주실의 산골에 숨어 들었다. 그리고 그후 다시 벼슬 길에 올라 권좌를 차지하지도 못했다. 그러면서 글과 덕행으로 영남 남인의 일원이 되기는 했다. 그런데 영남 남인들의 특징을 이루는 것이 교조적으로 유학을 주장하고 그것으로 가통을 삼는 점이다. 조지훈은 그 성장시기를 이런 문화환경 속에서 자랐다. 그 나머지 그에게는 훗날의 정신주의가 어렸을 때부터 이미 깊숙이 자리잡은 것이다. 이런 정신주의가 현실 배제, 반정치의 단면을 띠고 나타난 일도 그 해석이 어렵지 않다. 철들자 조지훈이 한문과 한시에 경도된 사실은 이미 지적된 바와 같다. 시인을 지망했을 때도 그가 이상으로 하는 시는 두보나 이백의 것일 수밖에 없었다. 그런데 철이 들면서 그가 읽은 시 가운데는 한국의 계급시가 있었다. 그 조잡한 형태에 조지훈은 생리적인 반발을 느꼈다고 한다.[37] 카프의 시에 조지훈이 반발한 것은 거기에 문학과 시를 뒷전에 돌린 정치적 목적의식이 판을 친 때문이었다. 그런데 8·15가 되자 그런 카프의 후신인 문학가동맹이 문단을 뒤흔들었다. 이때 조지훈은 문학가동맹 곧 정치지망 문학집단으로 본 것 같다. 그 나머지 그는 현실과 정치에서 한 획을 긋는 반세속주의 시를 제창하고 나섰다. 그가 영원한 생명을 누릴 시, 동양 고전에 의거한 반정치의 순수시를 지향한 것 역시 그 연장선 상에서 이루어졌다.

다음 제 2단계의 조지훈 시는 그가 시대와 역사를 전신으로 떠받치고자 한 후기시의 과정에서 빚어진 것으로 볼 수 있다. 4·19를 그가 전면적 진실로 작품에 수용한 사실은 이미 자세히 들어난 바와 같다. 5·16 이후 빚어진 군사문화의 거센 탁류를 조지훈이 온몸으로 물리치고자 한 것도 두루 알려진 대로다. 조지훈의 이와 같은 행동 양태는 그의 청소년기부터 예견된 일이다.

본래 조지훈이 배제한 것은 계급 지상주의의 행동양태에 국한되어서였다. 그와 다른 양태에 속하는 행동 곧 민족의 편에 서는 경우에 그는 일찍부터 그런 의식을 짙게 지니고 있었다. 나이 열여섯 살로 시골 생활을 접고 처음 상경하여 그가 찾은 것이 만해 한용운이었다. 다음 해 그가 해외 항일 무장투쟁의 거벽 一松 金東三의 시신을 만해와 함께 수습한 일은 이미 밝힌 바와 같다. 이런 그의 단면은 혜화전문을 마치고 조선어학회의 사전편찬사업에 자진 참여한 일로도 입증된다. 연보를 보면 조지훈이 혜화전문을 마친

---

37) 『시와 인생』, pp.319~320.

것이 1941년이다. 이 무렵 이미 일제는 세계제패의 야욕 달성에 여념이 없었다. 그 나머지 한반도에는 초전시 체제가 선포되어 어느 시인이 노래한 것처럼 「꽃한송이 피워낼 地球」가 없는 상황이 몰아닥쳤다. 학교를 마치자 조지훈에게는 일정한 보수와 안정된 신분이 보장되는 직장을 가질 기회가 있었다. 당시로서는 한반도에서 몇 안되는 연구기관으로 滿蒙民俗資料館에서 근무할 기회가 생겼다. 이것은 경성제대의 교수인 赤松, 秋葉의 양교수가 그의 능력을 인정한 결과였다.[38] 그런데 조지훈은 이렇게 좋은 조건의 직장을 거절하고 나가지 않았다. 뿐만 아니라 이때 그가 택한 것이 조선어학회의 우리말 사전편찬에 관계하는 일이었다.

조지훈의 이때에 택한 사전편찬사업 참여는 한푼의 보수도 없는 가운데 이루어졌다. 뿐만 아니라 일제는 조선어학회 주변에 삼엄한 사찰의 눈을 번뜩이고 있었다. 이때 조지훈이 택한 어학회 참여는 1942년에 일어난 어학회 관계자의 일제 검거로 끝이 났다. 다행히 그는 그때 정식 어학회회원의 명부에 이름이 오르지 않아 투옥은 면했다고 한다. 그 나머지 연행 당하여 문초를 받는 것으로 석방이 되었다.[39] 그러나 어떻든 이것은 그가 어려운 시기에 민족을 의식하면서 산 자취임에 틀림없다.

조지훈의 이런 민족 의식에 남인정신이 결부되면 역사, 사회의 위기 국면이 몰아닥쳤을 때 「捨身取義」의 행동양태가 나타난다. 남인이 강하게 정신주의자들의 집단이었음은 이미 밝혀진 바와 같다. 그들에게는 현실적인 정치 논리 이전에 절대를 의미하는 聖學이 있었다. 이 성학이 국가, 민족을 외연으로 삼는 경우 현실과의 타협은 존재할 수 없다. 거기에는 비판이 선행하고 그에 뒤따른 성토와 행동이 있을 뿐이다. 나아가 그것이 거부, 배제되는 경우가 상정될 수 있다. 이것은 국가 사직을 위한 대의와 도가 끊어지는 경우다. 이렇게 되면 선비는 목숨을 내걸고 그것을 광정하기를 기할 수밖에

---

38) 「나의 역정」, 『조지훈 전집』(4), 일지사, 1973, pp.161~162.
39) 「花洞時節의 추억」, 『돌의 미학』, 고려대출판부, 1964, pp.39~41.

없게 된다. 6·25를 통해 조지훈은 그의 순수가 문학을 위해서도 절름발이임을 통감한 것 같다. 그 나머지 그는 종군문인의 일원으로 전선에 임했으며 「다부원에서」, 「여기 괴뢰군 병사가 누워 있다」 등의 전선시를 썼다. 그리고 일단 현실과 역사에 눈뜨자 그는 이승만 정권의 부정부패와 정치적 비리도 좌시할 수가 없었다. 그 나머지 4·19 이전의 혼미한 문단 일각에서 그는 「선비의 직언」을 썼고 「지조론」을 썼다. 이들 글은 「선비는 나라 기강이요 사회정의의 지표다」[40]를 골자로 한다. 그 문맥 속에는 그런 지식인이며 선비가 이 정권의 비리를 좌시할 수 있느냐 식의 결의가 담겨 있다.

5·16 이후 조지훈의 시작활동은 현저하게 그 숫자가 줄어든다. 이것을 그의 건강에 결부시켜 정력감퇴로 보는 것은 매우 빗나간 생각이다. 시가 아닌 산문, 논설을 통해서 조지훈은 그 어느 때보다 많은 양의 글을 발표했다. 또는 조지훈의 논설활동과 시를 별개로 보는 것도 과녁을 찌르지 못한 생각이다. 평상시 선비에 속하는 사람들은 풍류에 젖고 시를 짓는 것으로 주업을 삼는다. 그러나 국가, 사직이 위기에 처하면 그들은 그 무엇보다 앞서 논책을 준비하고 시국광정을 기하는 상소문을 짓는다. 그리고는 궁궐 앞에 엎드려 잘못을 바로 잡든가 목을 베이는 일 중 양자 택일을 외치는 것이다. 이때 선비의 가슴을 차지한 것은 「破邪顯正」의 의기일 뿐이며 「捨身取義」의 행동원칙일 따름이다. 거기에는 이미 시가 먼저냐 역사, 현실이 더 중요하냐의 한계가 없다. 이런 시각에서 볼 때 조지훈은 우리 시대를 산 선비 중의 선비다. 그의 시와 인생은 그런 의미에서 우리와 동시대에서는 유례가 없을 정도로 독특한 것이며 志氣에 차 있다. 앞으로 이루어지는 조지훈론에는 이런 시각이 수용되어야 한다.

---

40) 『지조론』, 나남, p.102.

조지훈의 문학사적 위치

오세영

1

다 아는 바와 같이 조지훈은 소위 청록파의 일원으로서 해방 이후 우리 시단의 전개에 중요한 역할을 담당했다. 따라서 그가 타계한지 20주년이 되는 오늘 그의 시사적 위치를 한번쯤 점검해 보는 것은 우리 시의 발전을 위해 결코 무의미한 일이 되지는 않을 것이다. 이러한 관점에서 우리는 엘리 오트가 한 시인의 문학사적 의의는 그 이전 시인들과의 관계성 속에서 해명되어야 하며 그의 작품이 지닌 신기성(新奇性, novelty)이 현전하는 문학적 질서를 어떻게 변화시키는가 하는 관점에서 평가되어야 한다고 주장한 바[1]를 참고삼을 필요가 있다.

필자의 견해로 한 시인의 문학사적 위치는 두 가지 점을 살펴봄으로서 가능하다. 그 하나는 그 시인이 맥을 대고 있는 과거의 문학적 전통이 무엇인가 하는 점이요, 다른 하나는 그러한 과거적 질서를 변형시킴에 있어 그의 기여가 있었는가, 있었다면 그 기여한 바 새로운 가치란 무엇인가하는 점이다.

---

1) T.S. Eliot, "Tradition and The Individual Talent", *The Sacred Wood*(London: Methuen & Co, 1920).

따라서 필자의 논의는 조지훈의 작품세계나 문학사상, 또는 미적구조와 같은 측면보다도 그의 문학이 우리 문학사의 질서에 어떤 변화를 촉발시켰는가 하는 측면에 초점을 맞추어 그것을 문학적 태도, 작가 성신, 기법이라는 세 가지 관점에서 살펴보도록 하겠다.

2

조지훈은 생전에 모두 5권의 시집을 간행하였다. 『청록집(靑鹿集)』(1946, 박목월, 박두진과의 공동시집), 『풀잎단장(斷章)』(1952), 『조지훈시선(趙芝薫詩選)』(1956), 『역사(歷史) 앞에서』(1959), 『여운(餘韻)』(1964)이 그것이다. 그러나 『여운』을 제외할 때 나머지 시집들은 그의 문학생애의 각 시기를 순차적으로 정리 편찬해 낸 것들이 아니다. 이를테면 『풀잎단장』 수록 시들은 『청록집』 시대에 쓰여진 것들이 대부분이며, 『조지훈시선』이나 『역사 앞에서』 역시 그의 문단 데뷔 전후의 시들에서부터 이들 시집이 간행되던 당대까지의 시들을 모아놓은 것이다. 따라서 『여운』 이외의 시집들에 수록된 시들은 상호 중복된 것들이 많다. 지훈의 사후, 전집을 통해 공개된 그의 유고시들(『조지훈전집』 2권(일지사, 1973)에 수록된 시들) 역시 문학청년시절에서부터 임종시까지의 작품들로서 생전에 시집으로 묶여지지 못하고 누락된 것들이다.

그런데 여기서 한 가지 주목할 것은 그가 의도적으로 사회시들만을 모은[2] 『역사 앞에서』를 제외할 경우 유고 시들을 포함한, 그외의 모든 시집에 수록된 시들의 경향이 단일하지 않고 다양하다는 점이다. 이는 그럴 수밖에 없으리라 생각된다. 왜냐하면 앞서 지적한 바와 같이 『여운』 이외 그의 모든

---

2) 『역사(歷史) 앞에서』의 서문.

시집들은 시를 시기별로 묶지 않고 이를 혼합해서 묶었기 때문이다. 그러나 그의 시들을 전체적으로 일별하면 나름의 몇 가지 경향이 시기별로 대응되어 있음도 부인할 수 없다. 이는 그 자신의 고백과도 일치되는 터이다. 『조지훈시선』과 『청록집 이후』(현암사, 1968)의 후기에 지훈은 자신의 시의 변모를 다음과 같이 술회한 적이 있다.

① 서구적 감각의 화사와 퇴폐의 시 「지옥기(地獄記)」, 「화비기(華悲記)」, 「계산표」, 「부시(浮屍)」 등 —— 습작기와 문단 데뷔 직전의 동인지 『백지(白紙)』 시기

② 「고풍의상(古風衣裳)」, 「승무(僧舞)」, 「봉황수(鳳凰愁)」 등 민족정서에 대한 애착과 사라지는 것에 대한 애수의 시 ——『문장』지 추천 시기

③ 「산(山)」, 「고사(古寺)」, 「산방(山房)」, 「유곡(幽谷)」, 「마을」 등 선미(禪味)와 관조의 시 —— 오대산 월정사의 시기

④ 「완화삼(玩花衫)」, 「파초우(芭蕉雨)」, 「낙화(落花)」, 「고목(枯木)」 등 '방랑과 운수심성(雲水心性)'의 자연 은둔시 —— 해방 직전, 조선어학회 시대

⑤ 「밤」, 「풀잎단장」, 「묘망」, 「화체개현(花體開顯)」, 「흙을 만지면서」, 「산길」, 「바다가 보이는 언덕길」, 「코스모스」 등 자연과 인생, 사랑과 미움에 대한 고요한 서정의 시 —— 해방 전후의 시기

⑥ 시집 『역사 앞에서』로 대변되는 현실 참여 및 사회 비판시 —— 해방 직전에서부터 타계할 때까지 사회적 변동이 있을 때마다 썼음.

그리하여 조지훈은 스스로 고백하기를 최소한 6권의 시집을 엮어야만 시집별로 이 일관된 여섯개의 경향을 묶어낼 수 있을 것이라고 말하였다. 그리고 그러한 의도를 선시집으로 펴낸 것이 『조지훈시선』이었다. 이 시집에 수록된 시들은 모두 5장으로 나뉘어 있으며 이는 각각 ①~⑤의 경향의 시들로부터 15편 내외씩을 뽑은 것이다. ⑥의 경향의 시들은 이 선시집에서 제외되었는데 별도로 『기려초(羈旅抄)』라는 제목의 시집을 편하려고 의도

했던 것 같다. 그러나 이는 이루어지지 못하였다. 애초의 이름과는 다르지만 아마도 『역사 앞에서』가 이를 대신했던 것이 아닌가 생각된다. 이 여섯 가지 경향이 시기별로 쓰였다고는 하나 그것은 습작기인 1936년에서부터 1945년 해방에 이르기까지의 불과, 8, 9년 동안에 이루어진 변화이다. 따라서 조지훈의 시세계에 있어서 각 경향들은 1~2년이라는 짧은 기간에 성립되었음을 알 수 있다.

그러나 어쨌든 그의 초기 8, 9년 동안에 형성된 이와 같은 시세계는 지훈 자신이 공언했던 바와 같이 초지일관 그의 전 문학생애를 지배하였다. 그것은 지훈에게 있어서 유일하게 한 시기의 시들을 정리한, 동시에 『조지훈시선』 이후 후기시를 대표한 시집인 『여운』에서 이 여섯 가지의 경향이 고루 나타나고 있음을 보아서도 확인된다. 따라서 조지훈의 시집들은 그 자신이 밝힌 바처럼[3] 『청록집』에 ②, ③, ④의 경향이, 『풀잎단장』과 『조지훈시선』에 ①, ②, ③, ④, ⑤의 경향이, 『역사 앞에서』에 ⑥의 경향이, 『여운』과 기타 유고시에 ①, ②, ③, ④, ⑤, ⑥의 경향이 내포되어 있다.

그런데 여기서 ①의 경향은 습작기의 소산으로 그 이후 시작에서는 큰 비중을 갖지 못했을 뿐 아니라 그의 문학에서 차지하는 위치도 미미하다. 따라서 서구적 감수성 또는 모더니즘의 영향 아래 쓰여졌다고 보여지는[4] ①의 경향을 제외할 때 조지훈의 시는 현실대응 태도라는 관점에서 다시 크게 두 유형으로 나뉘어질 수 있으리라 생각한다. 그 하나는 ②, ③, ④, ⑤의 경향이 지닌 현실도피, 자연은둔적 세계요, 다른 하나는 ⑥의 경향이 지닌 사회저항, 현실참여적 세계이다.

　　② 하늘로 날을 듯이 길게 뽑은 부우연 끝 풍경이 운다.

---

3) 『조지훈시선(趙芝薰詩選)』의 후기 및 「나의 시의 편력(遍歷)」, 『청록집(靑鹿集) 이후』(현암사(玄巖社), 1968).
4) 위의 글들.

처마끝에 곱게 늘이운 주렴에 반월이 숨어
아른아른 봄밤이 두견이 소리처럼 깊어 가는 밤
곱아라 고아라 진정 아름다운지고
파르란 구슬빛 바탕에
자지빛 호장을 받친 호장저고리
호장저고리 하얀 동정이 환하게 밝도소이다.

－「고풍의상」

③ 소나기 한주름 스쳐간 뒤
　벼랑 끝 풀잎에 이슬이 진다.

　바위도 하늘도 푸르러라
　고운 넌출에

　사르르 감기는
　바람 소리

－「산」

④ 외로이 흘러간 한송이 구름
　이밤을 어디메서 쉬리라던고

　성긴 빗방울
　파초잎에 후두기는 저녁 어스름

　창 열고 푸른 산과
　마조 앉아라

－「파초우」

⑤ 무너진 성터 아래 오랜 세월을 풍설에 깎여온 바위가 있다.
　아득히 손짓하며 구름이 떠가는 언덕에 말 없이 올라 서서

한 줄기 바람에 조찰히 씻기우는 풀잎을 바라보며
나의 몸가짐도 또한 실오리 같은 바람결에 흔들리노라.
아 우리들 태초의 생명의 아름다운 분신으로 여기 태어나
고달픈 얼굴을 마주대고 나직이 웃으며 얘기 하노니
때의 흐름이 조용히 물결치는 곳에 그윽히 피어오르는 한떨기 영혼이여

ㅡ「풀잎단장」

지훈 자신이 ⑥의 경향을 제외하고 나머지 다섯 개의 경향으로부터 각각
15편 내외씩을 뽑아 편했다는 시선집(詩選集)『조지훈시선』에서 그 각 경향
에 속하는 시들을 임의적으로 하나씩 골라 본 것들이다. 별도의 설명이 없더
라도 이들 시가 모두 현실을 초월해 자연은둔적인 삶을 노래했다는 점에서
공통되고 있다는 사실은 쉽게 발견된다. 사회현실이나 인간과 인간의 관계
에서 일어나는 문제들은 전혀 시인의 관심 밖에 있다. 그는 정치 사회현실에
대하여 문을 닫고 자연 속에 칩거하면서 오직 자연의 의미 그 자체나 자연
속에서의 인간의 고결한 삶을 노래했을 뿐이다. 가령 ②에서 시인은 실제
현실과는 아무 상관 없는, 과거적인 것의 무상과 애상미를 그려 보여준다.
그것은 소멸하는 것들의 아름다움이다. ③에는 자연에 대한 객관적 인식이
엿보인다. 즉 자연의 내밀한 질서, 자연이 지닌 바 보편적 섭리를 탐구하고
있다. 예컨대 소나기 진 뒤 사르르 말리는 넝쿨의 새순과 같은 상징 등이다.
한편 ④는 자연 속에서의 청정하고 무욕한 삶을, ⑤는 생명의 근원으로서의
자연 또는 영원한 귀의처로서의 자연을 그려 보여주고 있다.

그러나 여기서 주목할 것은 '현실도피나 초월'이라는 의미보다는 '자연은
둔'이라는 의미가 더 강조되어야 한다는 사실이다. 때때로 격렬한 사회 저항
시나 현실 참여시를 썼던 조지훈을 염두에 둔다면 더욱 그러하다. 앞의 인용
시들의 내용에서 우리가 직접 살펴본 바가 그렇거니와 지훈 자신이 ③의
계열에 대해 '자연을 있는 그대로 직관하고 관조한' '선미(禪味)의 시'라고

했던 것, ④를 '한만(閑滿)한 동양적 정서'와 '운수심정(雲水心情)'으로 썼다고 했던 것, ⑤의 계열을 '고향에 누워 해방을 기다리며' '자연과 인생 사랑과 미움에 대한 서정'으로 썼다고 했던 것 등도[5] 이들의 시가 모두 자연을 소재로 하여 자연의 의미나 자연 속에서의 인간의 삶을 탐구했음을 그 스스로 고백한 언급들이라 할 수 있다. 이 중 그가 '민족정서와 전통에의 향수와 사라져간 것들에 대한 애수'를 노래했다고 한 ②의 시들이 이 경향에서 약간 벗어나 있다고 하겠지만 그 역시 비사회적, 비생활적이라는 의미에서 은둔적 삶을 표현한 시라고 해도 큰 무리는 없을 듯하다. 우선 이 계열의 시들은 수량에 있어서 얼마되지 않고(그의 전체시들 가운데 『조지훈 시선』에 실린 16편 정도) 그 소재나 기법, 정신적 지향 등이 귀거래적(歸去來的)이기 때문이다.

한편 그는 문단 데뷔시기부터 전 문학생에 걸쳐 사회적 불의가 만연할 때는 언제나 서슴치 않고 사회를 고발하거나 현실을 비판하는 시들을 썼다. 예컨대 일제 폭력에 대한 울분을 시로 쓴 「화비기(華悲記)」, 「비혈기(鼻血記)」, 해방의 격랑기에 쓰여진 「산상(山上)의 노래」, 「불타는 밤거리에」, 「역사 앞에서」, 6·25의 비극을 고발한 「다부원에서」, 「너는 38선을 넘고 있다」, 4·19의 감격을 쓴 「터져오르는 함성」, 「우리는 무엇을 믿고 살아야 하는가」 등이다.

> 눈물을 잊어버린 사나이에게 어쩌자고 한잔 술을 권하는 사람들만 이리도 많은가, 꼭같은 한이 있어 같이 울자구 이 술잔이 동정을 내게 주는가, 술을 마시고 피를 뽑아주마 더운 피를 아낌 없이 너를 위해 뽑아주마.
>
> ─「비혈기」

> 너희 그 착하디 착한 마음을 짓밟는
> 불의한 권력에 저항하라.

---

5) 위의 글들.

사슴을 가리켜 말이라 하는 세상에
그것을 그런 양하려는
너희 그 더러운 마음을 고발하라.

－「잠언」

　일제말 지식인의 한을 그린 시 한편과 이승만 독재정권에 저항한 시 한편
을 각각 인용해 보았다. 앞의 자연은둔적 경향과 전혀 다른 시세계임이 한눈
에 드러난다. 현실을 회피하기는 커녕 맞서 싸우는 시인의 결연한 의지와
행동을 살펴볼 수 있다. 이렇게 본다면 지엽적인 예외성이 없는 것은 아니지
만 전체적으로 조지훈의 시는 크게 사회참여적 경향과 자연은둔적 경향으
로 이대별(二大別)될 수 있을 것이다. 이로써 우리는 조지훈의 시에서 다음
과 같은 사실들을 발견케 된다.
　첫째, 지훈의 시세계는 다양한 여섯 가지의 경향으로 구성되어 있다.
　둘째, 이 다양한 여섯 가지의 경향은 현실대응 태도라는 관점에서 크게
두 가지 즉 자연은둔적 세계를 지향하는 것과 현실비판적 세계를 지향하는
것들로 나뉘어 질 수 있으며 이들은 서로 상반되는 관계를 지닌다.
　세째, 이질적이거나 상반되는 이 여러 경향들은 이미 해방 전후의 시기
이전에 확립된 것들이다.
　넷째, 습작기와 문단 데뷔기에서부터 해방 전후에 이르기까지의 약 8~9
년 동안에 형성된 이와 같은 문학적 경향은 그 이후에도 큰 변화 없이 그대
로 지속되었다. 나아가 해방 전후의 시기 이전에 있어서는 이들 경향이
1~2년의 기간을 통해 순차적으로 나타났지만 그 이후에는 동시적으로 나
타났다.
　다섯째, 특히 그의 사회시들(⑥의 경향의 시들)은 —— 비록 문단 데뷔
무렵에서는 저조했으나 —— 그의 전 문학생애를 통해 사회적 변동이 있을
때마다 꾸준히 쓰여졌다.

3

한 시인의 시세계는 그의 전 문학생애를 통하여 시종여일하게 지속될 수도 있고 다양하게 변모될 수도 있다. 그럴 경우 전자는 별로 문제가 될 것이 없겠으나 후자는 그 변화의 내적 필연성이 해명되지 않으면 아니된다. 왜냐하면 시세계의 변화란 시정신의 굴절에서 야기되는 것이고 한 시인의 시정신에는 그 나름의 정체성이 주거해 있다고 생각되기 때문이다. 이러한 관점으로 볼 때 조지훈의 시를 해명함에 있어 일차 부딪히는 문제는 어찌하여 한 시인의 시세계에 여러 다양한 경향들이 대두될 수 있으며 그것도 동시기에 서로 상반할 수 있느냐 하는 점이다. 한마디로 나는 그것이 그의 선비정신에서 설명될 수 있으리라 믿는다. 즉 조지훈의 시세계를 지배하는 정신은 선비정신이며 그의 시가 현실 대응에 있어서 보여 주는 두 개의 대립되는 경향들은 선비정신이 지닌 양면성의 표현이라는 사실이다.

지훈의 가통이 영남의 대표적인 유학자의 집안이었다는 것, 소시적에 한학자였던 조부로부터 엄한 한문 교육을 받았다는 것, 그리고 이와 같은 환경에서 자란 지훈의 인격이 '유교 내지 한문학적 바탕 위에 불교적인 체관(諦觀)과 선(禪)의 기미를 곁들인 교양[6]'으로 이루어졌으며 실제로 그의 생애가 초지일관 지사로 끝맺음 했다는 것 등은 널리 알려진 사실이다. 이에 대해 문단과 직장에서 그를 오랫동안 지켜보았던 김종길은 한마디로 지훈의 인물됨을 다음과 같이 평하고 있다.

> 실로 지훈의 한 개인으로서의 특질은 그가 서구적인 교양과 감수성을 겸한 동양 내지 한국의 '선비'의 전통을 이어받은 뛰어난 재질과 용기를 가진 사람이었다는 것으로 요약된다. ……중략…… 그리고 그의 다면적인 특질과 능력이 특히 '선비'로서의 풍격과 지조라는 정신적인 지주를 중심으

---

6) 김종길, 「조지훈론」, 『청록집 기타』(현암사, 1968).

로 통합되고 있었다는 사실도 또한 그러하다.[7]

선비로서의 지훈의 풍모는 해방 전후와 6·25의 난세에서 보여 준 처신 그리고 이승만 독재정권과 5·16군사쿠데타에 대한 저항에서 행동적으로 표현되었지만[8] 그의 많은 산문들을 통해서도 엿볼 수 있다. 특히 그가 4·19 전후에 쓴 「지조론」, 「선비의 직언」, 「의기론」 등은 불의의 시대에 있어서 올바른 선비의 도(道)가 어떤 것인가를 설파한 대표적인 논설들이다. 그의 내면정신을 이해하기 위해서 몇 개의 글들을 인용해 보기로 한다.

(1) 김군! 자네는 착하나 좀 느리고 진실하나 날카롭지 못한 것이 허물일세. 이것이 내가 군을 위하여 추수(秋水)라는 호를 주는 까닭이니 시인의 금심수장(錦心繡腸)도 추수(秋水)의 신(神)과 옥(玉)의 골(骨)을 못 가지면 안 되는 것, 태아(太阿)의 검(劍)과 같이 푸른 서슬로 혹은 백천관하(百川灌河)의 기개를 군이 가질 수 있겠는가. 실상은 사내 나이 스물도 어린 나이는 아닌 것. 시가 인생보다 가벼움을 이제 못 깨달으면 몇 줄의 시는 마침내 도로(徒勞)에 그치리. 나는 이 몇 줄의 글을 쓰는 인연으로 하여 이제부터 자네를 지켜보겠네. 그 마땅히 각골부심할 진저[9]

(2) 지성인 곧 선비는 나라의 기강(紀綱)이요 사회정의의 지표이다. 그러므로 한 나라의 기강을 바로잡고 사회정의 지표를 확립하자면 무엇보다도 먼저 선비가 기절(氣節)을 숭상함으로써 선비의 명분을 세우지 않으면 안 된다. …… 중략 …… 정(正)과 사(邪)가, 의(義)와 불의(不義)가 뒤죽박죽이 된 세상을 백성 앞에 분명히 흑백을 가려줄 사람이 누구인가. 지성인을 두고 이 일을 능히 할 사람은 없을 것이다. ……중략…… 선비의 기절은 몸소 행하고 마침내 살신성인(殺身成仁)의 경지에까지 그 정신의 높이를 끌어올릴 수 있는 신념 있는 행동에의 사모다. 나라는 흥망의 관두(關頭)에

---

7) 위의 글.
8) 홍일식(洪一植), 「지훈(芝薰)의 인품과 향훈」, 박노준, 「논객 조지훈의 면모」, 박희진(朴喜璡), 「지훈선생의 이모 저모」, 『조지훈연구』(고려대학교 출판부, 1978) 참조.
9) 시집 『낙화집(落花集)』서(序), 『조지훈전집』 3(일지사, 1973).

서 있다. 선비도 해야 할 말이 있고 하지 않으면 안 될 일이 있다.[10]

   (3) 지조(志操)란 것은 순일(純一)한 정신(精神)을 지키기 위한 불타는 신념이요, 눈물겨운 정성이며 냉철한 확집(確執)이요, 고귀한 투쟁이기까지하다. ……중략…… 지조는 선비의 것이요 교양인의 것이다. 장삿군에게지조를 바라거나 창녀에게 지조를 바란다는 것은 옛날에도 없었던 일이지만 선비와 교양인과 지도자에게 지조가 없다면 그가 인격적으로 장삿군과창녀와 가릴 바가 무엇이 있겠는가. ……중략……도도히 밀려오는 망국의탁류 —— 이 금력과 권력 앞에 목숨으로써 방파제를 이루고 있는 사람들은지조의 함성을 높이 외치라.[11]

   (1)은 조지훈이 김관식(金冠植)의 처녀시집『낙화집(落花集)』에 써준 서문 가운데서 그 일부를 인용해 본 것이다. 젊은 시인에게 준 격려의 말로되어 있으나 지훈 자신의 시인관 내지 인간관을 엿볼 수 있다. 이 글에서제시한 바 '추수의 신과 옥의 골'을 가진 인간, 혹은 '태아의 검과 같이푸른 서슬'과 '백천관하의 기개'를 가진 인간이 그의 이상적인 인간관이라면 시가 결코 인간의 삶보다 중요할 수 없다고 생각하는 것은 그의 기본적인시인관이라 할 수 있다. 그런데 이 두 가지는 모두 선비의 본질적 특성들이다. 왜냐하면 전자는 선비가 지녀야 할 지조와 절의의 정신을 가리키는 것으로 보이며 후자는 도학자로서 선비의 문학관을 피력한 것으로 보여지기때문이다.

   원래 이상적 인간형으로 선비를 제시했던 유교는 그 무엇보다도 인간을상위의 가치에도 두었다. 가령 '진리(道)란 사람에게 떨어져 있을 수 없고사람에게 떨어질 수 있는 진리란 이미 진리가 아니다'라는『중용(中庸)의말씀이나[12] '사람이 진리(道)를 넓히는 것이요, 진리가 사람을 넓히는 것이

---

10) 조지훈,「선비의 직언(直言)」, 전집 5.
11) 조지훈,「지조론(志操論)」, 전집 5.
12)『중용(中庸)』,「도론(道論)」道不遠人 人之爲道而遠人 不可以爲道.

아니다'라는 『논어(論語)』의 말씀은[13] 이를 대변한 것이다. 진리를 뜻하는 유교의 용어인 도(道)에도 사람의 머리(首)와 사람의 걸음(辵)이라는 뜻이 들어 있다. 따라서 기본적으로 유교적 가치관에 있어서 진리란 인간완성(도(道)의 실현)의 방편이다.

　문학 역시 마찬가지라 할 수 있다. 위의 인용문에서도 가령 '진리'(道)라는 말 대신에 '문학'이라는 말을 쓴다면 문학은 인간을 위해서 존재하는 것이 되며 도(道)의 실현을 위한 방편이라는 뜻이 된다. 공자가 시를 사무사(思無邪)라 하고 '詩可以興 可以觀 可以群 可以怨 邇之事父 遠之事君 多識於鳥獸草木之名'[14]이라고 했던 것, 주자(朱子)가 '文所以載道 猶車所以載物', '道者文之根本 文者道之枝葉 惟其根本乎道 所以發之於文皆道也 三代聖賢文章皆從其心寫也 文便是道也'[15]라고 했던 것 등이 모두 그러하다. 따라서 '시가 인생보다 가벼움을 깨달아라'는 지훈의 말은 그 앞서 '태아의 검과 같은 푸른 서슬'과 '백천관하의 기개'로 표현된 그의 지조와 절의의 정신에 비추어 볼 때 선비정신에 입각한 시인관의 표현이라 보아야 할 것이다.

　한편 3·15 부정선거 직전과 직후, 선비정신의 시대적 요청에 대하여 쓴 (2)와 (3)도 지훈의 인간관과 그의 신념이 어떤 것인가를 잘 드러내 보여 주고 있다. 그것은 이렇게 요약된다. 즉 지성인——'문인, 학자, 교육가, 종교가'——은 본질적으로 선비라는 것, 선비정신의 핵심은 지조인데 순일한 신념을 지키기 위해서는 살신성인의 경지에까지 이르러야 한다는 것, 정과 사, 의와 불의의 분별이 근본이라는 것, 행동 없는 선비란 있을 수

---

13) 「衛靈公」, 人能弘道 非道弘人.

14) 『논어(論語)』 「陽貨」.

15) 주렴계(周濂溪)가 『통서(通書)』에서 '文所以載道也 輪轅飾而人弗庸 徒飾也 況虛事乎'라고 말했던 것을 주자가 붙인 주석 이하 "故爲車者必飾其轅輪 爲文章必美其詞說 皆欲人之愛而用之 然我飾之而人不用則猶爲虛飾而無益於實 況不載物之車 不載道之文 雖美其飾亦何爲乎……로 되어 있음. 주자(朱子), 『朱子語錄』, 「論文類聚」.

없다는 것 등이다.

선비에 대한 지훈의 이와 같은 이해는 '뜻 있는 선비와 어진 사람은 살기 위하여 인(仁)을 해치지 않고 살신하여 인(仁)을 이룬다[16) '선비가 위태로움을 당하여서는 생명을 바치고 얻음을 당하여서는 의(義)를 생각한다.'[17]는 『논어(論語)』의 말씀이나 '곧고 바른 것으로 의리를 지키고 순수하고 밝은 것으로 사(邪)와 정(正)을 분별하는 것' 즉 정일지공(精一之功)이 선비의 본분이라고 한 정암(靜菴)의 말씀에[18] 일치하는 것이다. 선비정신에 입각한 지훈의 삶과 문학은 자신의 인생관을 고백했다고 보여지는 시 「이력서(履歷書)」에서 다음과 같이 솔직하게 피력된 바도 있다.

> 마음이 가난한 게 유일의 재산이올시다. 어떠한 고난도 부질없이 생명을 포기하지 않을 신념이 있습니다. 조금만 건드려도 넘어질 사람이지만 폭력 앞에 침을 뱉을 힘을 가진 약자올시다. 패자(敗者)의 영광을 아는 주검을 공부하는 마음이올시다. ……중략…… 거짓말은 할 수 없는 사람이올시다. 참말은 안 쓰는 편이 더 진실합니다. 당신의 생각대로 하옵소서 —— 공자 일생취직란(孔子 一生就職難)이라더니 이력서는 너무 많이 쓸 것이 아닌가 하옵니다.

'지극한 정성을 오(汚)의 절(切)과 바꾸지 않고' '한마리의 학(鶴)'으로 살기를 바라며 '어떤 고난에도 부질없이 생명을 포기하지 않을 신념'을 가진 지훈, 자신의 일생을 공자의 그것과 비교하고자 하는 지훈의 삶이 선비를 지향할 수밖에 없으리라는 것은 앞의 논설들을 참고할 때 너무나 당연하다. 그의 체질화된 인격으로서 이와 같은 선비정신은 그의 문학활동에서 행동적으로 표현된다. 시집 『역사(歷史) 앞에서』로 대표되는 ⑥의 사회참여시

---

16) 「위령공(衛靈公)」, 志士仁人 無求生而害仁 有殺身以成仁.
17) 「자장(子張)」, 士見危致命 見得思義. 祭思敬喪思哀其可已矣
18) 금장태(琴章泰), 『유교(儒敎)와 한국사상(韓國思想)』(성균관대학 출판부, 1980), 142면.

계열을 들 수 있다. 즉 그의 사회참여시들은 선비정신의 실천적 행동으로서 쓰여진 것들이다.

　　공산주의와 싸우기 위하여 공산주의를 닮아 가는 무지가 불법을 자행하는 곳에
　　민주주의를 세운다면서 민주주의의 목을 조르는 폭력이 정의를 역설(逆 說)하는 곳에
　　버림받은 지성이여, 짓밟힌 인권이여, 너는 정말 무엇을 신념하고 살아가 려느냐?
　　무엇으로써 너의 그 아무것과도 바꿀 수 없는 긍지를 지키려느냐?
　　그것을 말해 다오 그것만을 말해 다오 하늘이여!

　　백성을 배신한 독재의 주구 앞에 연약한 민주주의의 충견(忠犬)은 교살되 었다.
　　온 나라의 마을마다 들창마다 새어나오는 소리없는 울음소리.
　　사랑하는 동포여 서러운 형제들이여 목을 놓아 울어라. 땅을 치며 울어라.
　　네 가슴에 응어리진 원통한 넋두리도 이제는 다시 풀 길이 없다.
　　찢어진 신문과 부서진 스피커 뒤로 난무하는 총칼 이 백귀야행(百鬼夜行) 의 어둠을 어쩌려느냐
　　정말로 정말로 잔인한 세월이여!
　　새아침 옷깃을 가다듬고 죽음을 생각한다.

　　　　　　　　　　　－「우리는 무엇을 믿고 살아야 하는가」

　　권력의 구둣발이 네 머리를 짓밟을지라도
　　잔인한 총알이 네 등어리를 꿰뚫을지라도
　　절망하지 말아라 절망하진 말아라
　　민주주의여

　　백성의 입을 틀어막고 목을 조르면서
　　"우리는 민주주의를 신봉한다"고
　　외치는 자들이 여기 있다.

그것은 양의 탈을 쓴 이리

　　　　　　　　　　　- 「터져오르는 함성」

　　앞의 시는 자유당 독재가 마지막 발악을 하던 1959년에 쓴 시이고 뒤의
시는 4 · 19 직전(1960. 4. 13)에 쓴 시이다. 후자의 경우는 시대적 분위기를
대변한 것이었다 하더라도 전자의 경우는 언론의 탄압이 극에 다달았던
시기에 쓰여졌다는 사실을 고려하지 않으면 안 될 것이다. 두 시 모두 앞에
서 언급한 바 정의를 지키고자 하는 순일한 신념과 지조가 행동적으로 표현
되어 있다. 그는 독재의 탄압에 당하여서도 결코 불의와 야합치 않으며('뜻
있는 선비는 살기 위하여 인(仁)을 해치지 않으며') 불의와 싸우기 위하여는
생명의 포기도 서슴치 않으려 한다.('살신하여 인(仁)을 이룬다') 그의 인생
지표가 남다른 선비정신이고 인간 정신의 표현인 시의 내용이 또 이러하다
면 이는 그의 시가 선비정신의 실천으로 쓰여진 것이라고 할 수밖에 없다.
　　한편 우리는 서구적 감각의 시와 사회시들을 제외한 조지훈의 시들이
대체로 자연은둔 세계를 지향하고 있다는 점을 앞서의 인용시를 통해 그리
고 지훈 자신의 고백을 통해 살펴본 바 있다. 그런데 여기서 사회참여와
정반대되어 보이는 '자연은둔'이 선비정신과 관련을 맺을 수 있는 이유는
그것이 도가(道家)에서 말하는 귀거래(歸去來)나 유가(儒家)에서 말하는 한
(閑)과 일치하며 이 경우 귀거래(歸去來)나 한(閑)이 선비들의 삶의 한 양식
이라 할 수 있기 때문이다. 원래 유가(儒家)에서는 선비의 출사(出仕)는 도
(道)의 실현 수단으로, 치사(致仕)는 도(道)의 수련으로 생각하였다.[19] 따라
서 공자를 비롯해 그의 제자들은 관직에 나가려는 의욕만큼 관직을 버리려
는 의지도 강하였다. 즉 현실이 자신의 도를 실현하기에 부적합하다고 판단
되면 자연으로 돌아와 정진하는 것이 그들의 본분이었다. '공자의 사상은

---

19) 위의 책, 139면.

현실의 정치문제에 관계하지만 또한 정치를 넘어서는 세계도 지향했던 것이다.'20) 상자연(賞自然), 안빈낙도(安貧樂道), 청한(淸閑), 귀거래(歸去來), 천석고황(泉石膏肓) 등은 모두 이를 두고 일컫는 용어들이다.

논어의 「선진(先進)」편에 보면 공자가 제자들에게 어떤 삶이 가장 소망스러운가 묻자 증석(曾晳)이 '늦은 봄에 봄옷이 다되면 어른 5, 6명과 아이 6, 7명이 한데 어울려 기수(沂水)에 가서 목욕하고 무우(舞雩)에서 바람을 쏘이고 노래를 읊으며 돌아오는 것이 소망'21)이라고 대답하는 장면이 나온다. 이때 공자는 깊이 공감하면서 나도 증석(曾晳)의 편을 들겠다고 말한 적이 있는데 이는 유교사상과 자연의 관계를 함축적으로 설명해 주는 것이라 하겠다.

그 외에도 「헌문(憲文)」편에 '현명한 사람은 어지러운 세상을 피하고 그 다음은 난국을 피하고 그 다음은 안색을 피하고 그 다음은 나쁜 말을 피한다.'22)고 한 것, 『맹자(孟子)』의 「만장장귀하편(萬章章句下篇)」에 '다스려질 때에는 나아가 벼슬을 하고 혼란해지면 물러난다.'23)고 한 것 등도 유교의 자연은둔 사상을 피력한 것이다.

퇴계(退溪)도 '옛 산림(山林)을 즐긴 자를 보건대 둘이 있다. 현허(玄虛)를 그리워 하고 고상(高尙)을 섬겨 즐기는 자가 있도 도의(道義)를 기뻐하고 심성(心性)을 길러서 즐기는 자가 있다. ……중략…… 후자를 위하여 스스로 힘쓸지언정 전자를 위하여 스스로 속이지 않겠다. ……중략…… 공자(孔子)의 '여점지탄(與點之嘆)'은 어찌 특히 기수 위에서 나오게 되었으며 주자(朱子)의 '졸세지원(卒歲之願)'은 어찌 홀로 노붕(蘆峯)의 산마루에서 읊어졌겠는가. 이것은 꼭 그 까닭이 있는 때문이다.'24)고 말하였는데 여기서 전자

20) 위의 책, 140면.
21) 「선진(先進)」, 莫春者 春服旣成 冠者五六人 童者六七人 浴乎沂 風乎舞雩 詠而歸 夫子喟然歎 曰 吾與點也.
22) 「헌문(憲文)」, 賢子辟世 其次辟地 其次辟色 其次辟言.
23) 「萬章章句下」, 治則進 亂則退.

는 도가의 자연관을, 후자는 유가의 자연관을 피력한 것이라고 말할 수 있다. 한마디로 선비는 자연을 통해 도(道)를 탐구한다는 뜻이다.

유가(儒家)에서 상자연(賞自然), 자연귀의하는 것은 도가(道家)의 영향이라 할 수 있다. 비록 전자의 도가 규범적인 도이고 후자의 도가 상도(常道) 즉 무위(無爲)의 도라고는 하지만 그 근본에 있어서는 일치되는 일면이 있고 이때 무위(無爲)란 문자 그대로 '저절로 그렇게 되는 것'으로서의 자연(自然)을25) 의미하기 때문이다. 공자는 유교(儒敎)에서 성인(聖人)으로 치는 요(堯)나 순(舜)의 정치가 천지(天地) 자연(自然)의 조화(調和)에 상응한다고 보아 그것을 무위라 칭(稱)했는데26) 이는 유교의 궁극적 정치이상이 도교에서 말하는 바 무위의 정치에 있음을 의미하는 것이다. 앞에서 인용한 자연귀의에 대한 공(孔)·맹자(孟子)의 여러 언급들도 기본적으로 도가적 사유에 바탕을 둔 것임은 여러 선학들에 의해서 지적된 대로이다.

율곡(栗谷)에 의하면 유가적 사유와 도가적 사유에는 상호 일치되는 면이 있다고 한다.

> 감정이 아직 나타나지 않은 상태는 중(中)이며 동시에 성(性)이다. 대개 이것을 미발(未發)의 상태라고 한다. 그리고 감정이 나타난 것을 이발(已發)의 상태라 하고 그것이 조화를 이룬 것을 화(和)라고 한다. 중(中)과 화(和), 미발(未發)과 이발(已發)의 관계는 체(體)와 용(用)의 관계와 같다. 이 중(中)에 즉한 사유가 근원적 사유의 기반이고 이발(已發)에 대한 사유는 반성적, 실천적 사유로서 그 사유가 화(和)를 잃지 않을 때 그것은 중(中)에 즉한 근원적 사유와 동일하다. 그러나 유가는 그 중(中)에 즉한 근원적 사유에 근본을 두고 있지만 반성적이고 실천적 사유를 중시한다. 중(中)의 현실태

---

24) 최진원(崔珍源), 「국문학과 유교사상」, 김동욱(金東旭) 외 『한국의 전통사상과 문학』(서울대학교 출판부, 1982).

25) 이원섭(李元燮), 「노자(老子) 장자(莊子) 해설」, 『노자(老子) 장자(莊子)』, 세계사대전집 11(대양서적, 1971).

26) 「위령공(衛靈公)」, 無爲而治者 其舜也與.

도로서의 화(和)를 이상으로 함으로 유가적(儒家的) 사유(思惟)는 현실 긍정적이고 적극적이다. 미발(未發)의 중(中)에 즉한 사유형식은 노자(老子)의 '사무(思無)'와 맞먹는다. 그러므로 근본적으로 유가는 노자적(老子的) 근본 사유형식을 배제한 것이 아니고 현실 속에서 근원 사유형식의 전개를 기도한다.[27)

그런데 노자(老子)적 근본사유의 형식은 사무(思無), 즉 무위(無爲)로서의 자연에 지나지 않으므로 결국 유가나 도가에 있어서 자연귀의 혹은 자연탐구란 모두 중요한 의미를 지닌다고 하겠다. 그 실천윤리라는 측면에서 유가의 도가 규범적이라는 점은 다르지만 이 양자는 모두 자연 속에서 도를 발견하고 정진하기 때문이다.

한편 자연의 인식에 있어서도 유가와 도가 사이에도 공유되는 부분이 없지 않다. 특히 선(禪)이 그러한데 그것은 선(禪)이 그 발생이나 사유형식에서 노장사상(老莊思想)과 밀접하게 관련되어 있기 때문이다. '선사들의 근본 통찰은 노장사상과 거의 일치한다고 해도 지나친 말은 아니다. 노자의 『도덕경(道德經)』 제1장과 제2장은 바로 선의 철학적 배경을 이룬다.'[28) '노장의 근본정신을 선(禪)이라는 새로운 모습으로 생생하게 되살리고 꽃피운 것은 대승불교의 추진력이었다.'[29) '대승불교도들은 말로 표현할 수 없는 우주의 시원인 우주에 가득찬 불성(佛性)을 도(道)라 했으면 좋았을 것이다. 도가사상의 본 고장인 중국에서는 그렇게 했다.'[30) 뿐만 아니라 반야개공(般若皆空)의 사상에서 공(空)이 노자(老子)의 무(無), 장자(莊子)의 무극(無極) 또는 무한(無限)에 가깝다는 점, 도가(道家)의 좌망(座妄)에서 좌선(座禪)이 성립되었으며 이 두 개념이 거의 일치하고 있다는 점(특히 남종선

---

27) 김길환(金吉煥), 『조선유학사상연구(朝鮮朝儒學思想硏究)』(일지사, 1980), 249~250면.
28) 오경웅(吳徑熊), 『선(禪)의 황금시대, 류시화 역(경서원, 1984), 21면.
29) 위의 책, 21면.
30) Heinrich Dumoulin, 『선(禪)과 깨달음』, 박희준 역(고려원, 1988), 48면.

(南宗禪)의 경우) 등도 여러 관점에서 지적되고 있는 터이다.[31]

이렇게 우주에 가득찬 불성(佛性) — 삼라만상 실유본성(森羅萬象 悉有佛性) — 을 넓은 의미의 도(道)로 본다면 결국 불교 역시 자연인식에 있어서 노장사상과 공유되는 면이 존재하고 있음을 알게 된다. 유교, 도교, 불교가 지닌 이와 같은 공유점이야말로 역사적으로 이 세 가지 종교를 통합시키려는 시도를 끊임없이 불러 일으켰던 것이다. 그러나 대체로 도가적 사유와 선(禪)의 사유에는 차이점이 뚜렷하다. '도교의 명상은 점수(漸修)의 전통 속에 위치시키기 때문에 선(禪)의 돈선(頓禪)은 마음의 역동적이고 내재적인 힘에 의해 심처(深處)로의 돌파를 달성하는 것이라 하겠다.'[32]

조지훈의 '자연은둔 시'들은 유, 불, 도의 세가지 사상이 지닌 이와 같은 공유점을 지니고 있음이 사실이다. 그러므로 그 공통요소 중 일면만을 바라보면 어느 한 측면의 특징을 부각시켜 설명할 수도 있다. 가령 선시(禪詩)라거나 노장적인 시라고 보는 견해 등이다.

지훈의 자연은둔 시들을 선시라고 보는 근거는 첫째 지훈이 자신의 일부 시를 가리켜 '선미(禪味)의 시(詩)'라 했고, 둘째 지훈이 불교사찰에 칩거한 적이 있었다는 사실에서 비롯된 듯하다. 그러나 그가 비록 선에 관심을 갖고 불교 강원에 나갔다고는 하나 불교에 입문한 적은 없었다. 월정사(月精寺)의 불교 강원에 나갔던 것은 불교와 관계 없는 외강이었고 일본의 묘심사(妙心寺)에서 선(禪) 수련을 하는 동안에도 깊이 정진하지 않았다는 것은 그 스스로 밝힌 바이다.[33]

문학론을 이야기하면서 자주 선을 인용했던 것 역시 — 그의 시에 선적 분위기가 어리어 있음에도 불구하고 특별하게 선을 체득했거나 선의 문학

---

31) 최렴열, 『노장철학(老莊哲學)의 연토(研討)』(학나무, 1984), 67~72면 참조. 특히 남정선(南宗禪)의 선(禪)은 아무것도 생각치 않는 무념선(無念禪)을 강조한다.
32) 『선과 깨달음』, 53면.
33) 조지훈, 「돌의 미학(美學)」, 전집 4.

론을 개진했다기보다는 시의 세계와 선의 세계가 지닌 공통성을 일반적으로 피력한 것으로 보는 것이 옳다. 시의 세계와 선의 세계의 유사성에 대해서는 불교와 아무 관계 없는 서구의 현대 시인들이나 문학이론가들에 의해서도 보편적으로 지적되고 있는 터이다. 결국 난세를 맞아 절간에 은둔하면서 하나의 정신 수련으로 불가와 인연을 맺었다고는 하나 근본적으로 조지훈의 인격을 밑받침 해주는 것은 그가 어릴 때 조부로부터 교육받고 가통으로 물려받은 유교적 선비정신이었다고 생각된다.

물론 그가 선 수련에 참여했고 불가와 인연을 맺었던 까닭으로 그의 시에 불교적 영향이 전혀 없다고 말할 수는 없다. 그가 '선미'라고 불렀던 요소가 그것이다. 아마도 '선적 분위기'라는 뜻으로 풀이될 수 있는 이 선미가 그의 일부 시(특히 ③의 경향)에 감도는 것은 사실이지만 그것은 두 가지 관점에서 온전히 선 혹은 불교 만의 세계를 지칭하는 것이라고 볼 수는 없다. 첫째, '선미의 시'라는 말과 선시라는 말은 전적으로 다르다는 점이다. 그것은 최소한 선시가 아니라는 뜻을 지니고 있다. 둘째, 여기서 '선미', 혹은 '선적 분위기'라는 말로 지칭되는 특성이 온전히 선 혹은 불교만이 지닌 특성이 아니고 앞에서 살핀 바 유교, 불교, 노장사상이 공유한 특성이라는 점이다. 그것은 무엇보다도 그의 시를 전형적인 선시와 비교시킬 때 잘 드러난다.

> (1) 조주(趙州)가 뭐냐고 다그쳤지만
> 금강안(金剛眼)은 티없이 맑기만 하네
> 동, 서, 남, 북 어디에나 문은 있다네
> 쳐도 두들겨도 열리지 않을 뿐
>
> −「조주사문(趙州四門)」 조주(趙州)

> 우주란 한 개의 부채같은 것
> 그 부채 누구나 다 갖고 있건만

그게 뭐냐 물으면 아무도 몰라.

맑은 바람 무소의 뿔
그걸 잡으려 드나
구름 흘러가고 비는 그쳤으니
쫓을 길 없어라

－「염관서우편자(鹽官犀牛扇子)」원오(圓悟)

(2) 목련꽃 향기로운 그늘 아래
　　물로 씻은 듯이 조약돌 빛나고

　　흰 옷깃 매무새의 구층탑 위로
　　파르라니 돌아가는 신라 천년의 꽃구름이여

　　한나절 조찰히 구르던
　　여흘 물소리 그치고
　　비인 골에 은은히 울려오는 낮 종소리

　　바람도 잠자는 언덕에서 복사꽃잎은
　　종소리에 새삼 놀라 떨어지노니

　　무지개빛 햇살속에
　　의희한 단청은 말이 없고 ——

－「고사(古寺)」

닫힌 사립에
꽃잎이 떨리노니

구름에 싸인 집이
물소리도 스미노라

단비 맞고 난초잎은
새삼 치운데

볕바른 미닫이를
꿀벌이 스쳐간다

바위는 제자리에
옴쩍 않노니

푸른 이끼 입음이
자랑스러라

아스럼 흔들리는
소소리 바람

고사리 새순이
도르르 말린다.

-「산방(山房)」

(1)은 대표적인 선시 두 편을, (2)는 '선미(禪味)'를 지녔다는 지훈 자신의 시 두편을 인용해 본 것들이다. 언뜻 보아서도 이들시의 특성이 전혀 다름을 알 수 있다. (1)은 우선 그 상상력에 있어서 직관, 비약, 물심일여의 돌연한 깨우침, 각관(覺觀) 등을 본질로 한다. 이를테면 '동서남북 어디에나 있는 문', '우주는 한 개의 부채'요 '바람'이라는 진술에서 보여주는 직관적 깨우침, '맑은 바람'에서 '무쇠의 뿔'로 건너 뛰는 이미지의 비약, 대상을 그 자체로 바라보는 것이 아니라 주관과의 합일로 재구성시킨 것 등이다.

그러나 (2)는 그와 달리 대상을 단순하게 서경적으로 묘사하고 있을 뿐이다. 거기에는 어떤 직관적 깨달음도, 상상력의 비약도 없다. 대상은 현실적으로 눈앞에 전개되고 있으며(현전적이며) 시인은 다만 대상 그 자체가 갖고 있는 아름다움을 섬세하게 관찰하여 그려 보인다. 그것은 선시가 제시코자 하는 비가시적(非可視的) 세계와는 달리 가시적(可視的) 세계이다. 「고사 (古寺)」는 이른 봄의 절의 풍경을, 「산방(山房)」은 봄이 오는 산의 변화를 어떤 통찰로써 파악하고 있는 것이 아니라 사실적 혹은 규범적으로 파악하고 있다. 말하자면 (2)의 시들은 선의 본질이라고 할 '돈오(頓悟)'의 경지 '마음의 역동적이고 내재적인 힘에 의해 심처로의 돌파됨'이 없는 것이다.

따라서 (2)의 시들에게는 (1)의 시들이 지니고 있는 시적 기법, 즉 고도한 상징법이나 역설법 등이 없다. 조지훈의 시에 은유법이 거의 쓰이지 않고 있다는 것은 널리 알려진 사실인데[34] 은유의 구사 없이 선시가 쓰여질 수 없음은 너무나 당연하다. 지훈이 자신의 시를 가리켜 분명하게 선시라 일컫지 않고 애매하게 '선미'의 시라고 했던 것도 이러한 이유 때문이 아니었을까 생각한다.

그렇다면 그가 말하는 선미란 무엇을 뜻하는 것일까? 필자는 그것을 비록 지훈이 이 애매한 불교적 용어를 사용했음에도 불구하고 앞에서 살펴본 바 유(儒), 불(佛), 노장사상(老莊思想)이 공동으로 관심을 가지고 있었던 자연탐구 또는 자연을 통한 도의 수련이라고 생각한다. 그의 시에서 선미 혹은 선적 분위기라고 할 만한 것은 사실 정적(靜寂), 관조(觀照), 주관배제 (主觀排除) 등인데 이를 도가류의 용어를 빌려 말한다면 심제(心齊), 조철 (朝徹) 등에 해당하는 것이다. '마음을 맑게 함', '아침처럼 맑음'과 같은 태도 즉 주관의 편견이나 치우침을 배제하고 텅빈 마음의 상태로 현실이나 생활에 대한 집착 없이 대상을 바라본다는 뜻이다.[35] 인용시들에서 우리가 발견할 수 있는 것은 대상으로서의 자연을 인식하는 이와 같은 태도라 할 수 있다. 그러나 여기서 또 한가지 주목할 것은 선시는 항상 자연만을 대상으로 하는 것은 아닌데 조지훈이 일컫는 바 '선미의 시'는 천편일률적으로

---

34) 조지훈, 「나의 시의 편력」, 오탁번, 『현대문학산고』(고려출판부 1976), p.185.
35) 오경웅, 같은 책, 21~29면 참조.

자연을 대상으로 하고 있다는 사실이다. 이 역시 조지훈의 시에 있어서 자연이 단순하게 선 혹은 불교적 세계 안에 갇혀 있지만은 않음을 암시하는 것이다.

오히려 엄밀하게 관찰하자면 지훈의 자연시에는 도가풍, 유가풍의 특성이 강하게 드러나는 일면도 적지 않다. 가령 「낙화(落花)」 같은 시는 도가적 삶의 태도에서 이해되어야 할 시이지만 인용시 「산방(山房)」은 순전히 유가적 자연인식을 그대로 드러내 보여 준다. 이 시의 가장 중요한 소재들은 '난초', '바위', '고사리 새순'인데 이 중 '난초'와 '바위'가 지조와 절의를 뜻하는 유가의 대표적 자연 상징임은 널리 알려진 사실이다. 이 시에서도 시인은 매운 겨울의 추위를 견뎌내고 봄을 맞이하는 난초의 고절(孤節)을 찬양하며 이끼낌을 두려워하지 않고 오랜 세월 동안 제자리를 지킨 바위의 지조를 흠모한다. 한편 고사리의 새순에서 시인이 본 것은 어김없는 자연의 조화 그 순리(順理)이다. 그것은 천도(天道) 혹은 이기(理氣)의 법(法)이라고 할 수 있다. 한마디로 이야기해서 이 시에서 시인이 인식한 자연은 불가적(佛家的) 적멸공간(寂滅空間)의 자연도, 도가적(道家的) 무위(無爲)의 자연도 아닌 유가적(儒家的) 규범적(規範的) 자연이다. 말하자면 그것은 '자연 속에서 도의(道義)를 기뻐하고 심성(心性)을 기르는' 자연이다.

이렇게 본다면 지훈 자신이 '선미(禪味)'라고 불렀던 것은 유, 불, 노장이 공유한 명상태도를 가리키는 것이며 그의 시의 자연은 오히려 유교적이라고 말해야 할 것이다. 최소한 그의 자연이 이 셋의 공유영역이라 하더라도 이를 유가적인 것으로 이해할 수밖에 없는 것은 앞에서 살핀 바와 같이 지훈이 선비정신에 입각한 사회참여 시들을 썼기 때문이다. 그렇지 않다면 우리는 한 시인이 지녀야 할 문학세계의 일관성을 설명해 낼 수 없다. 현실 생활과 관계를 끊는 노장이나 선의 사유가 어떻게 치열한 현실 투쟁으로 맞설 수 있겠는가.

결국 지훈의 시들은 그것이 자연은둔시이거나 사회참여시이거나 유가적 선비정신의 표현으로 보아야 마땅하다. 말하자면 '다스려질 때에는 나아가' 현실참여를 하고(사회 비판시) '혼란해지면 물러나' 자연에 은둔하면서 학행과 도를 수련하는 도학자(道學者)가 된다는 뜻이다. 이는 출사(出仕)를 도(道)의 실현수단으로 치사(致仕)를 도의 탐구로 생각하는 선비정신 바로 그것이다. 조지훈이 한국 혀대시사에 기여한 공로의 하나는 이처럼 시의 내면성에 잊혀져 가는 유가(儒家)의 선비정신을 도입한 점이라 하겠다. 물론 우리 근대문학사에서 선비정신을 기초로 하여 자유시를 쓴 시인으로는 조지훈 이전에 이육사(李陸史)와 같은 분이 있었다. 그러나 그는 선비정신에 입각한 저항시를 쓰기는 했지만 도학자로서의 자연을 탐구한 시를 쓰지는 못하였다는 점에서 조지훈과는 구별된다.

4

조지훈의 자연은둔시들에서 주목되어야 할 또 한 가지 특징은 대상을 대하는 시인의 태도이다. 앞에서 잠깐 살펴본 것처럼 그의 자연은둔시들은 대상을 객관적으로 처리한다. 감정에 치우치거나 주관의 개입 없이 대상을 대상 그 자체로 인식하는 것이다. 그의 시가 심제(心齊)나 조철(朝徹) 등 도가적(道家的) 분위기나 선미적(禪味的) 요소를 가졌다고 하는 것, 쟝르적으로 서경시 계열에 속한다고 보는 것도 바로 이 때문이다.

> ② 까만 눈동자 살포시 들어
>   먼 하늘 한개 별빛에 모도우고
>
>   복사꽃 고운 뺨에 아롱질 듯 두 방울이야
>   세사에 시달려도 번뇌는 별빛이라.

휘어져 감기우고 다시 접어 뻗는 손이
깊은 마음 속 거룩한 합장이냥하고

이 밤사 귀또리도 지새는 삼경인데
얇은 사(紗) 하이얀 고깔은 고이 접어서 나빌네라.

―「승무(僧舞)」

③ 목어를 두드리다/졸음에 겨워//고오운 상좌 아이도/잠이 들었다.//부처
님은 말이 없이/웃으시는데//서역(西域) 만리길(萬里길)//눈부신 노을 아
래/모란이 진다.

―「고사(古寺) 1」

④ 차운산 바위 우에 하늘은 멀어
산새가 구슬피 울음 운다.

구름 흘러가는
물길은 칠백리

나그네 긴 소매에 꽃잎은 젖어
술익는 강마을의 저녁 노을이여.

―「완화삼(玩化衫)」

⑤ 실눈을 뜨고 벽에 기대인다. 아무것도 생각할 수 없다.

짧은 여름밤은 촛불 한 자루도 못다 녹인 채 사라지기 때문에 섬돌
우에 문득 석류꽃이 터진다.

꽃망울 속에 새로운 우주가 열리는 파동! 아 여기 태고쩍 바다의 소리
없는 물보래가 꽃잎을 적신다.

방안 하나 가득 석류꽃이 물들어 온다. 내가 석류꽃 속으로 들어가

앉는다. 아무것도 생각할 수가 없다.

— 「화체개현(花體開顯)」

자연은둔시의 계열에 든 제 경향의 시들(앞에서 예시한 ②, ③, ④, ⑤의 경향)로부터 각각 한편씩 인용해 보았다. 특별한 설명이 없더라도 모두 대상이 객관적으로 묘사되었다는 사실을 알 수 있다. 첫째 이들 시는 하나의 구체적 대상을 전제하고 쓰여진다. ②는 춤추는 스님이, ③은 옛 절이, ④는 길 걷는 나그네가, ⑤는 꽃이 시적 대상으로 되어 있다. 그 어느 것도 이념이나 관념, 주장이나 자기감정 등 주관의 표출로 쓰여지지는 않는다. 둘째 모든 대상은 정적(靜的 — 정지된)인 상태에서 공간적으로 묘사되고 있다. 네러티브적 요소와 시간의 계기에 따르는 대상의 변화나 의미는 관심 밖이다. 그것은 심지어 운동상태를 묘사한 ②의 승무(僧舞)나 ⑤의 개화(開花 — 꽃봉오리의 터짐)에서도 드러난다. 시인은 움직이는 대상의 한 컷을 잡아 그것을 시각적으로 묘사하고 있을 뿐이다. 그것은 지훈 자신도 시작 노트에서 밝힌 바 있다. 가령 그는 「승무」를 쓰면서 '움직임을 미묘히 정지태로' 포착코자 하였고 '움직이는 듯 정지하는 찰나의 명상을' 그리고자 하였다.[36] 세째는 대상을 객관적으로 바라보기 위하여 주관을 가능한 배제 또는 소멸시키고자 한다. 인용시의 모든 내용은 대상 그 자체가 드러내 보여준 것들이지 시인의 내면이 표출되어 있는 것이 아니다. 주관은 사라지고 대상만이 남아 있는 것이다. 지훈은 그것을 '주관이 대상 속으로 들어 가는 것'이라는 말로 표현한 바 있다.

> 대상과 시인의 눈의 화(和) 또는 혼일(混一). 그러므로 시인은 대상(시경(詩境)) 밖에서 시를 쓰는 것은 아니다. 산이면 산 나무면 나무로 자기가 그 대상 속의 것이 되어 써야 하리라고 생각한다.[37]

---

36) 조지훈, 「시의 감상」, 전집 3.

대상과 주관이라는 관계에서 시작 태도를 살펴보면 우리는 대개 네가지 유형을 가정해 볼 수 있다. (1) 객관을 대상으로 하여 그것을 객관적으로 묘사하는 것, 이 경우 주관은 개입되지 않고 시는 순수히 객관 그 자체만을 드러내 보여준다. (2) 객관을 대상으로 하되 그것을 주관에 의해 재해석하거나 재구성하는 것, 이 경우 시는 주관과 객관의 역동적 상호작용에 의해서 쓰여진다. (3) 주관을 대상으로 하여 그것을 순수히 객관적으로 기술하는 것, 가령 자동기술이나 내면독백 형식으로 쓰여진 슈르레알리즘 계열의 시가 여기에 속한다. (4) 주관을 대상으로 하되 그것을 주관의 논리로 재정립한 것, 모든 이념시들이 여기에 속한다.[38]

우리 근대시사에서 (2), (3), (4)의 유형들은 이미 충분히 쓰여졌다. 이를테면 정지용(鄭芝溶)이나 김광균(金光均)과 같은 이미지즘계열의 시들이 (2)에 속한다면, 이상(李箱) 등 슈르레알리즘계열의 시들은 (3)에, 이육사(李陸史), 윤동주(尹東柱) 등의 절의(節義)의 시, 프로레타리아 시인들의 이념시들은 (4)에 속한다. 물론 정지용, 김광균 등은 비록 대상을 객관에서 취재했다는 점에서 조지훈의 자연시들과 유사한 일면을 지니고 있다. 그러나 그것을 다루는 방법에 있어서 다르다. 가령 지용과 광균이 시적 대상으로 각각 객관적인 사물인 홍역(紅疫)의 열(熱)꽃과 눈을 취재했지만 그것을, '난만히 피어오르는 철쭉꽃'과(「홍역(紅疫)」), '먼 곳의 여인의 옷 벗는 소리'(「설야(雪夜)」)로 환치시킬 수 있었던 것은 대상인 객관을 주관에 의해서 재창조한 데서 가능했다. 한편 이상(李箱)의 시들은 대상을 수용하는 방법에 있어서는 객관적이라고 할 수 있으나 대상 그 자체는 순수한 주관이다. 이에 비할 때 춤추는 여승의 모습을 '파르라니 깎은 머리/박사 고깔에 감추오고//두볼에 흐르는 빛이/정작으로 고와서 서러워라'고 묘사한 조지훈의 「승무」는 그 대상이나 방법 모두 객관적이라 할 수 있다. 이상 살핀 네 가지 유형의

---

37) 조지훈, 「시인의 눈」, 전집 3.
38) 오세영(吳世榮), 「시작의 태도」, 『말들의 시선(視線)』(혜진서관, 1989) 참조.

시작 태도 가운데서 (1)의 유형을 우리의 근대시사에 처음 도입한 시인이 같은 청록파시인의 하나인 박목월(朴木月)과 더불어 조지훈인 것이다.

어떻든 조지훈이 우리 근대시사에 기여한 새로움의 다른 하나는 외적 대상을 주관의 간섭 없이 객관적으로 수용하였다는 사실에 있다.

5

기법면에서 조지훈이 보여준 새로움의 하나는 그가 서구적인 자유시에 우리의 전통적 요소를 도입하였다는 점이다. 시조와 한시가 지니고 있는 제 기법들의 수용이 그것이다. 먼저 그의 시에 차용된 시조의 요소들을 살펴보자.

> 천산(千山)에
> 눈이 내린 줄을
> 창 열지 않곤
> 모를 건가.
>
> 수선화
> 고운 뿌리가
> 제 먼저
> 아는 것을……
>
> 밤 깊어 등불 가에
> 자욱히 날아오던
> 상념(想念)의
> 나비 떼들
>
> 꿈 속에

그 눈을 맞으며
아득한 벌판을
내 홀로
걸어 갔거니

무슨 광명과
음악과도 같은 감촉에
눈 뜨는
이 아침

모든 것을
긍정하고픈 마음에
살래 살래
고개를 저으며
내려서 쌓인
눈발

천산(千山)에
눈이 온 줄을
창 열지 않고도
나는 안다.

- 「설조(雪朝)」

인용시의 1, 2, 3연과 4, 5, 6연은 그대로 시조의 초장, 중장, 종장에 대응된다. 따라서 1, 2, 3연만을 떼어내 독립시키면 대체로 한 편의 평시조가 될 수 있다.(이 경우 3연은 3·10, 3·4의 음수율을 6연은 3·5, 6·4의 운율을 지닌다.) 자유시에 시조형식을 삽입시킨 예 가운데 하나이다. 그러나 엄밀히 관찰하면 전체적으로도 이 시는 끝 연이 정확하게 평시조 종장의 첫 두귀의 율격 3, 5(종장의 3, 5, 4, 3의 율격 가운데서)를 지니고 있어서 넓은 의미로 엇시조 혹은 사설시조라고 부를 만하다. 그렇다면 아직 누구도 지적하지는 않았지만 조지훈이 시조를 쓴 셈이 된다. 「바위송(頌)」과 같은 시도 이 범주 안에 든다.

한편 다음과 같은 시들은 자유시에 시조시형이 녹아 들어 있는 형식이다.

옛날의 명동(明洞) 거리를 찾아간다.
숨었다가 겨우 산 옛벗을 만난다.
껴안을 수가 없다.
말조차 없던 그 대면

저무는 거리에서 추럭을 타고
牛耳洞 CP를 찾아간다.

가족의 생사를 아직 모르는 木月을 보내고
내가 혼자 이밤을 거기서 자리라.

사단장 R준장이 웃으며 맞아준다
'오늘 저녁에는 안 오실 줄 알았는데
죽다가 산 사람들끼리 하소연이 많을 텐데'

무기도 하나 없이 암호를 외우며
어두운 밤길을 혼자서 걸어온다.

돈암리 길가에서 줏어 업은 전쟁고아는
이름을 물어도 나이를 물어도 대답이 없다.

－「서울에 돌아와서」

모두 25연으로 되어 있는 전체 시행들 중에서 끝의 여섯 연을 인용해 보았다. 이 중에서 네 번째 연만을 떼어내어 읽어 본다면 누구나 그것이 평시조 형식으로 되어 있다는 사실을 알게 될 것이다. 다음과 같은 율독이 가능하기 때문이다.

사단장 / R준장이 / 웃으며 / 맞아 준다.
오늘 / 저녁에는 / 안 오실 줄 / 알았는데
죽다가 / 산 사람들끼리 / 하소연이 / 많을 텐데   (/표 필자)

　음수율에서 1음절의 오차가 발견되는 곳이 한두군데 없는 것은 아니지만
이 정도라면 전형적인 평시조라 하지 않을 수 없다. 그러나 윗시(「서울에
돌아와서」)가 단순한 시조시형의 단습만이 아닌 것은 여기 인용된 부분(평
시조 형식의 진술)이 그 시형과 리듬에 있어 완전하게 자유스러운 전체 시행
들의 일부분을 구성하고 있기 때문이다. 즉 인용된 시조시형의 진술은 전체
진술들 속에 어떤 규칙성이나 규범성으로 내재해 있는 것이 아니라 자유시
의 일부로써 용해되어 있다. 한편 그 유명한 「승무」는 시조의 율격을 과감하
게 해체하여 자유시의 리듬으로 승화시킨 일 예이다.

　　얇은 사 / 하이얀 고깔은
　　고이 접어서 / 나빌레라

　　파르라니 / 깎은 머리
　　박사 고깔에 / 감추오고

　　두볼에 / 흐르는 빛이
　　정작으로 고와서 / 서러워라   (/표 필자)

　처음 3연을 인용해 보았다. 기본적으로 2마디 4·4조의 음수율을 가지고
있음이 드러난다. 민요의 율격이라고도 할 수 있으나 이를 굳이 시조와 관련
을 시키는 것은 윗시의 진술의 단락이 3장 형식으로 떨어지고 있기 때문이
다. 이러한 특징은 이 시의 인용되지 않은 다른 시행들의 경우도 마찬가지이
다. 다른 시 한편을 더 인용해 본다.

이 장벽을 / 무너뜨려 / 주십시오 / 하늘이여
그리운 이의 모습 / 그리운 사람의 / 손길을 / 막고 있는
이 저주받은 / 장벽을 / 무너뜨려 / 주십시오

-「첫 기도」(/표 필자)

5연 13행으로 되어 있는, 불규칙적인 시행들 속에서 제1연을 인용해 보았다. 시조의 율격과 동일하지는 않지만 여러 가지 측면에서 시조와 유사한 특징들이 발견된다. 4·4조 율격이 기본 골격을 이루고 있다는 점, 한 행이 4마디로 되어 있다는 점, 하나의 의미단락이 세개의 시행(3장 형식)을 구성하고 있다는 점 등이다. 우리 근대시사에서 전통시가의 형식으로 민요적 가락을 도입한 경우는 많아도 자유시에 이처럼 시조의 가락을 도입한 경우는 찾아보기가 어렵다. 그러한 관점에서 조지훈의 자유시가 지닌 이러한 특성은 분명 새로운 요소의 하나라고 생각된다.

다음은 한시적(漢詩的) 요소의 도입이다. 지훈의 시의 이미지나 언어진술 자체에 한시의 내용이 반영되어 있다는 사실은 선학들에 의해서 이미 지적되어 온 터이지만 그 시적 발상이나 시상전개, 기법 따위에 끼친 영향에 대해서는 짐짓 간과되어 온 듯하다.

산도 산인 양하고
물은 절로 흐르는 것이

구름이 머흐란 골에
꽃잎도 덧쌓이메라

오맛 산새 소리
하늘 밖에 날고

진달래 꽃가지엔

바람이 돈다.

-「山 1」

여러 가지 체(體)가 있어서 한시(漢詩)의 형식을 한 마디로 규정짓기는 어려우나 그것은 다음과 같이 정리될 수 있으리라고 본다. 4언이나 5언, 7언이 한 행을 이룬 4행시 혹은 그 배수(倍數)의 시, 정해진 평측법(平仄法)과 운(韻), 기승전결(起承轉結)의 시상전개(詩想展開) 방식, 그리고 대귀법 등이다. 이 중 우리 언어의 특질상 평측법과 운을 제외할 경우 인용시는 그대로 한시(漢詩)의 규범과 맞아 떨어지는 것을 알 수 있다. 인용시에서 1연을 한시의 1행으로 본다면 이 시는 한시와 마찬가지로 4행시가 되며 그 시상의 전개 역시 기승전결의 방식을 취하고 있기 때문이다. 특히 3연과 4연에서 '하늘 밖의 산새소리'와 '꽃가지의 바람소리'는 그 놓이는 위치도 그렇거니와 절구(絶句)의 댓귀법 그대로이다.

근대 자유시에 한시의 형식을 도입한 시인 가운데는 조지훈 이외에도 몇 사람이 더 있다. 아마 그 최초의 사람은 김안서(金岸曙)일 것이다. 그러나 몇 안되는 이같은 시인과 더불어 조지훈이 한시형식(漢詩形式)의 수용을 통해 자유시의 새로운 경지를 개척했다는 것은 의의있는 일이라 하지 않을 수 없다.

6

전체적으로 볼 때 외적으로 드러난 조지훈의 시세계는 다양하고 이질적이다. 그리고 그의 후기시들은 문학적 형상화가 그의 지사적(志士的) 신념을 따르지 못해 문학적 성공을 거두었다고 말하기는 어렵다. 그러나 앞에서 살펴보았듯이 그의 시는 정신적 기초에 하나의 일관된 흐름 즉 선비정신을 가지고 있었으며 그의 시조나 한시 등 여러 가지 전통시가 지닌 형식이나 기법을 도입하여 우리 자유시의 영역을 확대하는 데 큰 공헌을 하였다. 그것은 근대 자유시에 우리의 고전 세계를 융합시켰다는 말로 요약된다. 왜냐하면 선비정신이나 시조, 한시 등은 모두 우리의 고전적 가치들이기 때문이다.

조지훈은 이처럼 전통적 가치 위에 현대시를 정립시킴으로써 우리의 현대시가 맹목적으로 서구적인 것을 추구하는 것에 쐐기를 박고 그것이 우리의 것이 되도록 노력한 선구적 시인의 한 사람이었다.

조지훈과 민족시로서의 순수시론

권영민

1. 머리말

시인 조지훈의 시적 변모는 그의 내면적인 의식의 추이에 연관되는 것이지만, 해방과 더불어 시대적 격변을 겪으면서 이루어진 것이다. 특히 해방 직후에 본격화된 그의 비평적 활동은 문화의 한 양식으로서 시에 대한 탐색 과정의 깊이를 보여주는 중요한 자료가 되고 있다.

시인 조지훈의 시적 작업은 「고풍의상」(『문장』 제3호, 1939)과 「승무」(『문장』 제11호, 1939)를 발표하면서 시작된 것이다. 그는 1940년 2월 「봉황수」, 「향문」(『문장』 제13호)으로 『문장』지의 추천을 완료하였으며, 이 무렵 동인지 『백지』를 간행하기도 하였고, 혜화전문학교를 졸업(1941.3)한 후에 오대산 월정사에서 선방 생활을 수행, 체험했던 것으로 알려져 있다. 습작기의 시작 경험을 바탕으로 할 경우, 조지훈의 시세계에 대한 뚜렷한 성격을 운위하기란 곤란하다. 오일도의 시원사에서 익힌 문단적 분위기라든가, 오스카 와일드에 대한 심취 등이 그의 문학적 태도에 어느 정도 작용했으리라는 점을 짐작할 수는 있다. 물론 <회고적 에스프리>를 높이 평가하면서 <시에서 깃과 쪽지 신고전을 소개> 할 수 있게 되었다는 정지용의 추천의 말을 생각한다면, <시에 사상성을 강요하지 않겠다>는 조지훈 자신의 추천 소감도 만만치 않음을 알 수 있다. 그가 <언구에 떨어지는 것이 흔히 사도가 되고, 이런 분위기에서 나는 헌헌한 나라를 꿈꿔 봅니다> 라고 말한 것은 시단을 향한 발언일 수도 있고, 동인지『백지』를 통해 자신이 시도했던 시적 언어의 현대적 감각성에 대한 자기 비판일 수도 있는 것이다. 특히 그가 꿈꾸고 있는 <헌헌한 나라>가 <타고난 천품, 통일된 하나의 세계인 우리의 고향, 동양의 하늘>이라는 점은 그의 초기시의 시적 지향을 암시해 주는 중요한 발언이라고 할 수 있다. 조지훈의 시적 편력은「자전적 시론 - 나의 시의 편력」을 통해 비교적 상세하게 설명되고 있는데, 그의 작품세계의 실상은『청록집』(1946) 이후『풀잎단장』(1952),『조지훈시선』(1956),『역사 앞에서』(1959),『여운』(1964) 등의 시집을 통해 구체화되고 있다. 그의 초기 시들은 고전이니 자연이니 하는 외적 대상에 대한 관조적 태도를 주축으로 하여 회고적 정서를 노래하는 것들이 많다. 그런데 해방과 더불어 이루어진 지적 세련성을 더해 가고 있다. 서정적 자아에 대한 깊이 있는 통찰과 시대적 상황에 대한 폭넓은 인식이 함께 조화를 이루고 있는 그의 후기 시들은 역사의식의 시적 형상화의 가능성을 보여 주는 것이라고 하겠다.

2. 해방공간의 시단과 조지훈의 순수시론

조지훈이 그의 초기 시의 경향에서 벗어나 새로운 시 창작활동에 접어들기 시작한 해방 직후의 시단은 <모든 감정과 지혜와 심혼의 해방과 그 흥분>(『해방기념시집』의 서문, 1945)에 휩싸여 있었다. 그러나 당시의 상황으로서는 감격과 흥분보다 해방된 조국의 건설과 민족의 새로운 삶의 모든 가치를 진실하게 표현할 수 있는 상상의 언어가 더욱 필요하였다. 격동의 사회현실 속에서 난무했던 사상적 독단과 정치적 편견에 휩쓸리지 않고

급변하는 유행사조에 방해받지 않는 심미적이면서도 동시에 도덕적인 용기를 지니고 있는 참신한 상상의 힘이 시의 세계에서 재생될 수 있어야만 하였다. 그러기 위해서는 우선 문학 외적인 측면에서 정치적 혼란과 사회적 불안 등으로 인하여 위축된 상상력을 다시 회복시켜야 하였으며, 시의 세계 자체 내에서도 시의 정신을 끊임없이 갱신시켜 나아가는 생명력의 분명한 지향점을 제시해야만 하였다.

그러나 실제적으로 사회적 혼란과 문화를 휩쓸던 격정을 시의 세계에서 조화롭게 형상화시켜 나아간다는 것은 쉬운 일이 아니었다. 시의 세계가 본질적으로 요구하고 있는 삶에 대한 진실한 통찰을 언어의 내면과 형식의 균형 속에 응축시키기에는 이전의 식민지 시대의 고통이 너무 컸고, 거기서 벗어난 해방의 감격 또한 수습하기 어려운 것이었다. 문학은 특히 시의 경우 어느 시대에나 현실에 내재한 불안과 혼돈을 극복하기 위해 그만큼 다양한 폭과 정신의 깊이를 가져야 했으나, 해방 직후의 시단은 이념의 열기와 그 구호에 흔들리고 있었다.

> 해방 후에 나타난 시의 대다수가 소재의 나열, 다시 말하면 사상이 완전히 혈액화되고 생활화되지 못하고 美感과 思想이 물에 기름 탄 것처럼 유리되고 있었다는 것을 말하지 않을 수 없습니다. 뼈다귀만 앙상한 개념적 사상에 격에 맞지 않는 서툰 옷을 입히고 혹은 쾨쾨묵은 감탄사를 연발하여 공감 이전에 비웃음을 사고 혹은 일편의 정서도 없는 얇은 지성을 가장한 이들 시는 한결같이 시 이전의 시였습니다. 따라서 해방 후 시단은 사이비 시의 범람기라고 부르지 않을 수 없는 것입니다. 민족적 감격이야 누가 막을 수 없겠지만, 오로지 감격의 안이한 배설이 시가 아니란 정도의 제약은 어느 때 어떠한 사람에게도 제시할 수 있는 것이며 또한 하지 않으면 안 될 문제인 줄 압니다. 오늘의 시인은 마땅히 추잡한 뮤우즈에게 포옹되어 값헐한 감정을 배설하는 특권을 버리고 스스로 뮤우즈를 창조하는 새로운 권리를 획득하여야 할 것입니다.[1]

---

1) 趙芝薰, 「解放詩壇의 課題」(朝鮮靑年文學家協會 創立大會 演說, 1946. 4. 4)

조지훈의 지적대로 해방 직후의 시단은 <저회하는 시정신>을 바로잡을 만한 여유를 누리지 못하고 있었다. 정치적 해방을 곧바로 시의 해방으로 생각하여 엄정한 자율의 균형을 무너뜨린 혼란만이 계속되었던 것이다. 조지훈은 그러한 혼탁한 상황 속에서 시인의 긍지를 지켜 나갈 수 있는 방법이란 오직 <순수>를 지키는 길뿐이라고 생각하였다. 그가 강조하고 있는 <순수>라는 것은 <무사상성>이나 <무정치성>을 뜻하는 것은 아니다. 그는 시의 사상성이라는 것이 어떤 이념을 표방함을 뜻하는 것이 아니라 <전인간적 공감성>에 뿌리를 두는 것임을 분명히 하였고, 사상성의 예술화를 거치지 않고는 시의 순수성을 잃게 되는 것이라고 하였다.

그렇기 때문에, 조지훈은 민족시의 갈 길은 오직 순수시에 대한 지향뿐임을 분명히 하였다. 그것은 문학 전반을 지배하고 있는 이데올로기의 충동에서 벗어나 시운동의 근본을 세워 보고자 하는 노력과 통하는 것이었다. 당시의 시단은 시의 정치적 사명감을 강조한 김기림의 「우리 시의 방향」(1946년 2월 전국문학자대회 보고연설)의 주장에 기울어져 있었다. 문화의 건강성과 진보적 민주주의를 표면에 내세운 김기림의 주장은 <진보의 시·인민 대중의 시>로 요약되는데, 그것은 정치적 신념에 일관해 있는 주장이었다. 김기림은 시와 정치의 결합을 강조하였고 공동체의식의 발견을 내세웠다.

> 민족이라는 개념이 다른 민족의 침략의 도구로 쓰여질 때와 또 민족 내부의 지배와 피지배, 착취와 피착취 관계를 糊塗하기 위하여 이용될 때 그것은 물론 反動性을 띠어 오는 것으로 준열한 비판과 폭로 앞에 내세워져야 할 것이다. 그러나 민족의 공동의식을 살려 민족 공동의 福利의 실현을 위한 지배와 피지배, 착취와 피착취 없는 전인민적인 민주국가의 건설에 민족의 이름으로 결속함은 당면한 건국의 革命的 무장으로서 민족의 개념을 살리는 길이 아닐까? 더구나 민족 앞에 제국주의의 위협이 幻影 이상으로 자꾸만 닥치는 오늘의 현실에 있어서랴?
> 시인은 그가 한 번 껴안았던 뜨거운 민족적 유대감과 공동의식을 우리

시의 앞날에 결실시킬 중대한 인자로서 북돋우고 키워 가야 할 것이다.[2]

　김기림이 내세우고 있는 공동사회라는 것이 무엇을 뜻하는 것이며, 공동의식이라는 말이 무엇을 의미하는 것인가를 우리는 쉽게 짐작할 수 있다. 김기림의 주장대로 시를 통해 민족적 유대감과 공동의식을 구현할 수 있는 방법이란 실제로 시의 영역에서 간단하게 획득할 수 있는 것은 아니다. 시적 상상력은 언제나 자아의 내면에서 우러나오는 진실한 외침을 포괄하지만, 정치이념은 개인적인 체험과 관계없이 사회적으로 확대되는 속성을 지니고 있기 때문이다. 그러나 시가 언제나 앞을 내다 볼 수 있는 예언자적 기능을 수행하여야 한다는 김기림의 주장은 해방 직후의 현실에서 당연한 논리로 받아들여졌다. 민중의 혁명의 완수를 믿었던 김기림의 이른바 <인민의 시>에는 언제나 정치적인 구호와 웅변의 열기가 담겨 있었던 것이다.

　이와 같은 상황 속에서 조지훈은 「순수시의 지향」을 발표함으로써 해방공간의 시운동의 방향을 새롭게 조정해 보려는 의지를 드러내고 있다. 그는 시를 통해 민족을 말하기 전에 우선 시 자체에 대한 본질적인 인식이 선행되어야 함을 주장하면서 시의 순수성을 고수할 것을 강조하였다.

　　시인은 民族詩를 말하기 전에 그냥 시 자체를 알지 않으면 안 된다. 먼저 시가 된 다음 그것이 민족시도 되고 世界詩도 될 수 있는 것이므로 시의 전통이 확립되지 못한 이 땅의 시가 민족시로서 세계시에 가담하기 위하여서 먼저 일어날 것은 純粹詩運動이 아닐 수 없다. 순수시운동은 곧 시의 본질적 계몽운동인 동시에 그의 발전이 그대로 민족시의 수립이기 때문이다. 시가 시로서 가진 바 그 본래의 가치와 사명을 몰각하고 시의 일부 因子요 오히려 그 부수성인 공리성을 추출 확대함으로써 시의 전체로 삼고 자신의 문학적 창조와 개성의 무력을 엄폐하고 정치에의 예속, 정당과의 야합의 당위를 부르짖는 수다한 시인은 기실 시인이 아님으로써 민족문학

2) 金起林, 「詩와 民族」(『詩論』, 白楊堂, 1947), p.214

의 支流는 커녕 정치 浮動勢力 밑으로 추방될 성질의 것이다. 시는 시로서 저 자신과 민족과 인류에 기여할 것이니 시는 모든 사회현상의 가치로 더불어 홀로 설 수 있는 개성을 고수할 것이므로, 정치건 무엇이건 시의 개성을 굴복시키려는 유파가 있을 때, 진실한 시는 언제나 순수시로서 그 정통성을 유지하는 것이다.[3]

  조지훈은 <순수한 시정신>을 지키는 사람만이 시로서 설 수 있음을 강조하면서, 개성의 자유를 옹호하고 인간성의 해방을 추구하는 것이 시의 본질임을 천명하고 있다. 당시 김광균이 <시대정신의 등한>과 <예술정신의 저조>를 지적하는 글(「문학의 위기」, 『신천지』 1946. 12)을 이미 발표한 바 있고, 대부분의 비평가들이 시대와 현실을 문제삼았으며, 앞서 언급했듯이 김기림이 시와 정치의 결합을 내세웠던 것은 시단의 일반적인 분위기를 말해 주는 것이라고 하겠다. 그런데 조지훈은 이러한 기성 문단의 편향적 태도를 거부하고 있다. 그는 <시는 인간의 공감성에 그 의미가 있는 것>으로 영원한 시공의 관조에 더 큰 의의를 부여하고 있는 것이다.

  조지훈의 이와 같은 태도는 정치현실을 시의 테마로 삼고 있던 김기림에 정면으로 도전한 것이었고, 그의 문단 데뷔를 뒷받침했던 절창의 시인 정지용의 변모를 공박하는 것이기도 하였다. 시집 『백록담』(1941)을 내놓고, 언어의 인카네이션을 강조했던 정지용은 스스로 자신의 문학을 <왜소 위축한 문학>으로 치부하고 탁류의 현실에 뛰어 들고 있었다. <정치감각과 투쟁의욕>을 입으로만 내세우면서 시를 쓰지 못하고 있던 정지용은 『백록담』의 샘물 같은 고결함보다는 탁류의 음악을 찾고자 하였다. 이에 대하여 조지훈은 <순수는 혼탁해야 하는가>를 스스로 질문하면서, 시란 탁류의 밑바닥에 흐르는 맑은 강물이어야 한다고 하였다. 그는 민족정신이라는 것도 <언제나 새로운 의의를 지닐 수 있는> 역사적인 실체로 이해하고자 하였으며,

---

3) 趙芝薰, 「純粹詩의 志向─民族詩를 위하여」(『白民』 제7호, 1947. 3)

민족을 통일체로 사유하고 그것에 대한 인식을 더욱 고조해야 한다는 시대적 요청을 단순한 정치적 선전으로 내세운 것이 아니라, 시의 예술성 속에 용해된 사상으로 형상화시킬 것을 주장하였던 것이다.

3. 시와 고전주의적 정신

조지훈이 지니고 있던 시의 예술성에 대한 신념은 <시정신의 옹호>라는 관념적인 주장으로 귀결되는 것이었으나, 이데올로기의 지향이 비등했던 상황 속에서 거기에 대응하고자 했던 문학인의 자세를 생각할 경우 그 의미가 예사롭지 않다. 시 이외의 다른 어떤 정치적 이념이나 사상성만으로는 시로서의 본질을 살려낼 수 없다는 그의 주장은 결국 당시 문단의 파당적 논쟁에 자연스럽게 휩쓸리게 되었고, 조지훈 자신은 순수문학을 옹호하는 민족진영의 앞자리에 설 수밖에 없었다. 조지훈의 문학적 태도가 당시의 정치적 현실 문제에 연관되어 계급문학론자들의 주장에 정면으로 충돌하게 된 것은 「정치주의 문학의 정체」라는 글을 발표하면서부터였다. 이 무렵에는 이미 조선문학가동맹을 중심으로 한 좌익 문학인들의 주동세력이 상당수 월북해 버린 때였으나, 여전히 그 잔여세력이 문단을 장악하고 있었다.

정치주의 문학이 揚言하는 바 문학의 인민에의 복무를 위한 정치에의 복무의 당위성 제창은 <복무>라는 개념 자체가 스스로 설파하는 바와 같이 종속적 사역의 강요를 뜻하는 것이요, 무엇에 복무한다는 사실을 일률적 이데올로기로의 구속적인 전제가 예상된다는 것은 그들의 행동은 차치하고라도 이미 논리적으로 필연화된 사실임을 부정할 수 없는 것이다. 그러므로 문학으로 하여금 정치에의 복무를 강요한다는 사실은 문인에 의해서 비롯된 것이 아니고 정당에 의해서 타율된 것이지마는 엄밀히 살펴보면 문학이 정당에 服屬한다는 것은 아무래도 그 문학인 자신의 노예근성에서 비롯된다는 것을 말하지 않을 수 없는 것이다. 이와 같은 문학인이 문학의 존엄한 자율정신을 타기하는 自嘲的 인간관을 가진다면 필경 문학에의 충실보다는 低調의 정당적 모략에 的結될 것도 당연한 추세라 할 것이다.[4]

조지훈은 문학을 하나의 도구로 인식하고 있는 정치주의 문학의 한계성을 지적하면서, 조선문학가동맹의 결성 이후 좌익 문인들에 의해 주장된 <민주주의 민족문학>이라는 것이 실상은 공산주의 이념의 실천을 위한 선전도구에 지나지 않음을 분명히 하고 있다. 그는 문학정신의 기본 문제가 그 독자성과 종속성의 한계를 인식하는 데에 있음을 말하면서 문학이란 인간의 <생명적 요구>에 의해 나온 것이므로 문학 이외의 어떤 요구에 의해 종속될 수 없음을 주장하고 있다. 문학이 진정 생명의 요구이며 생활의 표현일진대, 문학인에 있어서는 문학이 곧 생활이라는 것이 조지훈의 생각이다. 그는 문학하는 태도에 있어서는 그 기본 문제가 예술성과 공리성의 가치판단에 좌우된다는 사실을 설명하면서, 문학이 지니는 예술성만이 그 독자적 의미를 인정받을 수 있는 것임을 주장하였던 것이다.

조지훈은 결국 그 자신이 내세운 순수문학이라는 것을 문학의 독자성과 예술성을 인정하며, 그 개성의 중요성을 내세우는 것으로 규정하고 있다. 그는 정치주의 문학이 문학의 종속성을 은폐시키려 하며, 정치적 선전수단으로서의 공리성을 내세우면서 인생을 위한 문학으로 자처하는 점을 비난하고 있으며, 예술성의 근본이 되고 있는 개성을 무시하고 오직 사회성만을 따지는 불합리를 지적하고 있는 것이다.

이와 같은 조지훈의 문학적 태도는 당시 조선청년문학가협회의 중심 인물이었던 김동리의 순수문학론과 동궤에 놓이는 것으로, <생의 구경적 형식으로서의 문학>을 내세운 김동리의 문학적 입장을 측면에서 지원하고 있는 것처럼 보이기도 한다. 그러나 김동리가 휴머니즘에 바탕을 둔 본격문

---

4) 趙芝薰, 「政治主義 文學의 正體」,(『白民』제14호, 1948. 4)

학을 주장한 것과는 달리, 조지훈은 그 자신의 문학론의 실천적 방도를 <고전주의적 정신>에서 찾고 있다. 그는 <국어의 발달> <국민의식의 자각> <이지와 정열의 균형>이라는 세 가지 조건을 들어 고전적 문학의 확립을 내세웠고, 민족문학의 지향점도 이에 있음을 천명하였다. 건전한 사회적 의욕으로서 조화 통일과 완성의 미를 지향하는 고전적인 문학의 필요성을 내세우고 있는 그의 주장 속에는 주체의 완성에 도달하지 못하고 있는 우리 문학의 흐름과 이지적 균형을 체험하지 못한 우리 근대문학 정신의 방만한 낭만적 정열을 비판적으로 바라보는 태도가 감추어져 있는 것이다. 특히 민족문학의 확립을 주장하는 구호의 만발에도 불구하고 그 실천적 지표의 혼란을 방치할 수밖에 없는 문학적 상황을 더욱 우려하고 있었기 때문에, 그는 무모한 정열과 법칙의 파괴를 일삼는 낭만적 정신에서 벗어나 마땅히 고전주의적 이지와 조화와 질서로 문학의 전환을 이룩해야 한다고 하였다.

> 문학의 고전주의가 이 땅의 오늘에 대두하여 마땅한 데는 다음의 이유가 있다. <세련된 문장> <충분한 구성> <일관된 관념>이라는 고전문학의 삼대 요소는 문학 본격의 지향인 주체주의에 부합되고, <지배적>이고 <통일적>이고 <전형적>이라는 고전문학의 삼대 본질은 민족문학 앙양의 계몽주의에 부합되는 것이며, <명랑성>과 <조화성>과 <일반성>이라는 고전문학의 삼대 특성은 현대문학의 제약인 이성주의에 부합된다. 여기서 말하는 부합이란 그 요구의 충족적 해결이 지양될 수 있다는 뜻이다. 민족문학의 이러한 지향이 그 전통과 역사 위에 개화하려는 발아가 문학의 황금시대를 가져오는 것이 아닐까?[5]

조지훈이 파악하고 있는 고전주의의 정신은 서구 문학의 낭만적 정신에의 함몰을 경계하며 신고전주의를 내세운 흄 T. E. Hulme의 태도를 연상

---

5) 趙芝薰, 「古典主義의 現代的 意義—民族文學의 志向에 關한 노트」,(『文藝』, 제3호, 1949. 10)

케 하는 부분이 많다. <정확하고도 적절한 언어표현>을 우선적으로 강조하는 있는 휴움은, 무모하리만큼 방만한 상상력 대신에 구상력 fancy을 제시하여 정확하고도 견실한 산문적 경지를 시의 목표로 내세운 바 있다. 사물에 대한 등가의 등식을 내세워 시를 시인의 감정의 등가물로 이해하고자 한 휴움의 태도가 이미지즘의 선구를 담당했던 사실을 우리는 익히 알고 있는 것이다. 조지훈은 서구 문학의 경우 낭만주의라는 것이 독창성과 특수성과 부분적 변화의 자유에 뿌리박음으로써 자신을 통제할 의욕과 그 실천의 힘을 감당할 수 없었음을 전제하면서, 신고전주의의 대두와 함께 전형성과 보편성의 추구, 전체적인 조화의 법칙성을 찾아 문학이 낭만적 혼선을 극복할 수 있었다고 하였다. 그는 우리 문학의 역사적 현실에 있어서도 계급투쟁의 의욕이 낭만적 반항정신과 통해 있기 때문에 질서와 조화를 잃은 파괴의 문학만이 유행하고 있음을 문제삼았고, 바로 거기서 고전주의의 현실적 타당성을 확인하고자 하였다. 그가 말하는 새로운 고전주의는 그 본연의 자세로서 <이지와 정열과 균형을 지향>하는 것이며, 이지에 주지주의가 아닌 현실주의를, 정열에 주정주의가 아닌 이상주의를 맡김으로써 그 균형을 잡는 것이었다. 결국 그는 민족문학의 과제로서 고전주의적 문학의 확립을 천명하였으며, 바로 그것이 우리 문학의 정상한 발전의 지표라고 규정하였던 것이다.

4. 조지훈의 순수시론의 한계

조지훈은 해방 직후 정치 사회적 혼란 속에서 새롭게 자리잡기 시작한 우리 문학을 크게 세 가지의 각도에서 검토하고 있다. 그리고 그러한 자신의 입각점을 지켜 나가면서 문학의 방향과 진로를 모색해 보고자 하였다. 첫째로 그가 내세운 것은 <순수문학>이다. 이것은 문학의 예술성과 함께 그 독자성을 강조하면서 개성의 표현으로서의 문학을 자신의 문학하는 태도의 거점으로 삼고자 하는 노력에 직결되는 것이었다. 둘째는 그가 문학정신의 지향을 <민족문학>의 확립에 두고 있었다는 사실을 지적할 수 있을 것이다. 그는 민족 문학이라는 지표밑에서 우리 문화 전반에 걸친 폭넓은 이해를 바탕으로 그 반성적 비판을 가하기도 하였으며, 순수문학으로서의 민족문학 또는 민족문학으로서의 순수문학을 내세워 문학의 사회적 현실성과 그 보편성을 동시에 논하고자 하였다. 셋째로 그가 민족문학의 실천적 방법으로서 구체적 방향을 제시한 것은 <고전주의적 문학>의 확립이었다. 이것은 조지훈의 문학론의 귀착점이라고 할 수 있는 것으로서, 이지와 정열의 균형에서 오는 창조적 조화를 문학을 통해 구현해야 한다는 것이었다. 이러한 세 가지의 과제는 비록 논리적인 발전단계의 과정을 거쳐 정리된 것은 아니지만, 그의 문학관의 총체임에 틀림없는 것이다.

실제로 조지훈은 이러한 문학적 태도를 그의 시적 창작에 그대로 실천하였다. 그의 시는 자아의 내면적 탐구에서 출발하면서도 정서의 충일을 보이지 않고 있으며, 현실적인 주제의식을 담는 경우에도 자기 통어의 의지를 소홀히 하지 않았다. 특히 그는 시적 형식의 균형 감각에도 남다른 특징을 드러내었다.

> 나는 <시를 자기 이외에서 찾은 저의 생명이오, 자기에게서 찾은 저 아닌 것의 혼>이라고 하겠읍니다. 다시 말하면 대상을 자기화하고 자기를 대상화하는 곳에 생기는 純一體精神이 시의 본질이라고 나는 믿습니다. 당신은 인간의식과 우주의식의 완전한 일치의 체험이 시의 구경이라고 믿지 않습니까?
> 시의 세계는 질서와 조화의 세계입니다. 하나의 우주입니다.[6]

---

6) 趙芝薫, 『詩의 原理』, (珊瑚莊, 1953), pp.19~20.

질서와 조화의 세계를 갈망했던 조지훈의 시적 지향은 그의 시의 내용이나 짜임새에서 볼 수 있는 균형감각을 통해 쉽게 확인할 수 있다.

　　그렇지만 조지훈의 시에는 관조의 태도가 있을 뿐 갈등의 몸부림이 없다. 달관하는 자세는 있으나 절규하는 외침이 드러나 있지 않다. 그의 시는 동적이라기보다는 지나치게 정적이며, 그의 시선은 언제나 대상의 한가운데에 있지 않고 대상의 위에 자리잡고 있다. 이것은 <탈속>의 경지이고 선비의 정신일 수 있다고 하지만, 절실한 시적 감동을 오히려 반감시키는 요인이 될 수도 있는 것이다. 진정한 고전적 정신이 부조화의 한가운데에서 조화를 추구하고 불균형의 혼란 속에서 균형을 찾을 수 있는 포괄의 정신이라고 한다면, 확실히 조지훈의 시에는 다양한 정서적 충동을 동시에 포괄하면서 그 속에서 조화를 얻어내는 긴장이 결여되어 있다고 할 것이다.

조지훈의 전통주의

박호영

1. '문장'파와 조지훈

　'문장'파란『문장』지를 중심으로 활동한 문인들을 지칭하며, 그 주체로
가람・지용・상허, 그리고 이들의 이념을 충실히 계승한 지훈을 손꼽을 수
있다. '문장'파에 대해선 간헐적인 연구[1]가 이루어졌으며, 이들 연구는『문
장』지가 단순히 잡다한 경향의 글들을 모아놓은 잡지가 아니고, 어느 정도
의 집단 이념을 지닌 잡지였음을 밝혀놓고 있다. 그 집단의 이념이란 한마디
로 말한다면 유교적 문화에 깊숙이 관련된 전통주의이다. 원래 전통주의라
하면 옛부터 내려오는 전통을 존중하고 이것을 고수하려는 보수적인 경향
을 말하는 것이지만, 이들이 지닌 전통주의는 고착적인 관념이 아니라 미래
에 대한 전망을 지닌 전통을 말한다. 그러므로 가람이 진란(眞蘭)에 대해
애정을 보이고 시조 창작에 심혈을 기울인 것이라든가, 상허가 골동품・서
화에 남다른 관심을 보인 것, 지용이 '바다'로부터 '산'으로 시선을 옮겨
한시적 발상에 의거해 시를 쓴 것, 지훈이 고전적 분위기의 시를 쓰고 전통

---

1) 김윤식,『한국 근대 문학 사상 비판』, 일지사, 1978: 황종연, 「'문장'파 문학의 정신사적 성격」,
　『동학어문논집』21집, 1986: 최승호,『한국 현대시와 동양적 생명 사상』, 다운샘, 1995.

에 대한 자기 나름의 견해를 피력한 것 등은 단순히 우리의 과거 유산을 들추자는 것이 아니고 그를 통해 미래에 대한 희망을 가져보자는 것으로 볼 수 있다. 또한 그것은 일제의 근대주의에 대한 반근대주의로서의 저항 방식이었다는 긍정적인 측면을 아울러 지닌다.

'문장'파 중 특히 조지훈은 '문장'파의 이념을 충실히 계승한 시인으로 평가된다. 그는 '문장'파 선배들의 문학적 이념을 단순히 계승한 것에 그친 것이 아니라 심화·발전시켜서 그 문화적 성과를 극대화시켰다.[2] 사실 전통 주의라 할 때 그것은 크게 상고주의와 선비 기질로 요약될 수 있는데, 신분 적·물적 토대를 바탕으로 이를 모두 갖춘 이가 지훈인 것이다. 이제 고전·전통·자연에 대한 지훈의 관점을 천착함으로써 그가 지닌 전통주의가 어떤 것인가를 살펴보고자 한다.

2. 지훈의 고전 탐구의 정신

고전은 글자 그대로 옛 것이다. 그러나 옛 것이라고 다 고전이 되는 것은 아니다. 옛 것이면서도 오늘에도 규범이 되고 존경을 받을 수 있는 것을 고전이라고 말한다. 엘리엇은 고전의 자격이 돌이켜봄에 의해서만, 그리고 역사적 안목에 의해서만 밝혀질 수 있는 것이라고 보았다.[3] 그에 의하면 고전은 문명이 성숙해 있을 때만이 발생할 수 있다. 문학의 성숙성은 문학이 산출된 사회의 성숙을 말해준다.[4] 고전의 구성 요소는 세 가지이다. 첫째, 고전은 과거의 작품이어야 하고, 둘째, 고전은 질적으로 높은 수준의 작품이어야 하며, 셋째, 후세에 모범이 되어 하나의 전통을 수립하고 그것을 지속

2) 최승호, 앞의 책, p. 24.
3) 김윤식 엮음, 『문학 비평 용어 사전』, 일지사, 1976, pp. 16~17.
4) T.S. Eliot, On Poetry and Poets, Noonday, 1961, pp. 54~55.

시키는 데 뚜렷이 기여하고 있는 작품이어야 한다.[5] 그러므로 고전이 중요한 것은 그것이 과거에 그치는 것이 아니라 현장성을 띠고 우리에게 교훈을 주고 지식을 전달한다는 데 있다. 고전은 시간과 공간을 초월한다. 그것은 시대를 초월하여 감명을 준다. 고전의 가치는 새로운 비판과 섭취에 대한 태도를 전제로 한다.

우리에게 고전론이 본격적으로 대두된 것은 1935년이다. 조선일보·중앙일보·동아일보 3대 신문이 이를 특집으로 꾸몄는데, 어느 논자들은 새로운 문학이 탄생할 수 없는 불리한 환경 아래 오히려 우리들의 고전으로 올라가 문학 유산을 계승함으로써 우리들 문학의 특이성이라도 발휘해보는 것이 좋기 때문에 고전이 필요하다고 보았는가 하면, 또 어떤 논자들은 우리의 신문학 건설을 위하여 섭취될 영양으로서 필요하다고 하였다.[6] 이같이 고전이 신문지상에 집중적으로 거론된 이유는 바로 전 해의 국학 연구의 업적과 한글 운동의 결실에 있다. 따라서 학술적이며 구체성을 띠고 있는 것이었다. 1936년에 들어와 고전론은 차차 학자들의 중심 과제가 되어 이론적·과학적 탐구가 나타난다. 막연한 애상·향수라는 심정적 상태에서 벗어나 과학적 논구를 이룩함으로써 민족적 애정에 확실성을 부여하려 한 것이다.[7]

고전론은 이원조·서인식으로 대표되는 '제3의 입장으로서의 고전론'과 '조선주의'에 직결된 역사적 심정으로서의 '문장'파 중심의 직관적 복고주의로 나누어볼 수 있다. 특히『문장』지 중심의 고전 부흥론은 고전이 현실 도피로 고발당하고 "고전은 다만 낡은 문화가 파탄되고 새로운 문화의 창조가 요구되는 역사적 전환기에 있어서 문화원리를 고구하는 재료로서만 의의가 있다"는 경고에도 불구하고 의욕적이고 창작에 직결되었다는 점에서

5) 김용직 엮음.『문예 비평 용어 사전』, 탐구당, 1985, P. 17 참조.
6) 김윤식『한국 근대 문예 비평사 연구』, 한얼문고, 1973, P. 337.
7) 위의 책, P. 343.

주목될 만하다. 동양 정신의 반성이라는 배경을 업고 고전론으로서의 역사 의식을 공분모로 하는 이들 상고주의는 '조선적'이라는 에피세트로 집약시킬 수 있다.[8]

지훈은 전통에 대한 관심의 연장으로 고전을 중요시하였다. 고전은 바로 '전통의 입상'이다. 그에 의하면 고전은 생활의 의욕에서 형성되어 역사의 흐름 속에 지속되는 자요, 개성의 주체 속에 생탄하여 보편성의 객화에 융합되어가는 자이며, 따라서 한 민족 문화가 카오스에서 코스모스로, 방산하는 관념에서 구체적 집결로 나아가는 비롯이 되기도 한다.[9] 고전이 균형과 조화를 이루고 있다고 봄도 그에게 이 같은 '고전'관이 있기 때문이다.

우리 문학의 구경의 과제를 고전 문학의 형식으로 봄도 지훈이 고전을 중요시하였음을 말해주는 것이 된다. 우리 문학이 정상적으로 발전하기 위해서는 고전에 대한 올바른 전수가 절실하다는 것이 그의 논지이다. 문학의 고전주의적 지향은 그가 보기에 전통과 역사 위에서 자생하여 개화하려는 지극히 자연스런 행위였다.[10] 그래서 고전 문학 형성의 지향을 고전주의라고 부르는 대신에 "우리 문학의 정상한 발달을 위한 기초 공작"으로 부르고자 했다.[11]

지훈은 고전을 추구함에 있어서 경계해야 할 점을 지적하기도 한다. 그는 그것을 골동상과 박물관의 진열창에 비유하고 있다.

> 고전주의의 가장 큰 위험성은 골동상적인 것과 박물관 진열창격인 두 가지에 있다. 벽에다 화폭 하나를 걸어도 그림이 살도록 걸어야 하겠거늘 물상을 명시함으로써 만족할 바에는 고고학자가 곧 그대로 시인됨직한 일이요, 막연히 옛 것을 좋다 해서 놋화로, 놋촛대, 화류문갑, 거문고를 어루만

8) 김윤식, 앞의 책. P.348.
9) 『조지훈 전집』3, 일지사, 1973, P. 174(이하 『전집』이라 함)
10) 김종균, 「조지훈의 문학 비평」, 김종길 외, 『조지훈 연구』, 고려대 출판부, 1978, P. 403.
11) 「전통의 입상, 현대 문학의 고전적 의의」, 『전집』3, P.186.

진다 해도 생활에 침투되고 맞지 않아서는 박물관 진열창을 면치 못하리라. 시비곡직을 말하기 전에 시가 살아야 하리라. 시를 살리지 못하고 시인이 살이 찐다는 것은 비극이다. 시에 생명을 자식처럼 논아주고 야위어도 행복하리니 시를 살리지 못해서 죽는 것이 아무 경이의 사실될 수 없음은 물론이다.[12)]

그는 살아 있는 고전, 생활화된 고전을 강조하고 있다. 골동품처럼 옛것에 지나지 않는 것이라거나 박물관 진열창의 것처럼 현실과 유리된 것은 진정한 고전이 되지 못한다. 그래서 "옛 것을 노래하되 수박 겉핥기로 눈에 비치는 것만을 사진 박듯 옮길 바에야 일찌감치 그만두는 것이 좋다"[13)]고 했다. 지훈의 이런 언급은 상허 이태준이 '비인 접시'와 '비인 병'을 비유로 하면서 그것의 비실용적 상태를 지적한 것[14)]이라든지, 지용이 '고전적인 것'을 '진부한 것'과 구별하여 역사적으로 살아 있는 과거로 인식한 것[15)]과 일맥상통한다.

지훈이 고전에 대하여 자기 나름의 견해를 피력한 것으로 또 고전문학의 발생 조건을 들 수 있다. 그는 브륀티에르의 고전 발생 조건을 요약하여 '국어의 발달' '국민 의식의 자각' '이지와 정열의 균형'을 고전 문학 발생의 기본 조건으로 든다. '국어의 발달'을 드는 이유는 다음과 같다. 즉 복잡해지는 생활 감정 속에 고유어만으로는 표현 부족을 느낀다. 그래서 외래어의 유입 및 섭취를 하게 되고 그렇게 되면 언어는 풍부해지나 어법이나 언맥의 혼란이 온다. 이에 고전 문학이 정리되고 체계적으로 성숙해질 필요가 있고, 이때 국어의 발달이 전제가 된다는 것이다. 실제 1935년 이후 한글 운동이 활발히 전개되어 홍기문의 「역사와 언어의 관계」(1935. 2. 1~5), 이극로의

---

12) 「시와 인생, 서창집」, 『전집』4, PP. 137~38.
13) 위의 책, P. 137.
14) 김윤식, 『한국 근대 문학 사상 비판』, P. 172.
15) 정지용, 『문학독본』, 동지사, 1949, P. 213.

「한글 발달에 대한 회고 및 신전망」(중앙일보, 1936. 1. 3~4), 이희승의
「고대 국어 연구에서 새로 얻을 몇 가지」(조선일보, 1937. 1. 1~7)등의 글이
고전론 흥기와 더불어 발표되고 있다. 둘째, 국민 의식의 자각을 드는 것은
이것이 외래 사상의 자극 영향에 대한 추수에서 창조 의식의 원천을 발견할
뿐 아니라 대타(對他) 국민 의식 관계에서 보수적이 아니요 배타적이 아닌
자아의 확충을 세계 의식 속에서 찾을 수 있기 때문이다. 뿐만 아니라 이는
민족성의 거울이 되어 그 반성 속에 민족적 자아의 본연의 모습을 발견하고
그로써 끊임없는 자기 향상이 이루어지는 것이다. 셋째, 이지와 정열의 균형
을 든 것은 고전 문학의 보편적 주제와 표현의 유산은 그를 통해서만 성공적
으로 이루어지기 때문이다. 여기서 우리가 알아두어야 할 것은 지훈이 말하
는 '고전주의'와 '고전 문학'의 의미이다. 그는 '고전주의'란 용어를 "문학이
그 본질적인 것, 전통적인 것으로 환원적 발전을 의도할 때 나타나는 이념의
통칭,"16) "우리 문학의 역사 의식적 파악을 지향하고, 또 지향을 실천하고
자극하는 것"17)으로 사용하였다. 그러므로 문예 사조 명칭으로서의 '고전주
의'와는 다르다. 지훈이 말하는 고전주의는 이미 긍정적 지향성을 지닌 것이
다. 고전 문학이란 바로 그러한 고전주의 추구의 결과이다. 그것은 단순히
과거의 집적물이 아니다. 백철이 「평단 일년의 회고」에서 지훈을 비판한
것은 지훈이 "현대의 우리 문학 운동은 고전 문학 수립 운동의 노선을 정도
로 해야 한다"라고 독단한 때문인데 이는 그가 말하는 바 고전 문학의 개념
을 잘못 받아들여서이다. 그러나 사실 지훈의 고전주의와 고전문학의 구별
도 문제가 있는 것이었다. 그 스스로 "나의 이 고전주의란 용어 개념에도
허다한 선입견에서 오는 오해가 있을 줄 안다"18)고 한 것을 보면 적어도
많은 사람이 납득할 만한 보편성을 지닌 개념으로 용어 사용을 하지 못한

---

16) 「전통의 입상, 고전주의의 현대적 의의」, 『전집』3, P. 176.
17) 「전통의 입상, 현대 문학의 고전적 의의」, 『전집』3, P. 184.
18) 위의 글, P. 184.

것을 알 수 있다. 그 외에 고전 문학의 3대 요소가 '세련된 문장' '충분한 구성' '일관된 관념'이요, 고전 문학의 3대 본질이 '지배적' '통일적' '전형적'이며, 고전 문학의 3대 특성이 '명랑성' '조화성' '일반성'이라는 것19)도 어떤 근거로 이 같은 분류가 가능한 것인지 수긍되지 않는 점이 내포되어 있다. 이런 것으로 볼 때 그의 이론은 어느 일면 소박한 고전론에 머물고 있다는 인상을 주기도 한다.

지훈의 고전론은 다른 '문장'파의 고전론과 마찬가지로 또한 상고주의적 성격을 지니고 있었다. 외래 문화의 추수만 하지 말고 우리의 옛 것에서 민족의 원류를 찾고, 아직 낡은 것, 벌레 먹은 것까지라도 우리 민족의 주체 정신을 자극하는 것이라면 무엇이나 노래해야 할 것20)이라는 언급은 이를 단적으로 나타내준다. 그의 「고풍의상」「봉황수」같은 작품은 상고주의의 소산이라고 볼 수 있다.

3. 지훈의 전통수용론

지훈에 의하면 전통은 창조의 원천이요, 그 형상의 질료이며, 창조는 전통의 의욕이요 계승의 방법이다. 그러므로 전통 없는 창조는 공소하고 허약하여 뿌리 없는 나무와 같고, 창조 없는 전통은 침체하고 고루하여 인습의 폐풍에 병들게 된다.21) 지훈은 무조건적인 전통 부정론을 배격하였으며 아울러 무조건적인 전통 긍정론도 배격하였다. 그의 전통론은 요컨대 실증적·과학적 토대 위에서만 이해될 수 있는 그런 것이었다. 아무리 화려한 외식(外飾)을 하고 있는 옛 유산도 그것이 실증적으로 분석될 수 없고 과학

---

19) 「전통의 입상, 고전주의의 현대적 의의」, 『전집』3, PP. 177~78 참조.
20) 「시인의 눈, 봉황의 시름」, 『전집』3. PP. 121.
21) 「지성의 풍류」, 『전집』4, 『민족 문화 연구』창간사, P.325.

적으로 입증될 수 없을 때 그가 주장하는 전통의 영역에서는 도저히 뿌리를 내릴 수 없게 된다.[22]

전통은 과거 속에서 구성되지만 현실 속에서 운용되지 않으면 안된다. 전통이란 역사성과 아울러 시대성까지를 포용하고 있는 것이다. 지훈은 따라서 전통이 인습과는 엄격히 구별되어야 한다고 하였다.

> 인습은 역사의 대사 기능(代謝機能)에 있어 부패한 자로 버려질 운명에 있고 또 버려야 할 것이지만, 전통은 새로운 생명의 원천으로서 좋은 뜻을 살려서 이어받아야 할 풍습이요 방법이요 눈인 것이다. 전통은 역사적으로 생성된 살아 있는 과거이지만 그것은 과거를 위해서가 아니라 도리어 현실의 가치관과 미래의 전망을 위해서만 의의가 있는 것이다. 만일 전통을 버려야 할 인습의 뜻으로 보거나 그렇지는 않다고 해도 전통을 찾다가 보면 인습을 버릴 수가 없으니까 아깝더라도 전통은 인습을 깨뜨리기 위해서 버려야 한다고 주장하는 이가 있다면 그는 나쁜 인습을 타파하려다가 좋은 전통마저 깨뜨리게 되는 논리적 귀결에 직면하게 될 것이다. 그렇게 되면 그 깨뜨린 인습에 대치할 새로운 전통의 바탕을 상실하고 당황할 것이다.[23]

인습은 타파되어야 할 것이고 전통은 계승해야 할 방법이요 눈이라는 것, 인습을 깨드리기 위해 전통을 버려야 한다는 것은 그 깨뜨린 인습에 대치할 새로운 전통의 방법을 상실하는 결과가 되고 만다는 것이 지훈의 주장이다. 그러므로 전통은 과거의 누적된 문화의 총체에서 정련되어 스스로 발전하는 생명을 갖춘 양질의 문화소(文化素)이므로 같은 역사적인 것이면서도 부패하고 있는 인습과 구별된다.[24] 전통은 시대에 따라 무한히 발전하고 변용할 가능성이 있는 것이다. 그러기에 전통은 새로운 창조의 재료요 방법이며, 전통은 새로운 창조의 주체요 가치라고 했다.[25]

---

22) 박노준, 「조지훈의 「신라 연구」해의」, 김종길 외, 앞의 책, P. 355.
23) 「한국 문화사 서설 4, 한국 문화 논의」, 『전집』6, P. 314.
24) 「전통의 입상, 고전주의의 현대적 의의」, 『전집』3, P. 174.

지훈이 전통을 내세우게 된 이유는 외래 문화의 추수주의로 말미암아 민족의 주체성이 상실되어가는 데에 있었다. 지주를 상실한 현대, 극도의 자기 분열에 떨어진 현대를 소생시키기 위해 우선적인 급선무가 전통을 찾는 것이라고 그는 보았다. 지훈의 신라 정신 탐구는 사실 전통 탐구의 연속인 것이다. 지훈의 눈에 비친 신라의 문화와 정신은 틀림없는 전통의 한 인자(因子)였다. 옛 전통이 점차 소멸되어가고 단절의 위기에 처해 있을 때 그는 우직스럽게도 천여 년 전의 신라 시대로 되돌아가서 거기에 깊숙이 침잠하여 문화의 파편 하나 하나를 쓸고 닦아서 그 의의와 가치를 분명히 하였고 이를 현대라는 시점에다 맥락을 통하게 해서 살아 움직이는 문화적 전통으로 재생시켜 놓았다. 지훈이 신라를 연구하게 된 것은 신라가 과거의 역사에 그치는 것이 아니라 현재의 우리에게 있어서도 유의미한 부분을 지니고 있기 때문이다. 그 유의미하다는 것은 신라 민족을 비로소 하나의 단위로 묶었다는 사실에 있다. 신라는 민족 의식이라는 것을 직접 피부에 그 의미가 와 닿는 실제적인 것으로 우리의 현장 속에 옮겨놓았다. 민족 의식 고취에 심혈을 기울인 지훈이 이 신라를 연구하게 됨은 따라서 자연스런 추세가 된다. 일제 말기에 시작된 이 연구는 어느 면에 있어서는 문화 항쟁으로서의 의미도 지닌다. 전통 문화의 발견, 계승과 주체적 사상의 재확인과 고수야말로 피의 항쟁이나 조직적인 시위의 항쟁에 버금갈 수 있는 또 다른 의미로서의 대일(對日)항쟁이 될 수 있기 때문이다.[26]

지훈은 시에 있어서도 그 주체는 전통이라고 했다. 이인직·최남선이 개척한 신문학 작품이 오늘 이 땅의 시인·작가들의 전범이 되지 못하였다고 하더라도 그들을 통해 받아들인 서구적 전통 이입의 교량적 방법이 전통을 이루었다는 것이 그의 논지이다.

---

25) 「한국 문화사 서설 4, 한국 문화 논의」, 『전집』6, P. 315.
26) 박노준, 앞의 글, P. 456.

아무리 종래의 우리 전통과는 아주 다른 이질적 전통이라 하여 전통이 단절된 듯이 보여도 우리 아닌 남의 눈으로 볼 때에는 그 이질 문화의 섭취 수용에 있어서 '우리의 전통'의 작용이 보이는 것이다. 이것이 전통으로 하여금 집단적 개념이 되게끔 하는 소이연(所以然)이다.[27]

그러므로 그에 따르면 프랑스 상징주의풍을 모방했다고 해도 그 속에는 전통적 요소가 자리잡고 있는 것이다. 아니 전통이 암암리에 시인의 의식 속에 작용한 것이라고 할 수 있다.

그러나 이것은 다음의 그의 주장과 비교해 볼 때 어딘가 논리의 일치가 되지 않는다.

육당의 시는 우리의 현대시의 길을 열었을 뿐 우리 시의 고전은 이루지 못했다. 이상(李箱)의 몇 편 시가 또 충분히 모더니즘이었다. 그러나 이상의 시도 우리의 현대시에 하나의 자극을 주었을 뿐 고전이 될 수 없는 시들이다. 고전이 못 되어도 그들의 업적을 찬양해서 마땅하다. 다만 그들 시가 문학사의 자료로서만 의의가 있다는 데 서글픔이 있는 것이요 그 이유가 모두 그들이 시작(詩作)을 오래 계속하지 않은 탓이지만 그보다 더 중요한 것은 전통의 수립이라든가 전통에의 환원의 노력이 그들에게 없었던 탓이다.[28]

만약 앞서 지훈의 말대로 육당이나 이상의 시에도 전통이 수용되어 있는 것이라면 그들의 시가 문학사의 자료로서만 의의 있는 일이 아닐 것이다. 그러나 그는 고전을 이루지 못하고 하나의 자극을 주는 데 그치는 것이 육당이나 이상의 시이며, 그것이 전통의 수립이라든가 전통에의 환원의 노력이 없기 때문이라고 하여 그들 시를 폄훼한다. 지훈이 보인 논리의 상치(相馳)는 그의 전통론이 철저한 기반 위에 서 있지 못하다는 것을 말해주는

27) 「한국 문화사 서설 4, 한국 문화 논의」, 『전집』6, P. 315.
28) 「전통의 입상, 현대시의 문제」, 『전집』3, P. 196.

것이기도 하다. 그러나 이것이 후에 전통에 대한 논의[29]에 있어 박목월과 더불어 전통 계승 긍정론을 펴는 바탕이 된다. 이에 반대되는 전통 계승 부정론은 이어령과 유종호에 의해 주장되었는데 이들은 한국의 고전 문학과 근대 문학 사이에는 단절 현상이 있다고 주장했다. 이후 이 논쟁에는 중견과 소장에 속하는 비평가의 상당수가 동원되었다.[30] 이제 그 가운데 중요한 것을 들어보면 문덕수의 「전통을 위한 각서」(『현대문학』. 1963, 2), 정인섭의 「한국 문학의 전통과 현대성」(『자유문학』, 1963. 1), 이형기의 「전통이란 무엇인가」(『현대문학』, 1964. 3), 정명환의 「전통의 연결과 단절」(『사상계』, 1964. 4) 등이다. 전통의 단절보다는 전통의 계승적 차원에서 모든 문학 연구가 행해지고 있는 저간의 학계 동향을 감안해볼 때 전통 계승을 긍정적으로 본 지훈의 안목은 올바른 것이었고, 오랫동안의 식민지 지배 결과 민족 문화에 대한 자기 비하와 멸시의 관념이 만연된 상태에서 민족 주체 의식을 고양했다는 데 그 나름의 의의를 지닌다.

4. 지훈의 자연관

지훈이 '자연'의 개념을 어떻게 생각했으며, 자연을 어떻게 대해왔나를 살피는 것은 그의 자연관을 알 수 있다는 것과 아울러 그의 전통주의에 대한 파악에 있어 중요한 단서가 될 수 있다는 점에서 그 의의가 있다. 그것은 어느 면에서 그의 우주관을 파악하는 것이기도 하다. 지훈이 자연에 대해 집중적으로 거론한 글은 「자연과 문학」이라고 하는 글이다. 그는 그 글에서 자연은 절로 생기는 것이라고 말한다. 물론 이것은 사전적 의미에

---

29) 『사상계』가 마련한 세미나에서 전통에 대한 논의가 이루어졌다. 이때 조지훈과 박목월은 전통 계승 긍정론을 폈고, 이어령과 유종호는 전통 계승 부정론을 폈다. (김용직, 『한국 근대 문학 논고』, 서울대 출판부, 1985, PP. 248~49 참조).
30) 위의 책, P. 249.

지나지 않는 것이나 여기엔 주목해야 할 두 가지 사항이 들어 있다. 하나는 도남 조윤제의 자연관과의 일치이다. 도남은 강호가도(江湖歌道)에 나타난 자연의 양상은 일반미이고, 그것은 조화·영원·절로절로를 내용으로 한다고 하였다.[31] 조화·영원·절로절로, 이 세 가지 내용은 지훈이 자연의 개념을 얘기하면서도 되풀이한 것이다. 지훈이 도남의 영향을 받았는지 안 받았는지는 알 수 없지만 자연관에 있어 도남이 파악한 강호가도의 자연관과 지훈의 그것은 흡사하다. 다른 하나로, 우주를 자연 발생의 원리로 파악하는 그리스의 자연 문학관이 자리잡고 있다. 그리스의 자연 철학자들은 자연의 세계가 끊임없는 움직임의 세계, 그래서 살아 있는 세계일 뿐만 아니라 질서 있고 규칙적인 움직임의 세계라고 보았다.[32] 그 움직임은 역동성이나 영혼 때문이다. 이에 반기를 든 것은 로네상스기의 철학자들이다. 그들은 자연의 세계를 유기체로 보는 것에 대해 부정적인 견해를 가졌다. 그들의 주장은 자연의 세계에 지성과 생명이 결핍되어 있다는 것, 그러므로 이성적 매너로 그 자신의 움직임을 질서화할 수 없고 그 자체가 움직이는 것은 더군다나 전혀 불가능하다는 것이다. 그리스의 자연 철학에서는 자연이 바로 영혼, 또는 그 자신의 생명을 지닌 존재였는 데 반해 르네상스 철학자들은 자연보다 다른 어떤 것, 자연의 통치자 또는 신성한 창조자의 지성에 의해 세계가 움직인다고 보았다. 르네상스 철학자들은 그리스의 철학자들과는 아주 다른 이데아의 질서를 전제로 한다. 그것은 기독교의 창조적이며 전능한 신의 개념에 근거하며, 기계를 고안하고 만드는 인간 경험에 근거한다.[33] 지훈의 '절로 생기는 것'으로서의 자연은 이 르네상스의 자연 철학관과는 대척적인 것으로 그리스의 자연 철학관에 닿아 있는 것이다.

---

31) 최진원『국문학과 자연』, 성균관대 출판부, 1981, P. 7.
32) R. G. Collingwood, The idea of Nature, Oxford, 1964, P. 3.
33) 위의 책, pp. 6~8.

문화가 인위의 산물로서 자연을 이용하고 지배하여 오늘의 경탄할 업적을 낳기까지는 자연을 배반하지 않을 수 없었고 자연의 배반은 어느 점으로는 부자연을 낳았다는 것입니다. 만능의 신이 되려다가 동물이 되고 만다는 것은 인간을 기계화하는 경향에서 비롯되는 것이 아니겠습니까. 자연은 인간에게 비정률성(非定律性)이란 창조의 자율성을 주었습니다. 창조의 자율성으로 다른 동물과 구별되는 인간의 특질이 추구 확대된 구극(究極)에 제 손으로 제 목을 조르게 되었다는 것도 지나치게 자연을 배반하는 인간에게 주어진 자연한 운명이 아니겠습니까. 자연을 거세한다는 것이 자연에 지배되는 것이라는 말은 하나의 비극이라 하겠습니다. 그러므로 우리는 인간은 기계적이나 동물이어서 자연적이 되는 것이 아니라 도리어 인간적이고 자율적어어야 더 자연적이라는 진리를 찾을 수 있는 것입니다.[34]

자연은 그 상태로서 조화와 질서를 갖춘 완미(完美)한 것이다. 이를 이용하고 지배하려는 것은 오히려 부자연을 낳고 만다. 그러므로 기계적인 모든 사고나 행위는 지양되어야 할 성질의 것이다. 이런 지훈의 주장은 또한 천인합일(天人合一) 내지 주객일체(主客一體)의 경지를 공통 이념으로 추구하는 동양적 자연관이기도 하다.[35] 지훈 스스로도 "동양의 혼은 자연과 혼융 일체가 되는 곳에 있다 자연을 정복하려는 생각은 조금도 없다"고 하였다.[36]

하늘과 인간의 관계를 천인합일로 보는 것은 유학이나 노장이나 마찬가지이다. 천(天)은 만물의 법칙이요, 생활의 규범이다. 인간은 천(天)에서 부여받은 성(性)에 습(習)(존양성찰[存養省察]·수련)을 가하여, 이를 확충함으로써 천(天)에 합일할 수 있다고 본다. 이것은 성(性)을 불완전한 것으로 보는 때문이다. 이렇게 되면 천(天)과 성(性) 사이에는 간격이 있고, 그 간격을 메우는 습(習)에 인위적 의의인 규범이 설정되게 마련이다. 그런데 노장

---

34) 「문학과 그 주변, 자연과 문학」, 『전집』3, PP. 312~13.
35) 홍사중, 『한국 지성의 고향』, 탐구당, 1974, p. 125.
36) 「시와 인생, 서창집」, 『전비』4, P. 140.

에서는 천부의 성(性)을 완전한 것으로 보므로 습(習)과 같은 규범을 주장하여 무위자연을 주장한다. 규범을 인정하느냐 안 하느냐에 두 사상의 차이가 있다.

지훈은 자연을 살아 움직이는 생명의 전일상태(全一狀態)로 파악하였다. 문학은 처음부터 끝까지 살아 움직이는 이 '자연'을 취재하고 그것을 양식으로 하는 것이다.[37] 어느 의미에서 시인은 자연이 능히 나타내지 못하는 아름다움을 시에서 창조함으로써 한갓 자연의 모방에만 멈추지 않고 자연의 연장으로써 다시 완미한 결정을 이루는 자이다. 시를 '제2의 자연'이라고 함은 자연을 대상으로 해서 자연을 닮게끔 써서 또 하나의 자연을 이루었다는 말이다. 그때 대상으로서의 자연은 그에 의하면 '넓은 의미의 시'이다. 반면 또 하나의 자연인 시는 '참뜻의 시'이다.[38] 그러므로 자연에 더 많이 통할수록 우수한 시이며, 실제에 있어서도 훌륭한 예술 작품은 하나의 자연으로 남는 것을 볼 수 있다.

자연과의 합일을 주장함은 지훈이 자연을 "산천초목의 풍토적 환경"으로 좁히고, 문학은 서정시로 범위를 줄여서 얘기함에 있어서도 마찬가지이다. 그가 "서정시인에게는 제 마음이 곧 거문고 줄이요, 자연은 그 거문고를 타는 손길이며, 또는 자연은 거문고요, 시인의 마음은 거문고를 타는 손길이 된다"[39] "자연은 어머니가 아니겠습니까. 그 젖줄을 마시고 그 품에 안기는 때만 우리는 우주의 사랑에 고개 숙이고 기도하는 자신을 발견할 수 있습니다."[40]라고 할 때 그것은 바로 자연과의 합일을 말한 것이다.

이렇게 볼 때 지훈의 자연은 대상으로서의 객관적 자연은 아니다. 자아가 그 일부가 되어 있는 주객일체의 자연이다. 이 주객일체의 조화적 세계는

---

37) 「문학과 그 주변, 자연과 문학」, 『전집』3, P. 313.
38) 「시의 원리, 시의 우주」, 『전집』3. P. 121.
39) 「문학과 그 주변, 자연과 문학」, 『전집』3, P. 313.
40) 위의 글, P. 314.

흔히 극기로써 표현되는 자아멸각(自我滅却)에 의해서 달성된다. 다시 말하면 서정적 자아인 나(인간)의 배제를 통해서 자연과의 지복(至福)의 조화를 마련하려는 것이다.[41]

5. 조지훈 전통주의의 의의

조지훈은 살아 있는 고전, 생활화된 고전을 강조하고, 과거의 유산으로서의 전통이 아닌, 미래의 발전을 위해 계승될 수 있는 전통을 중요시하였다. 자연에 대한 인식도 살아 움직이는 생명체로서의 자연이었다. 그러므로 고전이나 전통 그리고 자연은 그에게 과거의 단순한 집적물이 아니라 새로운 창조의 바탕이 되는 것이었다. 이는 비단 지훈에 국한된 세계관은아니다. 가람·상허·지용 역시 그 같은 생명 사상을 지니고 있었다. 그들은 인간과 자연을 모두 살아 있는 것으로 보아 서로의 생명적 교감을 통해 조화와 질서를 갖추게 하려는 노력을 하였다.[42] '문장'파의 이러한 생명 사상은 그들의 생활 속에 밴 유교와 실학의 정신을 기저로 한다. 그 중에서도 이 생명 사상에 누구보다도 투철했던 이가 지훈이다. 그것은 그의 유교적 성장 환경과 무관하지 않다.

지훈의 전통주의는 일제 말기 검열이 혹독한 상황에서 그들과 타협하지 않고 우회적으로 자신의 자리를 지킬 수 있는 가장 유효한 방법이었다. 그리고 이 전통주의는 민족에 대한 믿음을 내포하고 있기에 후에 문협 정통파의 정신 구조의 기틀을 마련한다.

---

41) 김준오. 『시론』, 문장사, 1982, P. 333.
42) 최승호, 앞의 책, P. 244.

조지훈 시와 순수의 서정성

이숭원

1. 조지훈 시에 대한 포괄적 전망

조지훈의 시를 논의할 때 우리가 흔히 갖게되는 몇 가지 선입견이 있다. 조지훈의 초기시를 논할 때 청록파라는 유파적 선입견에 얽매여 자연과의 교감이라는 측면만 강조하는 경우가 있다. 또 한편으로는 조지훈의 성장배경이라든가 월정사 체험과 관련지어 전통의식이나 선적 취향과의 관련 속에 시를 논의하는 경향이 있다. 그런가 하면 중기 이후의 시에서는 조지훈의 국학에 대한 관심이라든가 지사적 풍모를 강조하면서 저항적 단면이나 현실참여적 의식을 찾으려는 움직임도 있다. 이 세 번째 경향은 특히 80년대 현실주의 문학이 득세할 때 우세를 보이면서 조지훈 시의 가치를 현실과의 관련 속에서 파악하고 결과적으로 그를 지사적 발언을 담아낸 민족시인으로 부각시키려는 논의가 나타나기도 했다.

물론 조지훈의 시의식은 이 세 측면을 함께 아우르고 있으며 시대에 따라 각각의 단면이 특징적으로 돌출된 것이 사실이다. 그러나 그 중의 어느 한 면이 조지훈의 본질적인 면이라고 내세우는 것은 조지훈 시의 실상을 크게 왜곡하는 것이다. 특히 불의에 항거하는 조지훈의 참여시는 특이한 시대적 상황 때문에 나타난 것으로 그의 시의 본령과는 커다란 거리에 놓여 있다. 그의 참여시는 현실에 대한 즉자적인 대응에서 토로된 것이지 엄정한 현실 인식에 바탕을 둔 것은 아니었다. 따라서 그런 경향을 두고 민족시인이니 참여시인이니 말하는 것은 사태를 오도할 우려가 있다.

우리는 오히려 그러한 분노와 저항의 가락이 나올 수 있도록 창조의 동력 노릇을 했던 시정신의 원류에 관심을 가져야 할 것이다. 그러할 때 조지훈 시를 포괄적으로 이해할 수 있는 새로운 전망이 발견될 것이다. 나는 이 글에서 조지훈 시의 중심 줄기를 이룬 몇 편의 시작품을 분석함으로써 조지훈 시정신의 원류와 그 지향을 파악하고자 한다.

2. 자연과의 교감과 순수성의 지향

꽃이 지기로서니
바람을 탓하랴.

주렴 밖에 성긴 별이
하나 둘 스러지고

귀촉도 울음 뒤에
머언 산이 다가서다.

촛불을 꺼야 하리
꽃이 지는데

꽃 지는 그림자
뜰에 어리어

하이얀 미닫이가
우련 붉어라.

묻혀서 사는 이의
고운 마음을

아는 이 있을까
저허하노니

꽃이 지는 아침은
울고 싶어라.

-「落花」전문

이 시는 박목월, 박두진과의 공동 시집인 『청록집』(1946)에 수록된 작품이다. 조지훈은 1941년 4월부터 12월까지 오대산 월정사에서 외전강사로 있었으며 1943년 9월부터 해방될 때까지 낙향하여 고향인 경북 영양에서 지낸 것으로 되어 있다. 이 작품은 그 시기에 지은 것으로 추측된다. 이 시에 보이는 2행 1연의 시행 구성 및 산중의 전아한 분위기의 표현은 그를 추천해 준 정지용의 후기시와도 통하는 면이 있지만, 정지용의 시에서 볼 수 있는 감각적 재치가 그의 시에는 보이지 않으며 그 대신 은자의 여유있는 정신이 더욱 구체적으로 나타나 있음을 보게 된다.

1연의 언술은 시조에서도 유사한 표현을 본 적이 있어서 그렇게 새롭다는 느낌은 주지 않는다. 다만 꽃이 지는 것을 안타까워 하면서도 그것을 자연의 섭리로 받아들이려는 화자의 마음을 엿볼 수 있을 따름이다. 그런데 2연과 3연은 1연의 평범한 언술을 어떤 정신의 가치를 지닌 것으로 한 단계 상승시킨다. 듬성 듬성 보이던 별이 하나씩 사라지고 귀촉도 울음이 그치고 먼산이 다가서는 장면은 밤이 물러가고 새벽이 다가오는 모습을 표현한 것이다. 이 시의 화자는, 어떤 생각에 잠겨 잠을 이루지 못하고 새벽까지 지샌 것인데, 그의 마음에는 자신이 생각한 내용이라든가 세속적인 사연은 남아 있지 않고, 다만 별이 사라지고 먼 산이 다가서는 새벽의 시점에 꽃잎이 떨어지는 장면만이 인각된 것이다. 그냥 꽃잎이 떨어지는 것이 아니라, 별들이 사라지는 새벽의 시점에, 산중 은자의 뜰에서 꽃잎이 떨어지는 장면을 포착한 것이다. 사유와 인식의 가장 드맑은 순간에 포착된 떨어지는 꽃잎의 모습, 그것은 그 자체로 충분히 즐길 만한 심미적 가치를 지닌다.

4, 5, 6연은 앞부분의 조용한 움직임의 이미지를 이어받아 산수화적 채색의 이미지를 전개한다. 여기에는 촛불의 은은한 불빛과 새벽의 음영 속에 떨어지는 꽃잎의 붉은 빛과 미닫이의 하얀 한지빛이 서로를 조응하며 아름다움을 자아낸다. '촛불을 꺼야 하리/꽃이 지는데'의 의미는 무엇인가? 촛불은 밤에 키는 것이고 밤은 세속적 시간과 단절된 명상의 시간이다. 촛불은 명상을 불러일으키는 살아있는 불꽃이다. 촛불을 꺼야 한다는 것은 밤의 시간이 가고 낮의 시간이 온다는 뜻인데 그것은 명상은 중지되고 생활이 시작되는 것을 의미한다. 그러나 생활의 국면으로 넘어가기에는 새벽에 떨어지는 꽃잎의 영상이 애처러울 정도로 아름답다. 아직은 저 꽃잎의 떨어짐과 더불어 명상의 시간 속에 머물고 싶은 것이다. 그래서 떨어지는 꽃잎의 붉은 빛깔이 흰 미닫이에 희미하게 비치는 것처럼 느껴진다. 촛불을 아직 끄지 않은 새벽인데 실제로 꽃 지는 그림자가 미닫이에 붉게 비칠 수는 없는 것. 이것은 화자의 심리적 영상을 투영한 것이다.

7, 8, 9연은 하나의 전환이다. 앞 부분에서는 화자의 생각은 뒤로 감춘 채 주로 외부의 정경을 보여주었지만 여기서는 화자의 생각과 느낌을 단적으로 표명하고 있다. 그런데 겉으로 제시된 언술만 가지고는 화자의 진정한 뜻을 파악하기 힘들다. 묻혀서 사는 이의 고운 마음을 아는 사람 있을까 두려워하노니 꽃이 지는 아침은 울고 싶어라. 이것이 제시된 내용인데 여기에는 어려운 단어도 없고 교묘한 표현도 없다. 그러나 의문은 쉽게 풀리지 않는다. 묻혀서 사는 이의 마음을 아는 사람이 있을까 왜 두려워한다는 것일

까? 그리고 그것은 꽃이 지는 것과 어떤 관계에 있으며 꽃이 지는 아침은 왜 울고 싶은 것인가? 이것을 제대로 파악해야 이 시 전체를 제대로 이해했다고 할 수 있을 것이다.

밤이 지나고 아침이 오는 시간, 명상의 시간이 지나고 생활의 시간이 오는 분기점에 꽃잎이 떨어진다. 그 장면은 지극히 아름다우면서도 애처럽다. 아름다운 존재는 사라지는 장면도 이렇게 아름다운가? 이제 이 아름다움을 끝으로 꽃잎은 사라지고 새벽도 지나면 생활의 시간인 낮이 올 것이다. 그것은 아름다움의 내면성과는 거리가 먼 시간, 아무리 묻혀 사는 사람도 고운 마음을 유지하기가 어려운 시간이다. 도대체 꽃잎이 떨어지는 이 기가 막힌 순간을 나와 같이 바라볼, 그리고 그 아름다움을 음미할 사람은 이 세상에 없는가? 묻혀서 사는 이의 고운 마음을 같이 나눌 사람은 없는가? 이런 생각이 든 것이다.

그런데 여기서 오해하지 말아야 할 사항이 있다. 그것은 조지훈 스스로가 자신의 내면을 '묻혀서 사는 이의 고운 마음'이라고 지칭했는가 하는 점이다. 만일 그렇다면, 다시 말하여 자기 스스로를 보고 고운 마음의 소유자라고 생각하는 사람이라면, 그 사람은 진정한 은자가 아닐 것이다. 모든 것을 떠나 자연을 관조하고 자신의 내면에 침잠하는 사람이 어떻게 스스로를 고운 마음의 소유자라고 생각하겠는가. 따라서 이 구절은 화자 자신보다도 화자가 바라보는 대상의 정취를 의미하는 것으로 보인다. 말하자면 묻혀사는 사람이 주위의 자연을 관조하면서 얻는 고운 마음과 그 사람을 둘러싼 자연의 은일한 정취를 포괄적으로 지칭한 것으로 보인다. 따라서 '저허하노니'는 '두려워하노니'라는 뜻보다는 '걱정스럽게 생각하다' '마음에 무겁게 여기다' 정도의 뜻을 지닌 것으로 풀이된다.

이상의 내용을 정리하면 이 구절의 의미는 이렇다. 아침이 오는 순간 낙화의 장면은 일종의 비극적 아름다움을 안겨준다. 이 아름다움을 받아들이려면 은자의 고운 마음을 지니고 있어야 할 터인데 나부터가 그런 마음을 알고나 있는지 걱정스럽다. 주위에 나와 함께 이 장면을 보며 공감할 사람 아무도 없는데 홀로 꽃이 지는 것을 보고 하루의 시작인 아침을 맞이하자니 비애의 감정만 솟구친다.

우리는 여기서 밤이 지나가고 새벽을 거쳐 아침이 오는 시간의 변화에 주목해야 할 것이며 그러한 시간의 변화가 어떤 의미를 지니는가를 파악해야 할 것이다. 이 시에서 시간의 변화는 마음의 변화와 대응된다. 그는 시간의 흐름에 따라 순수의 자리가 세속의 자리로 변해간다는 사실을 감지한 것이다. 그는 자연을 관조하고 거기서 정신의 가치를 발견하려 하였고 그것을 자신의 내면으로 받아들이려 하였다. 그러한 상호관계가 뜻대로 되지 않음을 자각할 때 '울고 싶어라'란 탄식을 발하였다. 따라서 이 영탄은 감상적인 성격을 지닌 것이 아니라 정신의 지향성을 드러내는 구실을 한다. 그 정신의 지향은 물론 '고운 마음' 즉 순수성을 목표로 한 것인데 조지훈의 경우 그러한 순수에의 지향은 자연과의 교감을 통하여 가능했던 것이다.

3. 대승적 생명 인식

무너진 城터 아래 오랜 세월을 風雪에 깎여 온 바위가 있다.
아득히 손짓하며 구름이 떠 가는 언덕에 말없이 올라서서
한줄기 바람에 조찰히 씻기우는 풀잎을 바라보며
나의 몸가짐도 또한 실오리 같은 바람결에 흔들리노라.
아 우리들 太初의 生命의 아름다운 分身으로 여기 태어나
고달픈 얼굴을 마주 대고 나직이 웃으며 얘기하노니
때의 흐름이 조용히 물결치는 곳에 그윽히 피어오르는 한 떨기 영혼이여.

-「풀잎 斷章」 전문

이 시는 조지훈의 실제적인 첫 시집인 『풀잎 斷章』(1952)에 수록된 이 시집의 표제시이다. 이 시집에 수록된 시편이 해방 후에서부터 1949년 무렵까지 쓰여진 작품들인 것으로 보아 이 시도 그 시기에 창작된 것으로 보인다. 이 시는 앞의 「낙화」의 경우와는 조금 다른 자연 인식을 보여준다. 앞의 「낙화」에서는 자연의 아름다움을 보여주면서 결국은 그것이 자연물을 바라보는 자아의 내면세계로 연결되었다. 그런데 이 작품은 아름다운 자연물이 아니라 평범한 자연 현상을 보여주면서 그것이 지닌 생명적 가치를 드러내고 있다. 요컨대 자연과의 교감은 교감인데 아름다움을 통한 정신의 교감이 아니라 생명의식의 차원에서 교감이 이루어지는 것이다.

이 시의 첫 행에는 바위의 모습이 제시되었는데 그 바위는 어떤 시련의 역사를 상징하는 듯한 양태로 나타나 있다. '무너진 성터', '오랜 세월을 풍설에 깎여 온' 등의 표현이 그러한 느낌을 전달한다. 그 바위 너머에는 언덕이 있고 그 너머에는 아득히 구름이 떠 간다. 1행의 '오랜 세월'이 시간의 거리감을 나타낸다면 2행의 '아득한 구름'은 공간적 거리감을 나타낸다. 시간적 거리감과 공간적 거리감이 극대화되면서 의미의 긴장에 의해 이 시의 화자가 무언가 무게있는 발언을 하리라는 예감이 전달된다. 그리고 '바위'와 '언덕'은 움직임이 없는 부동의 사물이고 '풍설에 깎이고' '구름이 떠 가는' 것은 시간적 공간적으로 유동하는 모습을 나타낸다. 이러한 정지의 형상과 유동의 형상이 교차되면서 이 시의 첫 두행은 인간과 자연의 역사와 관련된 호한한 상상의 공간으로 우리를 이끌어간다.

1, 2행에서 거시적 시각을 보여준 이 시의 화자는 3, 4행에서는 다시 시야를 좁혀서 근접해 있는 미시적 사물에 관심을 보인다. 그것이 곧 '풀잎'이다. 풀잎은 한 줄기 바람에 깨끗이 씻긴다고 언급되었다. 물론 이것은 눈에 보이는 것이 아니다. 어떻게 풀잎이 바람에 씻길 수 있겠는가. 다만 바람에 흔들릴 따름이리라. 그럼에도 불구하고 굳이 깨끗이 씻긴다고 표현한 데는 풀잎에 존재의 투명성, 혹은 신비로움을 불어넣으려는 의도가 담긴

것이다. 한 줄기 바람에 깨끗이 씻기는 풀잎의 이미지는 살아서 움직이는 존재의 투명성을 잘 보여준다. 그 다음에는 풀잎뿐만 아니라 나 또한 풀잎처럼 '실오리 같은' 바람결에 흔들린다고 말하였다. 풀잎은 미미하고 사람인 나는 대단한 것이 아니라 결국 사람도 한갓 풀잎처럼 '실오리 같은' 바람결에 흔들린다는 것이다. 이것은 생명의 인식에 관한 중요한 의미를 담은 발언이다. 생명가진 모든 것은 풀잎이건 사람이건 똑같이 바람에 흔들린다는 것, 바위가 풍설에 깎이고 멀리 구름이 떠가듯 그것은 피할 수 없는 운명이라는 것을 이 시는 은밀히 말하고 있다.

1, 2행의 거시적 시각과 3, 4행의 미시적 시각은 5, 6, 7행에서 결합된다. 미시적으로 보면 풀잎과 내가 바람에 똑같이 흔들리는 존재이고 거시적으로 보면 풀잎과 나는 '태초의 생명의 아름다운 분신'이다. 태초의 생명은 거슬러 올라가면 하나일 것이다. 어느 하나의 생명이 둘로 나누어지고 그것이 계속 분열해서 지금과 같은 생명의 수다한 계열을 형성한 것이다. 생명의 본질의 차원에서 보면 풀잎이건 동물이건 사람이건 차등이 없다. 이것들은 모두 태초의 생명의 분신인 것이다. 그것들은 생명의 세계 속에서 자신의 독자성을 가지고 존재하고 있기에 '아름다운 분신'이다.

이제 시인은 풀잎과 고달픈 얼굴을 마주 대고 나직이 웃으며 이야기를 나눈다. 풀잎을 하나의 생명으로 인식하는 단계를 넘어서서 풀잎과 대화를 나누는 단계로 이행하고 있다. 이것은 자연과의 교감이라기보다는 생명과 생명의 화합이라고 말하는 것이 더 적절할 것이다. 이러한 화합을 바탕으로 비로소 풀잎과 화자인 나 사이에는 영혼의 교류가 이루어진다. '때의 흐름이 조용히 물결치는 곳'이라는 표현도 참으로 멋진 표현인데 이것은 1, 2행의 시간적 공간적 중량감을 약화시키면서 자기 관조의 한 순간을 형상화한다. 자기 관조의 한 순간에 '그윽히 피어오르는 한 떨기 영혼'을 발견하게 된다.

이 시는 제목이 '풀잎 단장'이지만 풀잎만 노래한 것이 아니다. 이 시는 풀잎과 나의 존재론적 관계를 표현한 것이다. 따라서 '그윽히 피어오르는 한 떨기 영혼'은 비단 풀잎만이 아니라 풀잎을 바라보는 우리 자신도 거기에 해당된다. 이 시의 강점은 바로 여기에 있다. 즉 풀잎이라는 생명체가 우리와 같은 존재라는 사실을 발견한 데 이 시의 가치가 머무는 것이 아니라 우리 모두가 '그윽히 피어오르는 한 떨기 영혼'이라는 사실을 발견한 데 진정한 가치가 있는 것이다.

그런 근거에서 이 시는 우주적 휴머니즘을 내세운 것이라고 말해도 좋다. 일제 강점의 시련기를 지나 다시 민족 갈등의 불화의 시대를 살아오면서 누구보다도 민족 문제에 대해서, 그리고 인간 문제에 대해서 고민이 많았던 조지훈은 인간뿐 아니라 모든 생명을 '그윽히 피어오르는 한 떨기 영혼'으로 파악하는 대승적 생명 인식의 자리에 선 것이다. 생명의 아름다움을 유린하는 자유당 정권하의 상황에 대해 고발의 목소리를 던졌던 것도 바로 이러한 생명의식의 발로였다고 생각된다.

4. 순수성을 통한 고독의 극복

까닭없이 마음 외로울 때는
노오란 민들레꽃 한 송이도
애처럽게 그리워지는데

아 얼마나한 위로이랴
소리쳐 부를 수도 없는 이 아득한 距離에
그대 조용히 나를 찾아 오느니

사랑한다는 말 이 한 마디는
내 이 세상 온전히 떠난 뒤에 남을 것

잊어버린다. 못 잊어 차라리 병이 되어도
아 얼마나한 위로이랴
그대 맑은 눈을 들어 나를 보느니

ㅡ「민들레꽃」 전문

이 시는 조지훈의 두 번째 개인시집 『조지훈시선』(1956)에 실려 있는데 처음 발표된 것은 1950년 5월 『신천지』를 통해서였다. 주지하는 바 이 시기는 한반도에 긴장이 감도는 위기의 시대였다. 시국 문제가 그 어느 때보다도 절박한 문제로 대두되고 이 시가 실린 잡지에도 「시국현실과 그 타개책」이란 제목으로 국회의원들이 글을 발표하고 있었던 시기에 조지훈은 위와 같은 연가적 성격의 작품을 발표하였다. 김윤식 교수가 이 시에 대해 혼탁한 사회의 표층적인 것을 떠나 그 밑바닥에 놓인 영원성, 정신의 맑은 강물을 노래한 것으로 평설한 바 있거니와(김윤식, 『한국현대문학사』, 일지사, 1976, 41쪽), 위의 시는 단순한 연애시의 위상을 벗어나 인간의 존재론적 고독과 그 극복의 방식을 문제삼고 있어서 상당히 큰 의미의 진폭을 보여주고 있다.

1연을 보면 '까닭없이 마음 외로울 때'라고 했는데, 까닭없는 외로움이라는 것은 인간이기 때문에 어쩔 수 없이 갖게 되는 일종의 숙명적인 외로움을 말한다. 이유가 있는 외로움이라면 그 이유를 없애고 외로움에서 벗어날 수 있지만 이유 없는 외로움은 외로움에서 벗어나기보다는 그냥 그 외로움을 견딜 수밖에 없다. 그럴 때에는 민들레꽃 같은 길가의 흔한 꽃도 위로의 대상이 되어 애처롭게 그리워지기도 한다.

2연에서는 인간의 고립감을 '소리쳐 부를 수도 없는 이 아득한 거리'로 표현하였다. 이것은 마치 김소월이 「초혼」에서 '부르는 소리는 비껴가지만 하늘과 땅 사이가 너무 넓구나'라고 외친 것과 흡시하다. 인간과 인간의 거리가 이처럼 아득하기에 소리쳐 부를 수도 없고 인간은 섬처럼 고립되어 고독에 몸을 떨 수밖에 없다. 그런데 이 아득한 공적(空寂)의 거리감을 메워 주는 존재가 있다. 그것은 아득한 거리를 뛰어넘어 예기치 않은 방문을 한 '그대'이다. 시인은 그대가 '조용히' 나를 찾아 왔다고 표현하였다. 온다는 말도 없이 조용히 찾아온 그대의 방문은 흡사 자신의 어쩔 줄 모르는 외로움을 미리 알고 때맞춰 찾아준 듯한 인상을 시인에게 주었다. 그래서 시인은 '아 얼마나한 위로이랴'라고 감탄해 마지않았다.

그러나 시인은 그 사람에게 사랑한다는 말을 하지 않는다. 사랑의 마음, 위로받음의 마음을 지니고 있으면 되는 것이지 그것을 말로 나타낼 필요가 어디 있겠는가. 말이 중요한 것이 아니라 그 마음이 중요한 것이리라. 사랑한다는 말은 내가 세상을 떠난 뒤에 어느 일기 조각 같은 데에나 남을지 모르겠다. 시인은 여기서 내가 이 세상 '온전히' 떠난 뒤에 남을 것이라고 적는 것을 잊지 않았다. 아무렇게나 살다가 떠나는 것이 아니라 그대를 사랑하고 그대에게서 받은 무한한 위로를 마음 깊이 간직하고 온전히 살다가 떠날 것이라는 사실을 말함으로써 나의 사랑은 죽음의 그 순간까지 지속되리라는 것을 밝힌 것이다.

4연은 마무리인데 그 첫행을 보면 이 두 사람의 관계가 정상적으로 지속될 수 없는 상태가 아닌가 하는 생각이 든다. 어떤 이유인지는 알 수 없으나 이 시의 화자는 그 여인을 잊어버린다고 말한다. 그러나 인간과 인간의 아득한 거리를 뛰어넘어 나에게 깊은 위로를 마련해 준 사람이 그렇게 쉽게 잊혀질 리 없다. 그래서 그대를 잊지 못하여 병이 된다고 해도 그대의 맑은 눈이 나를 보고 있으니 그것처럼 큰 위로가 어디 있겠느냐고 말하며 시를 끝맺고 있다.

결국 시인의 외로움을 덜어줄 수 있는 대상은 그대가 가진 맑은 눈, 맑은 정신의 바탕인 것이다. 그것을 이 시에서는 사랑이라는 추상어와 민들레꽃이라는 구체적 사물과 관련시키기도 했는데, 시상의 중심은 나를 보는 그대의 맑은 눈에 있다. 요컨대 인간의 존재론적 고독은 사랑의 정신에 의해,

영혼과 영혼의 교류에 의해, 순결한 마음을 견지함에 의해 극복된다는 생각이 이 시의 기저를 이루고 있다. 설사 이 시에 설정된 사랑이 비밀스러운 연정에 속하는 것이라 하더라도 여기 제시된 정신의 맑은 물줄기는 그 비밀스러움까지도 드맑은 것으로 승화시키는 것이다.

5. 영혼의 결곡한 자리

여기는 그저 짙은 오렌지빛 하나로만 물든 곳이라고 생각하십시오. 사람 사는 땅 위의 그 黃昏과도 같은 빛깔이라고 믿으면 좋습니다. 무슨 머언 생각에 잠기게 하는 그런 숨막히는 하늘에 새로 오는 사람만이 기다려지는 곳이라고 생각하십시오.

여기에도 太陽은 있습니다. 太陽은 검은 太陽, 빛을 위해서가 아니라 차라리 어둠을 위해서 있습니다. 죽어서 落葉처럼 떨어지는 生命도 이 하늘에 이르러서는 눈부신 빛을 뿌리는 것, 허나 그것은 流星과 같이 이내 스러지고 마는 빛이라고 생각하십시오.

이곳에 오는 生命은 모두 다 파초잎같이 커다란 잎새 위에 잠이 드는 한 마리 새올습니다. 머리를 비틀어 날개쭉지 속에 박고 눈을 치올려 감은 채로 고요히 잠이 든 새올습니다. 모든 細胞가 다 죽고도 祈禱를 위해 남아 있는 한 가닥 血管만이 가슴 속에 촛불을 켠다고 믿으십시오.

여기에도 검은 꽃은 없습니다. 검은 太陽빛 땅 위에 오렌지 하늘빛 해바라기만이 피어 있습니다. 스스로의 祈禱를 못가지면 이 하늘에는 한 송이 꽃도 보이지 않는다고 믿으십시오.

아는 것만으로는 아무 소용이 없습니다. 첫사랑이 없으면 救援의 길이 막힙니다. 누구든지 올 수는 있어도 마음대로 갈 수는 없는 곳, 여기엔 다

만 오렌지빛 하늘을 우러르며 그리운 사람을 기다리는 祈禱만이 있어야
합니다.

ㅡ「地獄記」 전문

　이 시 역시 『조지훈시선』에 실린 것인데 작품이 발표된 것은 6.25 전쟁
이 진행 중이던 1951년 5월 『신천지』를 통해서였다. 그는 이 시기에 종군문
인단을 결성하여 전쟁을 소재로 한 시를 써서 발표하기도 했다. 양식적으로
는 이 시기에 초기시의 정제된 단형의 시편과는 다른 이런 장형의 산문체
작품이 시도되었다. 「지옥기」라는 제목은 그가 겪은 전쟁 체험 및 시대적
상황과 관련이 있는 듯하다. 이 시는 전쟁의 포연이 가득찬 현실을 지옥으
로 보고 지옥과 같은 삶 속에서 꼭 필요한 것이 무엇인가를 모색하고 있다.
　이 시의 첫 연은 이 시가 배경으로 삼고 있는 지옥의 분위기를 간단히
묘사하였다. 황혼과도 같은 오렌지빛이 물들어 있는 '숨막히는' 공간, 나가
는 사람은 없고 '새로 오는 사람만이 기다려지는' 곳이라고 말하여 죽음의
공간, 자폐의 공간으로서 지옥을 묘사하였다. 이곳에는 태양도 검은 빛이고
따라서 주위는 온통 어둠뿐이라고 2연에서 말한다. 그 어둠은 죽음의 빛깔
이다. 그래서 이제 막 죽어서 이곳에 떨어지는 생명도 이 죽음의 공간에서는
눈부신 빛을 뿌릴 정도라고 말한다. 요컨대 1연과 2연은 지옥의 질식할
것 같고 암담한 분위기를 나타낸 것이다.
　3연에서 비로소 시인의 주제의식이 담긴 발언이 등장한다. 우선 3연의
전반부에서는 이곳에 오는 생명들의 무력하고 무의지적인 모습이 묘사되
었다. 그러나 그 다음 대목에서는 이 무력한 존재들에 대한 시인의 간곡한
육성이 처음 토로된다. '모든 세포가 다 죽고도 기도를 위해 남아 있는 한
가닥 혈관만이 가슴 속에 촛불을 켠다고 믿으십시오'가 그것이다. 여기서
의미의 무게 중심을 이루는 어휘는 '기도'와 '촛불'이다. 기도와 촛불은 서
로 밀접한 관계에 있다. 앞의 「낙화」에도 나왔듯이 촛불은 인간의 명상을

불러일으킨다. 아무런 빛깔도 자취도 없이 위로 상승하는 초의 불꽃은 인간의 무형한 사유 행위를 형상적으로 상징한다. 그런데 기도는 인간의 소망을 비는 것이므로 사유나 명상과 직접적인 관계가 있다. 이런 맥락에서 보면 기도와 촛불은 인간의 사고 작용과 깊은 관련을 맺음을 알 수 있다.

촛불과 기도의 또 한가지 유사성은 상승의 형상성을 갖는다는 것이다. 촛불은 항상 위를 향해 타오르며 위로 올라가려는 움직임을 보인다. 기도 역시 위로 올라가려는 인간의 정신 활동으로 기도하는 모습 자체가 상승의 모양을 나타낸다. 땅을 보고 기도하는 사람은 거의 없으며 손을 아래로 내리고 기도하는 경우도 거의 없다. 기도하는 사람은 하늘을 우러르거나 천상을 기원하면서 손끝을 언제나 상부로 향한다. 기도와 촛불이 상승을 지향하기 때문에 그것은 언제나 광명을 가져다 준다. 또한 기도는 가장 순수한 정신에서 이루어지는 것이고 촛불은 그 순수성을 보장해 주는 구실을 한다. 기도와 촛불의 공통성이 이렇게 여러 가지가 있기 때문에 그 둘은 언제나 어울리는 관계를 맺는다. 촛불을 밝히고 기도하는 장면은 매우 아름다운 모습으로 회화나 문학에 묘사되어 왔다.

그러면 이 구절의 의미는 무엇인가? 생명이 끊기어 세포가 다 죽어도 영혼의 결곡함을 유지할 때 가슴 속에는 생명의 촛불이 소생한다고 말한다. 기도를 포기하면 그것은 곧 세포와 혈관이 모두 죽어버리는 결과를 가져온다. 상승에의 소망, 그것을 이루려는 깨끗한 영혼의 자리가 없을 때 생명은 소멸되고 이 세상은 암울한 지옥이 된다.

4연에서는 그것을 다시 부연하여 '스스로의 기도를 못 가지면 한 송이 꽃도 보이지 않는다'고 말한다. 이것은 촛불이 꽃으로 바뀌었을 뿐 그 의미 내용은 앞 부분과 같다. 그런데 꽃은 촛불과 또 유사성을 갖는다. 꽃 역시 위로만 솟아 올라갈 뿐 밑으로 하강하는 경우는 거의 없다. 꽃은 생명의 불길처럼 위를 향하여 올라간다. 그리고 그것은 빛을 향해서만 나아간다. 그래서 꽃은 생명의 촛불로 비유되고 촛불은 타오르는 꽃으로 비유된다.

스스로 영혼의 결곡함, 상승에의 지향을 가지지 못하면 이 세계는 온통 암흑에 잠기고 마는 것이다.

이제 마지막 5연은 시인이 하고 싶은 말을 최종적으로 다 하였다. '아는 것만으로는 아무 소용이 없다'는 것, 이것도 무척 중요한 발언이다. 중요한 것은 아는 것이 아니라 실천하는 것이다. 그 다음에 조지훈의 유명한 아포리즘이 나온다. '첫사랑이 없으면 구원의 길이 막힙니다'가 그것이다. 첫사랑은 가장 순수한 마음가짐에서 싹트는 것이기에 사람에게 중요한 의미를 지닌다. 상대방의 배경이라든가 나의 처지 같은 것은 생각하지도 않고 사랑한다는 절실한 감정만으로 시작하는 것이 첫사랑이다. 그래서 첫사랑은 대개 실패한다. 첫사랑의 순수함이 현실의 실리추구적 사고 방식과 부합되지 못하기 때문이다. 그러나 첫사랑은 그런 의미에서 순수성의 표상으로 자리잡는다. 첫사랑의 순수한 정신을 갖지 못한 자, 혹은 첫사랑의 기억을 너무 쉽게 잊어버리는 자는 이 혼탁한 세상의 유혹에 넘어가고 만다. 맑은 정신의 자리를 포기한 채 탐욕과 영리가 지배하는 훼손된 세계의 늪으로 빠져들고 마는 것이다. 혼탁한 세계에 물들지 않으려면, 영혼의 결곡함을 계속 유지하려면, 첫사랑이 안고 있는 그 순수성을 깊이 내면화해야 하는 것이다.

이 첫사랑은 또 기도와 통한다. 우리들의 첫사랑을 돌이켜 보자. 얼마나 많은 불면의 밤이, 얼마나 많은 혼자만의 기도가, 그리고 또한 그렇게 많은 기다림의 시간이 첫사랑의 설렘을 가득 메꾸고 있었는가. 첫사랑은 언제나 내일을 기원하는 기도의 마음으로 충만하였다. 바로 그러한 첫사랑의 순정함을 조지훈 시인은 떠올리고 '첫사랑이 없으면 구원의 길이 막힌다'고 노래하였다. 첫사랑의 순수성을 지키는 것이 바로 죽음의 공간에서 벗어날 수 있는 길이라고 시인은 굳게 믿었던 것이다. 바로 이 믿음이 전쟁 중의 공포와 전쟁 후의 절망을 이겨내게 한 동력이라고 나는 생각한다. 그 믿음은 순수의 서정성에서 발원되고 서정시의 창조를 통해 완성되고 확대되었다.

일견 무력해 보이는 순수의 서정성이 이렇게 큰 정신의 힘으로 작용한다는 사실을 우리는 조지훈의 시에서 다시금 확인하게 된다.

조지훈 시학의 형이상학론적 관점

최승호

I. 서 론

지훈은 문장파에서 출발하여 청록파를 거치고 해방기 및 6.25 전쟁을 겪은 이후 남한 제도권 시단의 대표적인 시인 겸 시론가로 활동하였다. 그의 시와 시론에 대해서는 이제 어느 정도의 연구성과가 축적되어 있다고 볼 수 있다. 본고에서는 그의 시론을 위주로 하여 다룰 것이므로 그것과 관련하여 약간의 연구사를 검토하겠다.

그의 시론은 주로 순수시론과 유기체시론 두 가지 방면으로 연구되어 왔다. 순수시론은 주로 해방기 문단상황과 관련되어 연구되어 왔다고 볼 수 있다.[1] 그리고 유기체시론은 그의 시론 중에서 핵심적인 것으로 떠올라 있어서 상당히 중점적으로 연구되어 왔다. 예컨대 김윤식은 유기체시론을 낭만주의의 고유한 것으로 보고, 한국에서의 유기체시론이 박용철에게서

---

1) 김흥규, 「민족문학과 순수문학」, 백낙청·염무웅 편, 『한국문학의 현 단계』 4, 창작과비평사, 1985.
　권영민, 「조지훈과 민족시로서의 순수시론」, 『한국 민족문학론연구』, 민음사, 1988.
　정효구, 「유기체시론의 의미」, 『시와 젊음』, 문학과비평사, 1989.
　김용직, 『해방기한국시문학사』, 민음사, 1989.

시작되어 정지용2)을 거쳐 지훈에 이르고 있다고 본다. 그리고 지훈에 이르러 그것이 어느 정도 체계화되어 문협정통파의 시론으로 군림하다가 거기서 더 이상 진전되지 않았다고 본다. 또한 그는 지훈이 동양적 허무상태에다 유기적 세계관을 확산시킨 것으로 본다. 즉 형식만 유기적 시관일 뿐 그 속은 초월적 형이상학적이라는 것이다. 그것을 좀더 설명하자면 표면상으로는 유기적 생명론에 닿아 있고 실상은 플라톤적 모방론에 근거해 있다는 것이다.3)

이에 비해 정효구는 조지훈의 시론에 표현론의 핵심을 담당하는 유기체 시론(낭만주의 시론)과 모방론(고전주의 시론)이 둘 다 나타난다고 본다. 그 역시 유기체 시론을 낭만주의 고유 시론으로 본다. 그는 지훈이 "시 곧 제2의 자연"이라는 관점에서 서로 상반된 이론을 뒤섞고 있다고 본다. 지훈이 자연을 생명체의 대표적 존재로 보고 시의 이해에 유기체이론을 적용시켰다고 해석하며, 다른 한편으로는 그가 자연을 이데아의 구현체로 파악하고 자연의 연장인 시작품을 이데아의 구현물로 바라보아 모방이론을 적용시켰다고 한다.4) 이와 같이 앞서의 논자들은 지훈의 시론에 낭만주의적 표현론적 관점과 고전주의 모방론적 관점이 동시에 나타난다고 본다. 그리고 그들은 이 두 개의 다른 이론이 서로 모순을 일으키고 있다고 본다.

필자는 지훈에게 왜 이렇게 이질적인 두 개의 문학론이 섞여 나왔나 하는 의문을 품고 그 이유를 천착하기로 했다. 즉 모방론과 표현론 둘 다 동시적으로 나타나려면 그의 문학론 속에 그것을 가능케 하는 어떤 논리적 틀이

---

2) 정지용의 시론에는 단지 낭만주의 시론만으로 볼 수 없는 점이 많다.
3) 김윤식, 「유기적 문학관」, 『한국근대문학사상연구』 I, 일지사, 1984.
4) 정효구, 앞의책, PP. 257~268. 조지훈의 유기체시론에 대해서 박호영은 좀 다른 견해를 피력했다. 즉 그의 유기체시론에는 낭만주의적 유기체 개념 외에도 비낭만주의적 유기체 개념이 들어 있다는 것이다. 박호영, 「조지훈 문학 연구」, 서울대 대학원 박사논문, 1988, PP. 27~35. 그리고 필자는 지훈의 유기체시론이 근본적으로 동양적인 유기적 시론에 입각해 있다고 생각한다.

있을 것인데, 그것이 무엇인가 하는 데에 관심을 모아 보았다. 간단히 말하여 그 논리적인 틀이란 것은 바로 형이상학론적 관점이다. 형이상학론적 관점에 대해서는 본론에서 상세히 논의하겠지만 이것은 모방론과 표현론의 중간에 서서[5] 그것들과 각각 공집합을 가지면서도 그 나름대로 논리적 핵을 지니고 있다.

필자는 조지훈이 현대 속에 살면서 삶의 방식은 다분히 전통적인 것으로 유지해 왔다고 본다. 그 전통적인 것에는 여러 가지 사상이 섞여 있으나 그 중에 지배적인 것은 유교적인 것으로 본다.[6] 그러나 그는 아무리 전통적인 삶의 방식을 유지해 왔다 할지라도 현대적인 모습도 띠지 않을 수 없다. 그것은 그가 어떤 용어를 사용하는가를 통해서 알 수 있다. 그는 자신의 문학관을 자신의 체험에서 이끌어내고 있는데, 이때 그가 사용하는 언어에는 서구적인 것과 동양적인 것이 뒤섞여 있음을 볼 수 있다. 지훈은 기본적으로 전통 동양적 형이상학론적 관점에 입각해 있지만, 자신의 그런 관점을 전통적인 용어로 일목요연하게 체계적으로 이론화, 개념화시키고 있지는 않다. 대신 서구이론을 빌어와 자신의 문학관을 설명하고 있다. 그 결과 그는 서구 이론들을 어느 정도 변형시키고 있다. 그러나 서구 이론 그 자체가 지니는 논리적 힘 때문에 그것들은 쉽게 변형되지 않는다. 그래서 서구 이론들이 어떤 때는 그냥 그대로 나타난다. 본고에서는 서구 용어와 동양 용어가 어떻게 서로 연결되는지 알아보기로 했다. 그런 방편으로 서구적인 용어 가운데 모방론과 표현론이라는 용어를 지훈이 직접 사용하고 있지는 않지만 그 자신이 포지하고 있는 형이상학론이라는 용어와 관련지우는 작업을 시도하고자 한다. 그리고 이러한 작업을 통해서 그의 시에 있어서 서정의 본질을 한층 더 깊이 있게 밝혀내는 것이 이 글의 목적이다.

---

5) 劉若愚(이장우 역), 『중국의 문학이론』, 동화출판공사, 1984, P. 107.
6) 김용직, 『정명의 미학』, 지학사, 1986, PP. 381~388.
　박호영, 앞의 논문, PP. 19~23.

II. 지훈에 있어서 시학과 철학

1.

지훈은 "시 생명의 본질은 시를 사랑하고 인생 속에 내재하여 생성하는 자연"[7]으로 보고 있다. 이는 시학과 철학의 관계를 밝힌 말이다. 그의 말대로 시관은 세계관 곧 우주관에서 비롯된다.[8] 그래서 지훈의 시론을 알려면 먼저 그의 세계관부터 살펴볼 필요가 있다.

> 대자연은 사물의 근본적인 原型으로서 여러 가지 의미를 실현하고 있다. 대자연의 일부인 사람은 그 자신 자연의 실현물로서만 존재하는 것이 아니라 창조적 자연을 저 안에 간직함으로써 다시 자연을 만들 수 있는 기능을 가지는 것이다.[9]

이는 인간을 자연의 일부로 보는 유가적 세계관을 드러내고 있다. 인간은 자연과 본질적으로 동일한 성품을 지니고 있다는 것이다. 즉 질료와 형상의 측면에서 등질적인 것이라는 것이다. 인간을 포함한 우주 속의 만물은 하나의 태극에서 비롯되었다고 본다. 따라서 자연의 본질인 도는 인간에게도 있고 사물에게도 있다는 것이다. 따라서 사물 쪽에서 바라보면 도는 객관성의 원칙에 따라 운동하지만 인간 쪽에서 바라보면 그것은 주관성의 원칙에 따라 움직인다는 것이다.

다시 말하면 도의 주체적인 측면은 인간이 자신 속에 있는 도를 실현시켜 나가는 것이고, 도의 객체적인 측면은 도가 만물 속에 구현되어 있다는 것이다.

---

7) 조지훈, 「시의 원리」, 『조지훈전집 3』, 일지사, 1973, P. 12.
8) 조지훈, 위의 글, P. 11.
9) 조지훈, 위의 글, P. 12.

그러면 도의 주체적인 측면은 어떻게 이루어지는가? 그것의 구체적인 방법은 仁과 誠을 실천하는 것이다. 仁을 실천한다는 것은 도를 실천하는 것이다. 왜냐하면 유가들에게 따르면 인간의 본질로서의 仁은 자연으로부터 부여받은 것이기 때문이다.[10] 즉 이 仁은 단지 내심적 도덕적 활동으로서의 개념만을 포함하고 있는 것이 아니라 그 속에 理의 관념을 포함하고 있다는 것이다. 그리고 誠을 이룩하는 것 또한 도를 주체적으로 실현하는 방법이다. 『中庸』에 인간의 본성을 誠이라 하였는데 誠은 인간의 본질일 뿐만 아니라 천지만물의 공통된 근원이다. 그래서 "誠者天之道"라 하고 "誠은 모든 사물 사건의 始終本末이니 誠하지 않으면 사물이 없어질 것이다"[11]고 했다. 따라서 誠을 실천하는 것 역시 도의 실현이다. 이는 주체의 입장에서 자신에게 갖추어진 도를 창조적으로 실천하는 것이다.

한편 유가들은 도 자체를 객관적인 것, 현상적으로 천지간에 벌어지고 있는 것으로 보고 있다. 즉 도는 자존상태에 처해 있다는 것이다.[12] 도는 오직 자기 속에 스스로 자존하고 있는 것이기 때문에 道 스스로 인간을 宏大시킬 수는 없다고 본다. 그것은 마치 하나의 사물과 같이 천지간에 있는 객체적 존재로서 존재한다는 것이다. 그것이 바로 도의 객관성이다. 그런데 도는 오로지 스스로 자존하는 것이기 때문에 인간에 의한 확충을 기다리고 그것에 의존하고 있다고 보고 있다. 그것은 곧 도란 모름지기 인간이 仁을 실천해나가는 데서만 확충되고 宏大해진다는 것이다. 그렇지 않으면 도는 오직 잠재적 상태에 정체해야만 한다는 것이다. 인간에 의한 宏大확충의 노력에 의지하고 있다는 점에서 도는 주관성을 띤다는 것이다. 이는 『論語』에 나오는 다음과 같은 공자의 말에서 확인된다.

---

10) 禮, 中庸表記, "仁者人也."
11) 『中庸』, "誠者, 物之終始, 不誠無物."
12) 牟宗三(송항룡 역), 『중국철학의 특질』, 동화출판사, 1983, P. 70.

인간이 도를 크게 할 수 있는 것이지, 도가 인간을 크게 하는 것이 아니다.13)

　　이상은 결국 도의 주관성과 객관성을 말한 것으로 유교적 형이상학에 다름 아니다. 앞에 인용된 지훈의 글을 보면 그가 바로 도의 주관성과 객관성을 동시에 언급하고 있다는 것을 알 수 있다. 즉 도는 자연의 본질로서 객관적인 것이지만 주체 속에도 구현되어 있다. 그리고 주체 속에 구현되어 있는 도를 실현함으로써 도를 확충 굉대해간다는 것을 말하고 있다. 다시 말하면 창조적 자연인 도를 저 안에 간직함으로써 다시 자연을 만들 수 있다는 것이다. 이 때 결국 주체 속에 있는 창조력의 근원은 만물과 같이하고 있는 도라는 것이다.

　　지훈은 이렇게 유교적인 세계관에 입각해 있으면서도 자신의 미학사상을 설명하기 위해 서구적인 철학개념을 어느 정도 수용한다. 즉 서양 고전주의 철학과 낭만주의 철학사상을 받아들여 자신의 고유 미학사상을 설명하고 있다.

　　　대자연은 자연 전체의 위에 그 본원상 「Urphänomen」을 실현하지만 반드시 개개의 사물에 완전히 나타나는 것이 아니기 때문에, 어느 의미에서 시인은 능히 자연이 나타내지 못하는 아름다움을 시에서 창조함으로써 한갓 자연의 모방에 멈추지 않고, 자연의 연장으로서 자연의 뜻을 실현하는 하나의 대자연일 수가 있다, 바꿔 말하면 시는 시인이 자연을 소재로 하여 그 연장으로서 다시 완미한 결정을 이룬 「제2의 자연」이라고 할 수 있다.14)

　　이와 같이 시인은 자연의 본질을 부여받지만 그것을 주체적으로 확충시켜 나간다는 것이다. 이런 의미에서 인간은 우주의 도를 받아들이기도 하지

---

13) 『논어』, 「위령공」, "人能弘道, 非道弘人."
14) 조지훈, 앞의 글, P. 12.

만 그 도를 가지고 새로운 생명체인 작품을 창조해 나가기도 한다는 것이다. 여기에 서양 고전주의 철학과 낭만주의 철학이 스며들 소지가 마련된 것이다. 즉 객관성을 중시하는 고전주의 철학과 주관성을 중시하는 낭만주의 철학이 결합하게 된 것이다. 그런데 이 이질적인 두 서양철학적 사유체계가 지훈에게 자연스럽게 나타나게 된 것은 바로 그의 사상체계가 주관성과 객관성을 동시에 강조하는 유교철학에 뿌리를 내리고 있기 때문이다. 도의 객관성을 이야기할 때에는 서구 고전주의철학 용어로 설명하고 도의 주관성과 관련해서는 서구 낭만주의적 용어를 빌어오고 있다. 그래서 지훈에게는 모방론적 관점과 표현론적 관점이 동시에 나타날 수 있게된 것이다.

지훈이 시를 '제2의 자연'으로 보고, 또한 그것을 단순한 자연의 모방이 아니라 시인의 창조적 행위의 결과로 보는 것으로도 그가 모방론과 표현론을 동시에 받아들이고 있음을 알 수 있다. 물론 '제2의 자연'라는 용어는 언뜻 보기엔 모방론적으로만 해석될 수도 있다. 왜냐하면 아리스토텔레스적인 관점에서도 예술은 모방을 통해 자연을 완성시키거나 충족시킨다고 보고 있기 때문이다.[15] 그러나 아리스토텔레스는 단지 보편적인 자연의 본질을 모방한 것만 말했지 예술가의 개성을 중요시하지 않았다. 그런데 지훈은 '제2의 자연'이 단지 객체의 모방만이 아니라 인식 주체의 적극적인 창조 행위와도 관련되어 있다고 보고 있다.

이처럼 '제2의 자연'인 예술품을 창조적인 것으로 보는 데서 표현론적인 관점도 보인다. 그런데 이는 코울리지 등의 창조개념과는 다르다. 조지훈의 창조개념은 다분히 창조의 동력인을 주체내의 자연의 본질로 보는 점에 특색이 있다. 그에 따르면, 이 자연의 본질인 도는 주체 내에서만 있는 것이 아니라 객체 속에서도 구현되어 있는 것이다. 창조란 이 잠재되어 있는 도를 드러내어 확충하는 것이다. 그런데 코울리지에 있어서 창조란 철저히 주관

---

15) W.J. Bate(정철인 역), 『서양문예비평사서설』, 형설출판사, 1964, p.16.

적인 것이다. 물론 코울리지에게도 인식 주체는 외부대상과 관계를 가진다. 코울리지의 시론은 모방론적 견해도 상당히 깔고 있다. 그는 시를 기본적으로 자연의 모방으로 본다.[16) 그러나 코울리지에 있어서 인식 주체의 정신은 객관적 실재를 그대로 반영하는 것에 그치는 것이 아니라 외부 사물에서 감각적 인상을 받아들여 새로운 유기체로 변용해내는 능력을 가지고 있다. 이때 정신은 외부 사물에 빛을 비추고 스스로 타오르는 내적 에네르기를 가진 실체로서의 등불이다. 그리고 외부 사물은 그 자체가 유기체일지라도 시인의 정신으로부터 빛을 받는 존재에 그치는 것이다. 이로 보아 지훈의 창조 개념은 코울리지 등 서구 낭만주의자들의 그것을 연상시키면서도 그 철학적 입각지를 달리하고 있다. 이리하여 지훈은 '제2의 자연'이란 용어 속에 아리스토텔레스적인 모방의 의미와 코울리지적인 창조의 개념을 다소 변형시켜 동시에 담고 있다고 볼 수 있다.

　　2.

　　앞에서 말했듯이 유가들에 있어서 도는 주·객 모두에게 있는 존재이다. 도의 객관성과 관련해서 지훈은 모방론적 이론을 빌어오고 도의 주관성을 위해서 표현론적 용어를 빌어오고 있다. 결국 도와 관련해서 그는 모방론과 표현론 양자를 다 수용하고 잇다. 이는 도라는 개념과 관련해서 모방론적 및 표현론적 견해가 지훈에게 맞물려 있다는 것을 의미한다. 부연하면 도와 관련된 문학관이 지훈으로 하여금 모방론과 표현론 양자를 사용하게끔 만든 것이다. 그렇게 보면 도와 관련된 문학관이 지훈에게는 가장 기본적인 것으로 드러나는 셈이다. 문학 작품을 도와 관련시켜 설명하려는 이론을

---

16) W.J. Bate, 위의 책, p. 112.

　　M.H. Abrams, The Mirror and The Lamp, Oxford University Press, 1953, p.12.

　　그러나 모방이 아리스토텔레스처럼 이성에 의한 것이 아니라 상상력에 의한 것이다.

필자는 형이상학론으로 부르려 한다. 이 형이상학론이란 용어는 劉若愚가 처음 사용한 말인데 이는 형이상학이란 철학용어에서 문학적인 것으로 전용된 것이다. 결국 이는 작품속에 형이상학이 어떻게 나타나는가의 문제를 다룬 것인데 이것은 기본적으로 작가와 우주와의 관계에 초점이 맞추어진 것이다.[17] 그것은 작가가 우주의 도를 어떻게 작품 속에 구현하고 있는가의 문제여서 우주와 작품과의 관계로도 전이될 수 있다.

그러면 여기서 잠시 동안 특히 중국문화이론에 있어서 형이상학론이 어떻게 나타났는지 간략히 언급해 볼 필요가 있다. 文 내지 文學에 있어서 형이상학론적 관점은 『周易』에 보인다. 22번째의 賁卦의 象傳에 다음과 같은 구절이 있다.

하늘의 모양(무늬)을 관찰하여서 계절의 변화를 살피고 사람들의 모양을 살펴서 천하의 변화를 이룩한다.[18]

여기서 천문과 인문은 각각 천체와 인간의 제도를 가리킨다.[19] 그리고 천문과 인문 사이의 유추가 보이고 이 유추는 뒤에 도를 가지런히 현시하는 것으로서 자연현상과 문학에 적용되었다.[20] 즉 天의 道와 人의 道 사이에 유추관계가 성립되는데 이 道를 나타내는 것이 文이라는 것이다. 고대 중국에서 文은 다양한 의미로 쓰였는데 그 중의 하나가 무늬, 文飾 등으로 쓰였다. 그리고 이 무늬를 나타내는 文의 의미가 文章 등을 거쳐 文學이라는 개념으로 정착되었다.[21] 그리고 『주역』의 繫辭에서 八卦의 발명에 대한 전설적인 설명을 보게되는데 이 八卦는 후에 사람들이 중국 한자의 원형으

17) 유약우, 앞의 책, pp. 30~32, pp. 40~41.
18) 『周易』, 「賁卦」, "觀乎天文, 以察時變, 觀乎人文, 以化成天下."
19) 유약우, 앞의 책, p. 43.
20) 유약우, 위의 책, p. 44.
21) 유약우, 위의 책, pp. 25~29.

로 생각하였다. 여기서도 형이상학적인 관점의 원형이 보인다.

> 옛날에 포희씨가 천하를 통치할 적에 고개를 들어서 하늘에 있는 모습을
> 관찰하고 굽혀서는 땅의 법칙을 관찰하고 새와 짐승의 무늬(文)와 땅의 마
> 땅함을 살폈다. 가까이서는 자신의 몸에서 멀리서는 사물에서 취하였다.
> 거기에서 처음으로 8괘를 만들었다.[22]

이 구문은 羅根澤에 의해 문학은 자연을 모방한다는 생각의 표현으로
해석되었다.[23] 그런데 8괘는 분명히 추상적인 상징이고 자연물을 모방한
그림은 아니기 때문에 그대로 모방이라고 보기는 힘들다. 이 구문은 오히려
작품이란 자연에 게재된 원칙들을 상징화하였다는 것을 암시하는 것으로
보는 것이 보다 참될 것이다. 그리고 文이란 결국 우주의 원리를 구현한다는
것이다. 이렇게 하여 중국 고대에서 형이상학론적 관점이 태동된 것이다.
중국에서의 문학의 형이상학론적 견해는 劉勰의 『文心雕龍』에 가장 집
약적이고도 완성된 형태로 나타난다.[24] 그는 이런 형이상학론적 관점을 그
의 책 첫 장인 <原道>에다 상당히 자세하게 설명하고 있다. 그 중의 한
구절을 보면 다음과 같다.

> 人文(인간적인 文)의 기원은 태극에서 비롯되었고 신성한 빛을 그윽하게

---

22) 『周易』, 「繫辭」, "古者庖犧氏王天下也, 仰則觀象於天, 府則觀法於地, 觀鳥獸之文, 與地之
   宜, 近取諸身, 遠取諸物, 於是始作八卦."
23) 羅根澤, 『중국문학비평사』(1958), p.53. 유약우, 앞의 책, p.44에서 인용.
24) 유협의 『文心雕龍』을 불교적인 것으로 보려는 사람들이 있는데 필자는 이 책이 유교사상에
   도 상당히 근접해 있다고 본다. 유협은 이 책을 30대에 저술했는데 그가 중이 되기 이전에
   쓴 것이다. 물론 유협은 이 책을 저술하기 전에 절에서 불경을 연구 번역한 적이 있다. 그러나
   이 책은 유가사상을 많이 담고 있다. 우선 이 책의 체계만 봐서도 알 수가 있다. 이 책은
   전부 50편으로 되어 있는데 49편이 본문이고 나머지 1편이 서문이다. 이 숫자개념은 바로
   「주역」의 <계사>에 나오는 "천지운행의 기본이 되는 수는 50인데 그 중에서 실제로 운영되
   는 것은 49이다."(大衍之數五十, 其用四十有九)에서 온 것으로 볼 수 있다.

밝히는 데에 易의 부호들이 처음으로 있었다. 포희씨가 그것을 그림에 이것
이 시작되었고 공자가 翼을 그림으로써 그것을 끝냈다. 그리고 乾과 坤이
두 괘에 대해서는 홀로 文言을 지었다. 말의 文이란 것은 천지의 마음이
다.[25]

이는 文이 우주의 발생과 더불어 시작되었고 그 文은 바로 우주의 본질
곧 도를 구현하는 것이라는 말이다. 유협의 이러한 문학관은 그의 저서 속
에서 가장 기본적인 견해로서 자리잡고 있으면서 효용론, 기교론 등 다른
견해들을 이론적으로 뒷받침하고 있다. 그리고 유협 등에 의해 지속적으로
개진되어온 이러한 문학관은 줄곧 중국이론의 기본적인 것으로 자리잡아
왔었다.

그러면 형이상학론적 관점의 철학적 근거는 무엇인가? 그리고 그 철학적
관점과 관련된 시학의 의미는 무엇인가? 먼저 철학에 있어서 형이상학적
관점을 살펴보자. 문학은 도를 구현한다는 것이 기본적으로 형이상학론의
전제라면 그 도는 어떻게 구현되는가? 이는 먼저 시인이 도를 파악하는
데서부터 출발해야 한다. 앞에서도 말했듯이 도란 곧 우주의 본질이고 구
성원리이며 그 원인이다. 우주의 본질인 도를 존재론적 및 인식론적으로
설명하는 것이 송대의 성리학이다. 성리학에서는 도를 太極, 理와 氣로 설
명한다.

성리학에 따르면 인간을 포함한 천지 만물에는 다 理와 氣가 있다고 한다.
이때 理는 天道에서 온 것이므로 모든 만물이 보편적으로 갖추고 있다는
것이다. 그리고 氣는 개별자 속에 다 다르게 구비되어 있다는 것이다. 성리
학자들에 따르면 인간이 사물의 본질을 알려고 할 때 우선 그는 자신의
마음을 '敬'의 상태로 끌고 가야 한다. 敬의 상태란 곧 마음을 곧게 한 상태

---

25) 劉勰, 『文心雕龍』, 「原道」, "人文之元, 肇自太極, 幽贊神明, 易象惟先. 庖犧畵其始,
仲尼翼其終, 而乾坤兩位, 獨制文言, 天地之心哉."

이다.26) 곧게 한다는 것은 마음으로 하여금 '氣蔽'의 상태(탁한 기가 본성을 덮어 가리우고 있는 상태)에서 벗어나게 한다는 것이다. 氣蔽의 상태에서 벗어남으로써 마음은 理純不雜의 경지에 이르게 된다. 즉 자신 속의 理가 온전하게 드러나게 한다는 것이다. 이는 인식 주체가 자신의 마음을 곧게 함으로써 사물의 본질을 인식할 준비를 갖춘다는 것이다. 그런데 조지훈이 맥을 잇고 있는 영남사림파에 의하면, 사물은 언제나 주체와 만날 준비가 되어 있다. 인식 주체가 자신의 마음만 곧게 먹으면 사물의 理는 곧장 인식 주체 속으로 들어올 준비가 되어있다는 것이다. 이것이 理發, 理到로 설명 되는 理의 자발성이다. 이런 순간 인식 주체와 객체 사이에 物我一理 관계 가 성립된다. 그런데 여기서는 인식을 위해 인식 주체가 취해야 하는 마음의 준비상태가 중요하다. 자신의 理를 드러내고 사물의 理와 만나기 위해 인간 의 적극적 능동적 행위가 중요하다는 것이다. 이것이 바로 성리학적 사유구 조요, 앞에서 말한 도의 주관성의 이론적 근거가 되는 것이다.

그러면 이러한 성리학적 사유구조와 밀접한 관련이 있는 시학에서의 형 이상학론적 관점은 어떠한가? 형이상학론이란 앞에서도 이야기했듯이 도의 구현과 관련된다. 도의 구현은 주객관계에서 실현된다. 시학에서의 주객관 계는 物我關係로 설명된다. 즉 物의 景과 我의 情간의 관계로 설정된다. 景과 情의 관계는 王國維(1877~1927) 등에 의해 意境說로 설명되어 왔다. 물론 의경의 개념은 그전부터 있어 왔는데, 그것은 情景說(王夫之 : 1619~ 1692), 神韻說(王士禎 : 1634~1711) 등으로도 불려져 왔다. 情이란 이 때 시인의 마음을 가리키고 景이란 物의 상태를 가리킨다. 시학에서의 이상적 인 경지는 物의 景과 我의 情이 만나 서로 하나가 된 상태이다. 이를 興感의 상태라 부른다.27) 그러면 흥감의 상태가 이루어지려면 구체적으로 어떤 계

---

26) 『周易』, 「坤卦」, "君子 敬以直內, 義以方外." 즉 군자는 경으로써 안(마음)을 곧게 하고, 의로써 밖을 바르게 한다는 말에서 유래한 것임. 이때 경은 외적 사물의 본질을 인식하기 위해 인식 주체가 취해야 하는 마음의 상태다.

기가 있어야 하는가. 그것은 바로 我의 情과 物의 景이 융합되는 데서 가능하다.[28] 유교사상에서는 物에도 情이 있다고 본다. 즉 만물에 다 情이 있다고 본다. 이런 萬物之情 사상은 『주역』의 「序卦傳」 下篇에 보인다.

> 하늘과 땅이 있는 연후에 만물이 있고, 만물이 있은 연후에 남녀가 있고, 남녀가 있은 연후에 부부가 있다.[29]

이렇게 物我의 情이 교융하는 상태는 철학에서의 物我一理의 상태와 유사하다. 성리학에서는 物・我의 理와 氣로 설명하지만 시학에서는 物我의 情으로 설명한다. 그런데 情은 곧 氣의 작동에 기인하므로 시학에서의 情은 성리학에서의 氣에 다름 아니다. 따라서 성리학의 사유구조는 시학에서의 사유구조와 근본적으로 일치한다. 이로 보아 형이상학론적 관점에서 도의 이상적인 구현은 바로 시인의 주관 情意와 객관 物景이 상호 융합된 경지에서 이루어진다.

이상이 성리학적 사유구조와 시학적 사유구조 사이의 관계이다. 지훈 자신도 시적인 인식은 인간의 다른 일반의 인식과 별개의 것이 아니라고 함으로써[30] 시적 인식과 철학적 인식 사이의 상관성을 말하고 있다. 이에 대해서는 다음 장에서 보다 자세히 언급하고자 한다.

III. 지훈에 있어서 형이상학론적 관점

그러면 지훈에게서는 형이상학론적 관점이 어떻게 나타나는가? 지훈에

---

27) 정운채, 퇴계한시연구, 서울대석사논문, 1987.
28) 袁行霈(강영순 외 6인 공역), 『중국시가예술연구』, 아세아문화사, 1990, p. 58.
29) 『周易』, 「序卦」, "有天地然後有萬物, 有萬物然後有男女, 有男女然後有夫婦."
30) 조지훈, 「시의 원리」, 전집 8, p .37.

게서 형이상학론적 관점은 바로 시가 '제2의 자연'으로 하나의 소우주라는 데서 보인다.31) '제2의 자연'으로서의 시는 자연으로부터 생명 즉 도를 받아와서 하나의 작은 생명체가 되었다는 것이다. 이 말은 결국 시가 도를 구현한다는 것과 다를 바 없다. 그런데 이 도의 구현은 시인이 대자연의 생명을 현현시키는 데서 이루어진다.32) 대자연 내에 있는 도를 시인이 주체적으로 향수하여 구현함으로써 이루어진다는 것이다. 결국 이는 주체 속에 들어 있는 생명력의 근원인 도를 발현시킴으로써 가능해진다는 것이다. 이는 바로 나의 본성과 사물의 본성이 하나됨에서 가능하다는 것이다. 즉 주객일치가 되는 가운데 도의 구현이 이상적으로 이루어진다는 것이다.

> 생명은 자라려고 하는 힘이다. 생명은 지금에 있을 뿐 아니라 장차 있어야 할 것에 대한 꿈이 있다. 이 힘과 꿈이 하나의 사랑으로 통일되어 우주에 가득 차 있는 것이 우주의 생명이 아니겠는가. 우주의 생명이 분화된 것이 개개의 생명이요, 이 개개의 생명의 총체가 우주의 생명이라고 볼 것이다. 그러므로 나는 시는 「자기 이외에서 찾은 저의 생명이요 자기에게서 찾은 저 아닌 것이 혼」이라고 한다. 다시 말하면 「대상을 자기화하고 자기를 대상화하는 곳에 생기는 통일체정신」이 시의 본질이라고 나는 믿는다. 「인간의식과 우주의식의 완전일치의 체험」이 시의 구경이라고 믿어진다는 말이다. 이런 뜻에서 우주의 생명적 진실을 수정함으로써 시를 생탄시키는 것은 시인의 보편한 지향이라 할 것이다.33)

이상에서 본 바와 같이 지훈의 시론은 주객일치를 지향하는 형이상학론적 관점에 뿌리를 내리고 있음을 알 수 있다. 그리고 도의 객관성과 관련해서 플라톤과 아리스토텔레스의 모방이론을 빌어오고 있음을 알 수 있다.

---

31) 조지훈, 「시의 원리」, 전집 3, p. 15.
32) 조지훈, 위의 글, p. 15.
33) 조지훈, 위의 글, p. 15.

모든 예술은 플라톤이 말한 것처럼 단지 모방(mimesis)의 기술이 아니라 기술을 토대로 한 기술 이상의 것, 다시 말하면 「이데아」 또는 생명의 原像(Urbild)이 직접으로 표현된 것이라 하지 않을 수 없다. 차라리 아리스토텔레스가 예술을 「보편적 형상(universal forms)의 리얼라이즈」라고 본 것은 타당하다 하겠다. 감각을 통하여 초감각의 세계에 사무친다는 것은 특수적인 것이 보편화하는 길이 아니겠는가.[34]

지훈은 플라톤의 이데아나 아리스토텔레스의 형상이란 개념을 빌어와서 도를 유추적으로 설명하고 있는 셈이다. 그러나 이 도는 객체에만 있는 것이 아니고 주체에도 있다. 즉 객체의 도를 인식할 수 있는 근거도 주체 속에 있는 도이다. 이로 보면 지훈의 시론이 아리스토텔레스의 모방이론과 사뭇 다르다는 것을 알 수 있다. 모방론이 객관성에만 치우쳐 있다면 형이상학론으로 볼 수 있는 지훈의 시론은 주·객 모두를 동질적으로 중시 여긴다. 희랍 고전철학에서는 인간과 자연이 분리되어 있고 주체보다 객체가 더 우선시된다면 동양 유학사상에서는 주체와 객체가 대등한 입장에서 서로 합일을 지향하고 있다. 그리고 동양에서의 객체(자연)는 주체화된 객체이다. 지훈에게서도 이런 관점이 나타난다.

여기서 말하는 자연의 개념은 서양에서 이르는 바 「자연」이 아니요. 동양의 그것이며 동양에서도 특히 우리의 생활화된 「자연」이다.[35]

그리하여 그는 시를 하나의 도의 구현으로 보고 인간의식과 우주의식의 완전일치의 체험이 바로 시정신이라는 것이다. 이런 관점은 서구 모방론과 사뭇 다르다.

그리고 지훈은 주·객의 관계에서 주체적 측면을 설명하기 위해 주로

---

34) 조지훈, 위의 글, p. 16.
35) 조지훈, 위의 글, p.43.

표현론적 이론을 가지고 온다. 그는 '제2의 자연'으로서의 시를 제작되어지는 것이 아니라 창조되어지는 것으로 보고 있다.

> 자연을 정련하여 그것을 다시 자연의 혈통에 환원시킨 것, 곧 「막연한 자연」에 특수한 의미를 부여함으로써 새로운 의미를 발견한 것, (중략) 시의 소재는 우주의 삼라만상과 인간생활 일체의 내용 속에 편만함을 인정하지 않을 수 없다. 그러나 시의 소재로서의 자연은 어디가지나 소재일 뿐 그대로는 아직 시라 할 수 없는 것이다. 나는 이를 「넓은 의미의 시」, 다시 말하면 「시정신」이라 부르고 이 소재가 시인의 개성 있는 가슴과 손을 통하여 창조되어 이루어진 것을 「참뜻의 시」라 부른다.[36]

이로 보아 지훈은 「제2의 자연」인 시를 창조되어진 것, 그것도 개성 있는 시인에 의해 창조되어진 것으로 본다. 여기서 개성과 창조란 용어는 표현론적 개념으로 볼 수 있다.

그런데 그가 말하는 개성이란 결국 개개인에게 나타난 氣質之性의 차이를 두고 말하는 것이다. 그런데 主理論者 퇴계의 학맥에 들어있는 조지훈에게 있어서 이 氣質之性은 엄밀히 氣質中本然之性을 의미하므로[37] 보편성을 전제로 한 개별성을 나타낸다. 이 기질지성이 곧바로 性情으로 나타난다. 그런데 性은 잠재된 것이므로 실제 시적 주체가 사물과 대할 때 발동하는 것은 情이다. 그리고 이때 '情'은 서구적 의미의 감정과는 달리 지·정·의를 통합한 인간본성 그 자체를 가리키는 개념이다. 지훈에게도 바로 이러한 情의 개념이 보인다.

> 시인이 지·정·의 어느 것 하나로써 시를 논한다면 새로운 생명을 기르는 협동의 조화에 지장이 생겨 결국 불구의 시를 사산하게 되는 것이다.

---

36) 조지훈, 위의 글, pp.12-13.
37) 柳仁熙, 「程·朱의 人生論」, 한국동양철학회 편, 『동양철학의 본체론과 인성론』, 연세대출판부, 1982, p.268.

그러므로 시를 향수하고 양육하는 시인의 기관과 작용을 어느 하나만이
아니요, 생명전체가 통히 하나로 된 새로운 통일감관으로서 체득할 것이란
말이다. 이를 「宇宙官」이라 하고 그 작용을 「宇宙感能」이라 부를 수 있겠
다. 宇宙官은 눈, 귀, 입, 혀, 몸, 마음 그 어느 것 하나만이 아니요, 그것밖에
있는 것도 아니니, 이들이 한 덩어리로 통일되어 그 본래의 분담기능이
교호작용을 낳는 것이다.38)

이러한 情도 개인의 기질에 따라 차이가 난다. 따라서 개성론이 대두되는
것이다.39) 그러면 지훈에게 개성론은 어떻게 나타나는가. 지훈에게도 개성
이 상당히 강조되어 나타난다. 그는 '제2의 자연'으로서의 시가 어떤 태반을
거쳐 만들어지는가에 대해서 상당한 관심을 갖는다. 그의 말대로 어떤 '도가
니' 속에서 시가 정련되는가의 문제이다. 이에 대해 지훈은 시의 태반으로서
먼저 '저 자신의 사상'을 제시한다.

이 때 저 자신의 사상이란 남에게서 빌어온 것도 아니요, 남에게서 배운
감각이 아니요, 남이 찾은 이념이 아닌 저 자신의 속에서 무르익은 사상,
그것은 벌써 개념도 지식도 아닌 그의 인격이요, 취미요, 감정이다. 남의
시, 남의 학문은 저 자신의 사상을 이루는 요소는 되지만 저 자신의 사상이
없는 곳에서는 저 자신의 시는 생각지 못하기 때문이다.40)

이와 같이 그는 개성을 시 창작에서 중요한 한 요소로 보고 있다. 그런데
그가 말하는 개성은 곧 인간 본성과 관련되어 나타난다. 이는 지훈이 시정신
곧 저 자신의 사상이란 것이 바로 "우주의 생명과 직관에 통하는 길"41)이라

---

38) 조지훈, 앞의 글, p.26.
39) 개성론은 중국에서는 曹조에게서 대두되어 陸機, 유협 등에게로 이어져 오다가 宋明시절에
는 쇠퇴기를 맞는다. 그러다가 청대 기학파들에 의해 다시 활발히 논의된다. 이들은 本然之
性보다 氣質之性에다 비중을 두고 개인의 기질의 차이에 따라 나타나는 情의 차이를 중시한
다. 이는 기본적으로 情을 중시한 문학관이다. 이는 중국에서의 표현론으로 볼 수 있다.
(중국 표현론에 대해서는 유약우의 앞의 책 pp.130~169를 참조.)
40) 조지훈, 앞의 글, p. 13.

고 보는 데서도 나타난다. 이는 결국 시정신이란 개인의 독특한 정신이면서도 보편자로서의 우주의 본질을 나누어 가지고 있다는 것을 의미한다. 그래서 그는 "자기심화의 구극은 언제나 인생의 영위 내지 자연의 현상 모두가 하나의 커다란 보람 속에서 혈연적 유대로 맺어져 있다는 것을 느끼게 한다"[42]고 말한다. 이 말은 곧 시인의 개성이 우주의 보편성과 직결되어 있다는 것을 의미하고 있다. 이렇게 보면 그가 비록 표현론적 입장에서 말하고 있지만 그의 표현론은 결국 그의 형이상학론과 밀접하게 관련되고 있음을 알 수 있다.

그리고 앞에서도 말했듯이, 창조개념에 있어서도 지훈은 동양적 의미의 전통 속에 서있다. 즉 창조란 시인 속에 내재해 있는 도를 구현하고 확장함으로써 이루어진다는 것이다. 이는 곧 인간이 도를 주체적으로 향수하고 그것을 창조적으로 구현한다는 것이다. 지훈에게 있어서 창조라는 것은 무에서 유를 만들어내는 것이 아니라 객관적으로 자존하는 도를 주체적으로 수용해서 창조의 원동력으로 삼는다는 것을 의미한다. 이 때 창조란 인간이 주체적으로 수용한 도를 실현 내지 확장시켜나간다는 의미를 내포하고 있다. 여기에서는 서구적 의미의 창조자 개념이 없다. 왜냐하면 지훈이 받아들인 전통 중국사상에는 우주의 창조주로서의 신인동형동성적 신이라는 개념이 없기 때문이다. 그리고 조지훈에게 있어서 시인은 무에서 유를 만들어내는 신의 위치에 서 있지도 않다.[43]

그리고 지훈은 서구 낭만주의자들에게서 보이는 것처럼 예술적 창조를 위해 필요한 것으로서 강렬한 정서나 정열을 중시하지 않았다. 대부분의 중국 표현론자들처럼 지훈에게서도 "시란 힘찬 감정의 자발적 넘침"이란

---

41) 조지훈, 위의 글, p. 13.
42) 조지훈, 위의 글, p. 13.
43) 조지훈은 문학의 자율성을 설명하기 위해서는 서구 낭만주의적 창조개념도 그대로 받아들인다. 정신 내에서의 질적 변용 행위를 통한 시인의 창조가 바로 그것이다.

표현은 적절치 않다. 오히려 '힘찬'이란 말 대신에 '성실함' 또는 '순진함', '진실무망함'이란 용어가 더 적절할 것이다. 지훈의 이러한 시적 인식 상태가 바로 敬 또는 虛의 상태이다. 이는 그 자신의 말대로 "생명이 특수하게 고조된 상태"[44]라고 할 수 있는데, 이 '고조된'의 의미는 我의 마음이 '氣蔽'의 상태에서 벗어나 '理純不雜'이 실현된 경지를 일컫는 것이다. 이는 또한 物, 我의 情이 서로 화합되어 이른 興感의 상태이기도 하다. 지훈은 이를 '感興'으로 부르고 있다. 그리고 그는 이 감흥을 직관적인 것으로 보고 있다.[45] 이런 면에서 그의 감흥이론은 성리학에서 말하는 '敬'이라는 인식론적 개념과 밀접한 관계를 맺고 있다. 앞에서도 살펴보았듯이, 그는 실제로 시적 인식이 인간의 다른 일반의 인식과 별개의 것이 아니라고 말하고 있다.

이런 敬 또는 흥감의 상태를 잘 나타내고 있는 시가 바로 「아침」이다.

> 실눈을 뜨고 벽에 기대인다. 아무 것도 생각할 수가 없다.
> 짧은 여름밤은 촛불 한 자루도 못다 녹인 채 사라지기 때문에 섬돌 우에
> 문득 자류꽃이 터진다.
> 꽃망울 속에 새로운 宇宙가 열리는 波動! 아! 여기 태고적 바다의 소리
> 없는 물보래가 꽃잎을 적신다.
> 방안 가득 자류꽃이 물들어 온다. 내가 자류꽃 속으로 들어가 앉는다.
> 아무 것도 생각할 수가 없다.[46]

시인이 시적 인식의 상태에 들어간 것을 "실눈을 뜨고 벽에 기대인다. 아무 것도 생각할 수가 없다"라고 표현했다. 이는 소위 '實'의 상태로 존재하고 있는 사물의 실재를 인식하기 위한 마음가짐의 모습이다. 이를 지훈은 의식과 무의식의 조화인 '半無意識' 상태로 부르고 있다.[47] 이 반무의식상

---

44) 조지훈, 위의 글, p. 37.
45) 조지훈, 위의 글, p. 14.
46) 조지훈, 「아침」, 전집 1, p. 48.
47) 조지훈, 「시의 원리」, 전집 3, p.57. 지훈은 그리고 이런 반무의식상태에서 상상력이 발동

태에서 사물의 본질을 직관적으로 인식한다는 점에서 서구 모방론과는 다르다. 서구 모방론에서는 모방행위가 완전히 의식적으로 행해지든지 무의식적으로 행해진다. 예컨대 아리스토텔레스의 경우 의식적으로 자연이나 인간사회를 모방하고, 플라톤의 경우 무의식적으로 계시를 받듯 모방한다고 본다. 이에 비해 지훈이 말하는 반무의식상태란 완전히 각성된 의식상태도 아니요, 완전히 무의식적으로 흥분된 상태도 아니다. 이런 상태에서 시인의 마음이 사물의 '情'과 합일하게 된다는 것이다.

여기에서는 시인에 의한 일방적인 감정이입 아니라, 我의 情과 物의 情이 자연스럽게 만나는 것으로 되어있다. 여기에서 바로 그의 시가 지닌 서정의 비밀이 드러는 것이다. 지훈 시의 서정은 대상을 일방적으로 자아화하는 데 있는 것이 아니라, 자아와 세계가 대등한 입장에서 상호 고요히 만나는 데서 이루어진다. 그리고 그것도 이미 주체와 객체 모두에 도가 갖추어져 있기 때문에 가능하다는 것이다. 이때 주체와 객체는 서로 만날 준비가 되어 있다는 것이다. 이로 보아 주객일치에 의한 시적 서정화 방식은 주객일치에 의한 철학적 인식론적 사유구조와 밀접한 관계에 있음을 볼 수 있다. 결국 지훈에 있어서 서정화 방식은 그가 지니고 있는 세계관에 따라 결정되는 것이다. 이러한 주객일치의 상태가 잘 드러난 시로 「산길」을 들 수 있다.

혼자서 산길을 간다. 풀도 나무도 바위도 구름도 모두 무슨 얘기를 속삭이는데 산새소리조차 나의 알음알이로는 풀이할 수가 없다.

바다로 흘러가는 산골 물소리만이 깊은 곳으로 깊은 곳으로 스며드는 그저 아득해지는 내 마음의 길을 열어준다.

된다고 본다.(전집 3, pp.42~43) 이런 종류의 상상력은 劉勰이 말하는 神思나 嚴羽의 入神이라는 개념에 맞닿아 있음을 알 수 있다. 따라서 그것은 서양 낭만주의자들이 말하는 무의식적 영감 상태에서의 상상력과는 상당히 다르다.

이따금 내 손끝에 나의 발가숭이 영혼이 부딪혀 푸른 하늘에 천둥 번개가
치고 나의 마음에는 한나절 소낙비가 쏟아진다.[48]

  서정적 자아는 홀로 산길을 가다가 여러 사물들을 만난다. 처음에는 풀, 나무, 바위, 구름 등과 아무런 교감을 나누지 못한다. 그것들이 무슨 얘기를 속삭여 오는데 자아의 알음알이로는 풀이할 수 없다. 物 자체는 항상 완벽하게 그것의 본질을 드러내며 있는 그대로 서정적 자아를 향해 다가오는데, 서정적 자아의 마음이 미처 그것을 받아들일 태세가 되어있지 못하다는 것이다. 그것은 바로 서정적 자아의 마음이 氣蔽의 상태, 곧 탁한 기에 가려져 있는 상태여서 사물의 본질을 있는 그대로 받아들이지 못하고 있다는 것이다. 그러다가 바다로 흘러가는 산골 물소리가 자아의 마음을 열어준다. 그것은 돌연 천둥 번개가 치는 '직관'의 순간에 일어난다. 그리하여 사물의 비밀을 포착하게 된다. 그 순간 자아의 마음은 한나절 소낙비로 적셔지듯 '흥감'에 잠긴다.

  이로 보아 지훈에게는 모방론적 견해와 표현론적 견해가 동시에 나타난다. 그리고 그것들은 형이상학론적 견해와 각각 공집합을 형성하고 있음을 보았다. 그 각각의 공집합에 근거하여 지훈은 모방론과 표현론적 이론으로 형이상학론적 관점의 일부분씩을 설명하고 있다. 그리고 그 서구적 이론들을 어느 정도 변형시키고 있다.

  이렇게 지훈에게는 형이상학론적 관점이 가장 기본적인 문학이론으로 드러난 셈이다. 형이상학론에 근거한 주객일치의 이념을 가장 극명하게 드러낸 것이 다음과 같은 서정시론인 셈이다.

  서정시가 주관적 표현인데 서경시는 객관적 면이 두드러지므로 오히려
서사시의 서술에 통하는 면이 강하게 때문에 우리는 서경시를 서정시, 서사

---

48) 조지훈, 「山길」, 전집 1, p. 49.

시의 중간에 두지 않을 수 없는 것이다.(중략). 서경시는 항시 서정시와 서사시 어느 한쪽에 포섭되는 오해를 낳는 경우가 많겠지만 서경시가 주관시와 객관시의 종합적 면이 강한 점이 다른 양자보다 뛰어나는 것은 부인할 수 없는 것이다.[49]

　서정시의 하나인 '서경시'를 특히 구별하여 하나의 또 다른 장르로까지 격상시키려고 강조하는 것을 통해 그의 시학의 거점이 어디에 놓여 있는가를 다시 한번 보게 된다. 서양에서 말하는 서정시 이론이 주로 주관적인 측면만 다루고 있다고 인식한 조지훈은 객관성의 측면도 함께 강조하기 위해 독자적으로 소위 '서경시론'을 내세우고 있는 셈이다. 이는 결국 시에 있어서 주관적인 미와 객관적인 미를 동시적으로 대등하게 강조하고 있는 전통 한시 미학에 연하여 있는 것이다. 그가 말하는 '서경시'란 한시에서 내려오는 景物詩의 전통에 이어져 있는 것이다. 서경시 속에 들어 있는 이념, 즉 동양적 풍경시 속에 들어 있는 이념이란 곧바로 물아일체의 시정신을 지향하고 있는 것이다.

IV. 결론

　본고에서는 지훈의 문학론에 나타난 모방론적 관점과 표현론적 관점을 그가 언명하고 있지는 않지만 그 자신이 포지하고 있는 형이상학론적 관점과 관련시켜 설명해 보았다. 즉 그는 형이상학론적 관점의 일부를 모방론으로도 설명하고 다른 일부를 표현론으로도 설명했다. 그런데 그렇게 할 수 있는 가능성이 바로 형이상학론적 관점 속에 포함되어 있다. 왜냐하면 형이상학론이란 바로 문학을 도의 구현으로 보는 관점인데, 도는 주관성과 객관

---

49) 조지훈, 「시의 원리」, 전집 3, pp. 77~78.

성을 동시에 지니고 있어서, 도의 주관성과 관련해서는 표현론적 견해를 빌어오고 도의 객관성과 관련해서는 모방론적 이론을 가져오기 때문이다.

그리고 도는 주·객 모두에 있으므로 도의 구현은 주객 일치된 상태에서 이루어진다고 보고 있다. 따라서 형이상학론에서 도의 구현이란 주객일치된 상태에서 일어나는 개념이다. 여기서 성리학적 사유구조와 시학적 인식구조가 서로 결합되는 것을 볼 수 있다. 또한 이 형이상학론은 '半無意識' 상태인 '敬'을 인식 주체가 취해야 하는 마음가짐으로 보는 점에서 완전히 의식상태에서 자연이나 그 형상을 모방한다고 보는 아리스토텔레스와 다르고, 완전히 무의식 상태에서 이데아 세계를 모방한다고 보는 플라톤의 이론과도 다르다. 그리고 인식주체도 자연으로부터 도를 동등하게 부여받고 있다고 보는 점에서 시인의 마음이 단순히 외부 사물을 거울처럼 반영하는 것으로만 보는 모방론과는 다르다.

형이상학론은 다음 몇 가지 점에 있어서도 서구 표현론과 다르다. 첫째, 여기서 말하는 창조 개념은 시인이 무에서 유를 창조해낸다는 것이 아니라, 시인이 자신 내에 구비되어 있는 도를 실현 확충시키는 것이라는 점에서 다르다. 둘째, 서정적 자아의 마음속에 들어있는 '情'이 단순한 감정이 아니라 인간의 본성 전체를 가리킨다는 점에서도 다르다. 셋째, 그 情이 '힘차게 흘러내리는 감정'이 아니라 溫柔敦厚하고 진실무망한 것이라는 점에서도 다르다.

이와 같이 지훈은 서구 모방론과 표현론을 빌어 오고 있지만 그것을 다분히 자기 논리로 변형시키고 있다. 이렇게 주객일치를 지향하는 그의 형이상학론적 관점에서 그의 시가 지니는 서정의 비밀이 어느 정도 드러난다. 그것은 주체에 의한 객체의 일반적인 주체화가 아니라, 주체와 객체가 대등한 입장에서 서로 만나는 것이다. 그렇게 되는 것은 바로 주체와 객체가 모두 똑같이 도를 지니고 있기 때문이라는 것이다. 이로 보아 지훈에 있어서 서정화 방식은 그가 지닌 철학적 세계관에 의해 특징지워짐을 알 수 있다.

그리고 지훈의 이러한 시론을 고전문학 연구자들이 다루는 한국 전통시론과의 관련 속에서 고찰하는 것이 앞으로의 과제이다. 또한 이 형이상학론과 관련하여 그의 유기체시론 및 순수시론을 통합적으로 연구하는 것도 앞으로 남은 과제이다.

□ 참고문헌

『周易』

『論語』

『中庸』

조지훈, 『조지훈 전집』1・2・3・4・5・6・7, 일지사, 1973.

김용직, 『정명의 미학』, 지학사, 1986.

_____, 『해방기한국시문학사』, 민음사, 1989.

김윤식, 『한국근대문학사상 연구』Ⅰ, 일지사, 1984.

김흥규, 「민족문학과 순수문학」, 백낙청・염무웅 편, 『한국문학의 현 단계 Ⅳ』,
       창작과비평사, 1985.

곽신환, 『주역의 이해 : 주역의 자연관과 인간관』, 서광사, 1990.

권영민, 『한국민족문학론연구』, 민음사, 1988.

박호영, 『조지훈문학연구』, 서울대 대학원 박사논문, 1988.

배종호, 『한국유학사』, 연세대출판부, 1974.

정지용, 『정지용 전집』2, 민음사, 1988.

정효구, 『시와 젊음』, 문학과 비평사, 1989.

차주환, 『중국시론』, 서울대출판부, 1989.

한국동양철학회 편, 『동양철학의 본체론과 인성론』, 연세대출판부, 1982.

劉若愚(이장우 역), 『중국의 문학이론』, 동화출판공사, 1984.

_____ (이장우 역), 『중국시학』, 범학사, 1979.

劉勰, 『文心雕龍』.

嚴羽, 『滄浪詩話』.

朱光潛(정상홍 역), 『詩論』, 동문선, 1991.

牟宗三(송항룡 역), 『중국철학의 특질』, 동화출판공사, 1983.

袁行霈(강영순 외 6인 공역), 『중국시가예술연구』, 아세아문화사, 1990.

Aristotle(손명현 역), 『시학』, 박영사, 1975.

_____, 『형이상학』, 상구문화사, 1959.

Abrams, M. H., The Mirror and The Lamp, Oxford Univ. Press, 1953.

Bate, W. J.(ed), Criticism; The Major Texts, Harcourt, New York, Brace and
　　Company, 1952.

　　　　　　　(정철인 역), 『서양문예비평사서설』, 형설출판사, 1964.

Russell, Bertrand(한철하 역), 『서양철학사』, 대한교과서주식회사, 1989.

버어넌 홀 2세(이재호 · 이명섭 역), 『서양문학비평사』, 탐구당, 1972.

정운채, 「퇴계한시연구」, 서울대 대학원 석사논문, 1987.

조지훈의 생명시론과 그 초월론적 성격

강웅식

1.

지훈 조동탁(1920~1968)을 "얇은사 하이얀 고깔은"이란 구절로 시작되는 「승무」의 시인, 혹은 '청록파의 한 사람'으로만 기억하는 사람들에게 '지훈'이라는 기호표현은 대개의 경우 낡았다는 느낌을 불러일으킬 것이다. 지훈이 작고한 지 5년이 되는 1973년에 전집이 출간되고[1], 그로부터 다시 5년이 지난 1978년에 지훈과 관련한 그 동안의 연구 성과들을 정리한 『조지훈 연구』[2]가 출간되는 등 그 시점까지만 해도 '지훈'이라는 기호표현은 매우 다양하고 풍성한 기호내용을 거느린 살아 있는 어떤 것이었다. 그러나 그 이후 지훈에 대한 학위논문이 간간이 나오긴 하였으나[3], '지훈'이라는 기호표현의 울림은 매우 공허해졌고 그 자체가 철지난 느낌을 불러일으키게 되었다. 김동리와 함께 이른바 문협전통파의 이념적 지주였고, 전통적

---

1) 1973년에 일지사에서 일곱 권으로 된 전집이 출간되었으나 절판되었으며, 그 후 1996년에 나남에서 아홉 권으로 된 지훈 전집이 다시 출간되었다.
2) 김종길·정한모·인권환·박노준 외, 『조지훈 연구』(고려대학교출판부, 1978).
3) 박호영, 「조지훈 문학 연구」, 서울대 대학원 박사학위논문, 1988.
   서익환, 「조지훈 시 연구」, 한양대 대학원 박사학위논문, 1988.
   박경혜, 「조지훈 문학 연구 : 시의 변모과정을 중심으로」, 연세대 대학원 박사학위논문, 1992.

선비의 풍류에 대한 감각과 지조에 대한 신념을 한몸에 융합하여 생활화하였으며, 훌륭한 시인이자 시론가이면서 동시에 민속학과 역사학을 두 기둥으로 하는 한국문화사라는 한국학의 토대를 마련한 탁월한 학자였던 지훈이 시대의 관심에서 멀어져온 이러한 현상은 한국근현대문학사, 더 넓게는 한국근현대사와 관련한 어떤 상처를 건드린다.

지훈의 사후 30년간은 전통의 토대 위에서 시를 쓰거나 사유하는 사람들이 시대착오적인 발상의 소유자로 퇴물 취급을 받았던 근대 지향 일색의 시대였고, 존재론이나 초월론과 같은 형이상학적 사유가 배척 당하고 유물변증법과 사적 유물론에 근거한 사회과학적 방법론이 풍미하던 시대였다. 이에 비해 지훈은 문제가 복잡하면 복잡할수록 전통으로 돌아가 해결의 실마리를 찾고자 하였고 동양적 생명론에 근거한 초월론적 형이상학을 사유의 동력으로 삼았다. 그러나 지훈은 전통주의자였음에도 불구하고 근대의 과학과 기술을 배척하지 않았으며, 초월론적 형이상학에 근거하여 사유하였음에도 불구하고 물질적·정신적·경제적·이념적인 일체의 요인들이 서로 분리될 수 없이 상호 의존 관계로 맺어져 있다는 인식을 적극적으로 수용하였다. 지훈은 우리 시대의 중심적 색조인 기술만능주의와 물질중심주의에 대해 깊이 고민하고 반성하였지만, 우리와 시대는 지훈이 사유의 토대로 삼았던 전통과 형이상학을 정당한 이유 없이 배척한 것인지도 모르겠다.

새로 출간된 지훈 전집 편집자의 말처럼 지훈은 전체가 부분의 집합보다 큰 인물이었다. 다시 말해, 한국현대정신사의 지형도에서 지훈은 단순히 문학의 범주와 관련한 시각만으로는 포착되지 않을 만큼 깊고 큰 하나의 커다란 산맥이다. 그러나 어떤 산맥의 전모를 파악하기 위해서는 우선 그 산맥과 닿아 있는 조그만 산자락으로부터 출발하지 않으면 안 될 것이다. 이 글에서는 지훈의 시론이라는 산자락을 탐사함으로써 지훈의 전모에 대한 이해로 나아가는 교두보를 마련하고자 한다.

지훈의 시론에 대한 논의는 이제까지 그렇게 왕성하게 이루어졌다고 할 수는 없다. 그러나 그 동안의 논의에서 매우 생산적인 주제들이 도출되었는데, '순수시론', '유기적(체) 시론', '생명사상' 등이 그 대표적 내용항목들이다[4]. '순수시론'과 관련한 논의들은 이른바 해방공간이라 불리는 시기에 지훈의 시론이 담당했던 역사적 역할과 정치적 의미에 대한 고찰에 편중됨으로써 지훈 시론의 미학적 본질에 대해서는 주의를 기울이지 않았다. '유기적 시론'과 '생명사상'에 관련한 논의들은 지훈 시론의 미학적 본질로 관심을 전환하기는 하였으나, 이들의 경우는 시에 관한 지훈의 사유의 흔적들을 코울리지의 '유기적 시론'이나 '동양의 유가적 세계관(자연관, 우주관)' 등의 도식으로 번역하는 데 치중함으로써 정작 지훈의 사유 자체에 대한 고찰은 소홀히 하였다. 본고에서는 기존의 연구 성과를 바탕으로 하여 지훈 시론의 핵심이라 판단되는 '초월론적 성격'에 대해 규명해보고자 한다. 지훈 시론의 '초월론적 성격'에 대한 해명은 어째서 지훈 시론이 기존의 논의에서 '순수시론'이나 '유기적 시론' 그리고 '생명사상'의 관점에서 포섭될 수 있었는가 하는 점을 밝혀 줄 수 있을 것이다.

지훈이 시에 대한 자신의 생각을 발표하기 시작한 것은 이른바 '해방공간'이라 불리는 시기이다. 이때 발표된 글들에 담긴 내용은 1953년에 피난 중의 대구에서 간행되었다가 1959년에 나온 개정판『시의 원리』에 거의 그대로 수록되어 있다.『시의 원리』의 저자 서문에서 지훈이 그것을 기초(起草)한 것이 1947년 봄이라고 밝힌 점에 근거할 때, 시에 대한 그의 사유의 대강이『시의 원리』에 고스란히 담겨 있다고 보아도 무방할 것이다.『시의

---

4) 김윤식,「유기적 문학관」,『한국근대문학사상사연구 I』(일지사, 1984)
   권영민,「조지훈과 민족시로서의 순수시론」,『한국민족문학론연구』(민음사, 1988).
   정효구,「유기체시론의 의미」,『시와 젊음』(문학과비평사, 1989).
   박호영,「조지훈의 시론 연구: 유기체시론을 중심으로」,『한국 현대 시론사』(모음사, 1992).
   최승호,「조지훈 순수시론의 몇 가지 이론적 근거」,『한국적 서정의 본질 탐구』(다운샘, 1998).
   _____,「조지훈, 멋의 미학과 생명사상」,『학구적 서정의 본질 탐구』(다운샘, 1998).

원리』개정판이 나온 이후인 1960년대에 지훈은 시작(詩作)과 시론의 전개보다는 한국문화사 연구를 통해 한국학의 토대를 마련하는 데 주력하였다. 60년대에 발표한 소수의 시 관련 글들에서도 지훈은 이전에 표명한 자신의 시관(詩觀)에 별다른 변화를 보이지 않았다. 따라서 이 글에서는 『시의 원리』를 분석의 주요 텍스트로 삼고 그 밖의 다른 글들을 보조 텍스트로 하여 지훈의 시론을 살펴보기로 하겠다.

2.

지훈의 『시의 원리』는 시의 존재론의 문제를 다룬 '시의 우주', 시의 창작 과정의 문제를 다룬 '시의 인식', 그리고 시의 효용과 감상의 문제를 다룬 '시의 가치' 세 부분으로 이루어져 있다. 결론부터 말하자면, 『시의 원리』는 "시는 우주의 생명적 본질이 인간의 감성적 작용을 통해 표현되는 언어의 순일(純一)한 구상(具象)이다"라는 문장을 확대해 놓은 것이다.[5] 다시 말해 지훈에게 "시는 독특한 언어의 순일한 구상을 통해서 표현되는 인간의 감성적 작용이 우주의 생명적 본질에 융합하는 길"이다.[6] '인간의 감성적 작용'과 '우주의 생명적 본질'은 지훈의 생명시론을 떠받치는 두 개의 기둥이며, 지훈의 문맥에서 '융합'은 바로 초월적 이행의 다른 표현이다. 일반적으로 초월은 주어진 삶의 부분성이나 범속성을 전체적이고 고양된 이념으로 극복하는 것을 말한다. 바꾸어 말하면 초월적 이행이란 매개적 확장과 변증적

---

5) 조지훈, 『조지훈전집 제2권 시의 원리』(나남출판, 1996), 165면. 나남출판사에서 나온 지훈 전집은 모두 아홉 권으로 되어 있다 : 『제1권 시』, 『제2권 시의 원리』, 『제3권 문학론』, 『제4권 수필의 미학』, 『제5권 지조론』, 『제6권 한국민족운동사』, 『제7권 한국문화사서 설』, 『제8권 한국학연구』, 『제9권 채근담』. 본고에서는 이 전집을 텍스트로 하였으며 앞으로 이를 인용할 때는 전집의 권수(로마 숫자)와 쪽수(아라비아 숫자)만 표시한다.
6) II, 165.

상승, 즉 부분적인 것들을 서로 이어서 소통하게 하고, 그런 소통의 맥락 속에서 전체와 중첩시키는 것이다. 그것은 개체와 전체, 특수와 보편, 구체와 추상을 상호 매개하는 과정이다. 『시의 원리』의 서문에서 지훈은 "이 글에서 나 개인의 시론만을 고집하고 강조하는 것을 피하고 그보다는 모든 대립되고 착종된 시론의 공통한 바탕으로서의 시의 통일된 자리를 찾고자 하였다"[7]고 밝혔다. 그처럼 대립하던 것들이 배타적 갈등의 질곡에서 벗어나 일치하게 하는 고양된 이념이 바로 지훈 시론의 핵심인 바 '우주의 생명적 본질'에 근거한 초월적 이행이다.

지훈의 시론 전체에서도 그렇지만, 시의 존재론의 문제를 다룬 '시의 우주'에서 가장 중요한 용어는 '생명'이다.[8]

> 생명은 자라려고 하는 힘이다. 생명은 지금에 있을 뿐 아니라 장차 있어야 할 것에 대한 꿈이 있다. 이 힘과 꿈이 하나의 사랑으로 통일되어 우주에 가득 차 있는 것이 우주의 생명이 아니겠는가. 우주의 생명이 분화된 것이 개개의 생명이요, 이 개개의 생명의 총체가 우주의 생명이라 볼 것이다.[9]

지훈은 우주라는 전체성 안에서 자기를 형성해 가는 조화로운 의지를 생명으로 사유하고 있다. 이처럼 유기적 전체화가 생명의 본래적인 존재방식인 것은, 생명을 품고 있는 우주(혹은 자연) 자체가 변화하면서도 통일적인 원리 속에 영원한 것으로서 지속하기 때문이다. 지훈의 이러한 우주관(혹은 자연관)은, '往來古今 謂之宙 四方天下 謂之宇'라는 회남자(淮南子)의 말을 빌려 '우주'는 시공의 통칭개념이라고 말하거나 "코스모스는 결코 유

---

7) II, 15.
8) '시의 생명', '시의 감성', '시의 언어' 세 절로 다시 나뉘는 '시의 우주'에는 생명이라는 낱말이 무려 85회나 나온다(나남출판사에서 간행한 지훈 전집의 편집과 조판 체제에 근거할 때, 『시의 원리』는 170쪽 분량, 그리고 '시의 우주'라는 첫 장은 46쪽 분량이다).
9) II, 26.

한한 것이 아니요, 성괴(成壞)를 되풀이하면서도 무한히 지속하는 조화와 질서의 통일"이라고 말하는 데에서도 확인되듯10), 『주역』에서 말하는 존재의 '상관적 통합체' 혹은 '유기적 통합체'로서의 자연관에 근거한 것이다.

『주역』의 관점에서 본다면, 우주(자연) 속에서는 어떤 고립된 사물의 존재도 발견할 수가 없다.11) 왜냐하면 한 사물의 독특한 존재적 성격 역시 상대적 상관성에 의해서 결정되기 때문이다. 상대적 상관성을 『주역』에서는 시(時)와 위(位)로 표현하고 있다. 시위(時位)라는 개념은 바로 하나의 사물 존재가 가지는 '상대성'의 보편적 형식이다. 시와 위는 일반적으로 시간과 공간을 의미하는 것이나, 단순한 물리학적 시공간 개념뿐만 아니라 형이상학적 의미까지도 포함하고 있다. 시위라는 것은 바로 사물의 상대적 상관성과 관련하여 말하는 것으로, 우주로서의 자연은 사물의 상대적 상관성이 전개되는 곳이고 동시에 또한 상대적 상관성의 전개가 가능한 근거가 되는 곳이다.12) 또한 『주역』에서는 건곤(乾坤)이라는 기본적 은유로 상징되는 음양(陰陽)의 상호작용으로 자연 만물의 변화와 생성을 설명한다. 즉 양의 성질인 강(剛)과 음의 성질인 유(柔)가 서로 작용하여서 변화를 일으키는 것으로 설명한다. 이것이 바로 자연의 법칙인 것이다. 이러한 자연의 법칙으로서의 천도(天道)가 드러내는 규율은 단순한 기계적 법칙이 아닌 생명의 원칙을 말하는 것이다.13) 왜냐하면 우주는 부단히 생성 변화해 가는

---

10) II, 27.
11) 이 글에서 『주역』에 관한 내용은 정병석이 쓴 다음 논문의 내용을 자유간접화법으로 옮긴 것이다. 정병석, 「주역의 자연관에 나타난 생성과 가치내함의 의미」, 계명대학교 철학연구소 편, 『인간과 자연』(서광사, 1995), pp. 53~85.
12) 이러한 '상대적 상관성'은 지훈이 사유하는 시의 이념으로 거의 그대로 수용된다 : "시의 생명을 이루는 개개의 생명은 각각 그 본성의 요구대로 생을 긍정하면서 서로 사이의 생을 방해하지 않는다. 이는 다른 생을 긍정함으로써만 자신의 생을 표현할 수 있기 때문이다."(II, 26)
13) 이러한 생명 원칙에 근거한 시의 이념을 우리는 다음과 같은 지훈의 주장에서도 확인할 수 있다 : "詩는 時! 되풀이하면서도 항상 새로운 天道의 순환이 바로 시의 법이다"(III, 177); "영원히 변하는 가운데 영원히 변하지 않는 그 무엇이 시에 있다."(II, 173).

유기적 과정으로 파악되고 있기 때문이다. 그러므로 "생하고 또 생하는 것을 역이라고 한다"고 말하는 것이다(「繫辭傳」上, 5장 "生生之謂易"). 『주역』은 이런 '생'의 개념으로 동태적인 전체로서의 우주를 설명하고 있다. 이런 생명은 건(乾)과 곤(坤)으로부터 시작된다. '건'과 '곤'은 '생'의 의미로 근원적 시작을 뜻하는데, 모든 존재는 이 '건'과 '곤'을 통하여 생성된다. 건원(乾元)의 창조능력과 곤원(坤元)의 잉육능력(孕育能力)에 의하여 '생생지덕'(生生之德)을 가지게 되는 것이다. 건곤의 상대적 상관성을 통하여 무한히 전개되는 생성의 과정은 바로 『주역』이 자연을 무한한 생명활동의 장으로 보고 있음을 말해주는 것이다. 이것이 바로 유기적 통합체로서의 자연관이다.[14]

이와 같이 『주역』의 유기적 자연관에 근거하여 사유된 '생명'은 인간의 현실과 언어 그리고 예술작품(시) 모두를 말 그대로 살아 있게 만들어주는 원천이 된다.[15] 지훈에게 생명은 시가 궁극적으로 추구하고자 하는 의미론적 지평이며 형이상학적 모태이다.[16] 이제 시는 '우주의 삼라만상과 인간

---

14) 지훈의 시론을 코울리지의 유기적 시론과 관련시키는 것도 바로 이와 같은 맥락에 근거한 것이다. 최승호는 일련의 논문에서 지훈 시론의 유기적 성격이 '유가적 자연관'에서 비롯한 것임을 자세하게 논증하고 있다. 그는 지훈의 시론에 내재한 초월론적 성격에 대해서는 언급하지 않았으나 지훈의 시론에 형이상학적 충동이 작동하고 있다는 점을 포착하였다. 최승호, 「조지훈 서정시학 연구」, 앞의 책, pp. 9~34.
_____, 「조지훈 시학에 있어서의 형이상론적 관점」, 앞의 책, pp. 57~82.
_____, 「조지훈의 자연시에 구현된 형이상」, 앞의 책, pp. 83~98.
15) 『시의 원리』에서 지훈은 '유기체'라는 표현과 '유기적'이라는 표현을 각각 세 번 쓴다. 그 두 표현 모두 '생명'과 관련된 것임은 물론이다 : "(…)모든 독자성의 유기적 연락으로 이루어지는 인생총체(…)"(II, 35);"시는 제2의 자연이요, 생명의 표현이므로 하나의 유기체이다"(II, 45);"하나의 생명을 이루기 위해서는 먼저 모체가 살아 있어야 하고, 살아 있다는 것은 생명 전체가 유기적으로 움직인다는 말이므로(…)"(II, 46);"앞에서 나는 시를 새로운 생명적 자연으로서 하나의 유기체라고 하였다"(II, 57);"(…)화성(和聲)하는 언어를 배열함으로써 비로소 그 전체가 유기적 구성 속에 한 편의 시가 탄생하는 것이다"(II, 58);"시가 자연한 구성의 유기체가 되지 못하고 '뼈다귀의 포엠'이라는 죽은 시를 사산(死産)하게 되는 것이다"(II, 58).
16) "(…)우주의 생명적 진실을 수정(受精)함으로써 시를 생탄시키는 것은 시인의 보편한 지향이

생활의 내용 속에 편만해 있는 자연', 즉 '생명적 진실'을 구체적으로 나타나게 해야 한다. '우주의 생명적 진실'을 포착할 수 있는 능력의 소유자인 시인은 '정서적 감동'이라는 시의 작용을 통하여 '언어의 율동적 조형'이라는 시의 표현을 갖춤으로써 비로소 한 편의 시를 나타나게 하는 것이다.17) 지훈의 시론에서 '우주의 생명적 진실'은 모든 생명체의 내재적 본성 속에 잠재되어 있는 생명의 꿈과 힘이고, '정서적 감동'은 시를 비롯한 모든 예술의 존재 근거이며, '언어의 율동적 조형'은 예술 가운데 하나인 시의 특별한 형식이다. 시에 대해 이야기하면서 '정서적 감동'과 '언어의 율동적 조형'을 강조하는 것은 그 자체로서는 그리 특별한 주장이라 할 수 없다. 그러나 그것들의 설명에 부단히 '생명의 꿈과 힘'을 삼투시킴으로써 모든 부분이 초월론으로 집중되게 한 데에『시의 원리』의 특별한 점이 있다. 이처럼 초월론으로 집중되는 시의 이념은 우주의 생명적 진실과 시의 일치에 있다 : "시의 세계는 질서와 조화의 세계이다. 하나의 우주이다."18)

우주적 생명과 시의 일치라는, 지훈이 사유하는 시의 이념은 우리에게 매우 흥미로운 문제를 제기한다. 이는 우주적 생명과의 일치를 통해 시 자체가 하나의 유기적 생명이 된다는 것이다. 그렇게 되면, '생명은 하나의 위대한 사랑이요, 그 사랑은 꿈과 힘을 지니고 있다'는 생명 자체의 초월적 성격으로 인해 시는 그 본성상 그것이 대상으로 삼는 현실과는 다른 어떤 것이 된다.19)

『시의 원리』의 두 번째 장에 해당하는 '시의 인식'은, 시인이 이른바 '우주의 생명적 진실'을 잉태해서 시로써 나타내는 과정, 즉 시인의 창작과정을 서술한 것이다. 이 부분에 이르러 지훈 시론은 그 초월론적 성격이 가장

될 것이다."(II, 26)

17) II, 60.

18) II, 27.

19) "시는(…) '가시(可視)의 세계'를 뛰어넘어 '가고(可考)의 세계'에 통하기 때문에 시는 '유한을 계기로 이루어지는 무한자의 의욕의 표상'인 것이다."(II, 27)

강하게 드러난다. 지훈에 의하면, 시인이 '우주의 생명적 진실'을 잉태하는 것은 "생명이 특수하게 고조된 상태에서"이고, 그 이유는 "생명의 고조된 상태는 넘치는 생명력 속에 인간혼이 앙양되는 때문"이다.[20] 지훈에게는 시를 쓴다는 것 자체가 어떤 초월적 차원을 획득하는 것이다. 왜냐하면 "시를 쓴다는 것은 자기도 그 원인을 알 수 없을 정도로 고조된 힘을 느낀다든가 또 자기의 강렬한 힘이 어느 이상을 향해 느끼는 꿈을 표현하는 것"이기 때문이다.[21] 생명 자체의 초월적 지향에 의해 인도되는 시작(詩作) 행위를 통해 구축되는 '시적 진실'(예술적 진리)은 어떤 통합적 진리로서의 위상을 확보한다. 시적 진실은 감성으로써 받아들이고 감성으로 표현하며 감성에 자극되는 정서적 감동을 매개로 하여 구성되는 것인데, 여기서 '시적 감성'은 '감성'을 중심으로 하여 '지성'과 '윤리'를 아우른 어떤 것이다.[22] 따라서 삶의 조화로운 통일성을 산출하는 '시적 진실'은 '학문적 진실'(이론적 진리)이나 '도덕적 진실'(실천적 진리)과 공속적 관계에 있으면서도 그들과는 구별되며 나아가 생명의 초월적 지향이라는 초점에 의해 마련되는 위계화의 좌표에서 그것들보다 우월한 지위를 차지한다. 지훈의 시론에서 '정서적 감동'은 '상상적 실현'과 동일한 의미를 내포한다. 언어를 통하여 생명의 율동이 표현되고 그 율동적 언어가 생명이 꿈꾸는 새로운 의미를 포함하는 시작 과정에서 가장 중요한 역할을 담당하는 것은 '상상력'인데, 지훈은 시인에게 주어진 상상력의 원소가 바로 '생명의 꿈과 힘'이라고 주장한다.[23] 이와 같이 시의 본질과 작품 생성의 전과정에 삼투되어 있는 생명의 초월적 이행은 시로 하여금 "항상 현실의 앞에 있게 함으로써 있는 현실보다 있어야 할 현실에로 비상하게" 한다.[24]

---

20) II, 67.
21) II, 68.
22) "감성의 윤리는 양심의 발로요, 감성의 지혜는 사랑의 발로이다. 다만, 여기서 말하는 감성이란 지성과 이성을 포함하여 거느린 감성임을 알아야 한다"(II, 47).
23) II, 78.

여기서 우리는 지훈 특유의 거꾸로 뒤집어 놓은 모방론을 보게 된다. 시가 모방하는 것은 현실의 것이 아니라 현실 너머를 가리키는 것, 한마디로 말해 우주적 생명을 담고 있는 자연미인 것이다. 그것은 현실에서는 아직 존재하지 않는 것, 그럼에도 마땅히 있어야 하는 이상적 질서이다. 하나의 우주로서의 시가 존재하는 방식인 '조화'와 '통일'과 '질서'는 그 개념 자체가 모두 차이와 개성의 존엄을 내포하고 있다.[25] 시라는 우주에서 이루어지는 조화와 통일은 이질적인 것, 통합할 수 없는 것, 침묵하고 있는 것들을 억압하고 배제하는 현실 세계의 피상적이며 날조된 통일성을 부정하는 것이다. 시의 우주에서는 그 어느 것도 자신의 차이와 개성으로 인해 상처받지 않는다. 거기에서는 차이와 개성을 존중하는, 다수의 비강제적 통합에 따른 '질서'와 '조화'가 이루어지기 때문이다.

『시의 원리』의 세 번째 장인 '시의 가치'는 시의 효용과 감상의 문제를 다루고 있다. 우선 지훈은, 예술은 물질적 효용과는 거리가 멀다고 생각한다. 심지어 원시 공동체 시대의 경우조차, 예술은 실질적 목적 이상으로 자기 표현 내지 자기 고양을 지향했을 것이라고 주장한다. 굳이 장식이 필요 없는 도구나 그릇에 공예적 장식을 가한 것은 자기 표현 내지 자기 고양을 통해 삶의 전체적인 조화와 고양 혹은 삶의 건전한 미적 향상을 지향했기 때문이라는 것이다. 예술의 충동은 인간의 근원적 충동이며, 이것은 인간이 자신의 삶을 창조적 기쁨으로서 또 우주적 생명의 진실과의 조화로서 실현해 보려는 충동이라는 거의 신념에 가까운 생각을 지훈은 『시의 원리』뿐만 아니라 시와 관련한 다른 여러 글에서도 피력하고 있다. 예술이 물질적 효용이기에는 그 창조의 의미가 너무나 잉여적이자 비실질적이라고 생각하는 지훈은, 동시에 예술이 유희이기에는 그 창조의 동기가 너무나 절실하고 심각하다고 생각한다. 이는 예술이 결코 단순한 유희적 조작의 산물일 수

---

24) II, 67.
25) II, 31.

없다는 신념에 근거한 것인데, 지훈이 보기에 "예술가는 실로 정신의 구원, 곧 정신의 건강을 위하여 정신적 고행과 정신적 수술을 감행"[26]하는 존재이다. 여기서 예술가의 정신적 고행은 마땅히 있어야 할 어떤 이상적 질서의 전제에서 비롯하는 행위이다. 왜냐하면 주체는 하나의 전체로서의 그 이상적 질서의 부분인데, 주체 스스로 이상적 질서에로 초월하지 않으면 전체로서의 이상적 질서가 실현될 수 없을 것이기 때문이다. 이상에서 살펴본바, 예술(시)의 효용에 대한 지훈의 생각은 다음 문장 속에 압축적으로 제시되어 있다.

> 모든 예술이 우리에게 주는 효용은 우리가 예술을 창작하거나 감상함으로써 우리의 정신이 이제까지 자각하지 못하였던 진실과 선과 미를 깨닫고 그 용해융합의 정조 속에서 자아의 모순을 극복하며 정신의 파괴된 균형을 복구하고 이해득실의 염(念)을 초월할 수 있기 때문이다.[27]

위의 인용 부분에서 우선 눈에 띄는 것은 '정신'이라는 낱말이다. 지훈의 문맥에서 '정신'은 사물화할 수 없는, 다시 말해 그 어떤 경우라도 결코 물질로 환원되지 않는 어떤 것이다. 그런 정신은 예술작품(시)의 창작이나 감상, 즉 미적 체험을 통해 전에는 자각하지 못하던 것을 깨닫고, 우주적 생명의 존재 방식인 조화와 균형을 되찾으며, 자기보존 본능의 사회적 변형태인 이해득실을 넘어설 수 있는 가능성을 인식한다. 지훈에 따르면, 시의 효용은 어떤 정치적 사상을 열변을 토함으로써 선전하는 데 있는 것이 아니라 정서적 감동을 통해 정신의 어떤 변화를 이루는 데 있는 것이다. 그리고 바로 그러한 감동과 효용만이 "공간적으로 시간적으로 확장하는 생명을 가지게 된다."[28]

---

26) II, 160.
27) II, 158.
28) II, 165.

3.

이제까지 우리는 지훈의 『시의 원리』에 '힘과 꿈'이라는 생명의 초월적 이행이 얼마나 촘촘하게 삼투되어 있는가 하는 점을 살펴보았다. 『시의 원리』에서 '생명'이라는 말을 빼버리면 시문학에 관한 지극히 평범하고 일반적인 내용만 남게 된다. 여기서 이러한 사정에만 착안하여 지훈 시론의 본질적 성격을 생명사상으로 규정하고 그 기원이 유가적 세계관에 있다고 단정할 수도 있을 것이다. 그러나 앞서도 언급했듯이 『시의 원리』의 독특한 점은 시에 관한 모든 설명이 생명의 초월적 이행으로 집중된다는 데에 있다. 그와 같은 '집중'의 현상 이면에 놓여 있는 보다 근원적인 맥락을 검토하지 않으면 우리는 결코 지훈의 초월론적 생명시론의 본질적 성격을 제대로 파악하지 못하게 될 것이다. 지훈은 『시의 원리』의 한 부분에서 이렇게 주장한다.

> 마음속에 커다란 허무를 지님으로써 일체를 통찰하면서 퇴폐에 떨어지지 않아 순정으로 진실되게 살려는 심정! 이것이 시를 구성하는 힘이 되는 것이다.[29]

『시의 원리』와 관련하여 이제까지 이루어진 우리의 이해를 근거로 할 때, '시를 구성하는 힘'이란 '자라려고 하는 힘'과 '있어야 할 것에의 꿈'이 융합된 생명의 초월적 이행일 것이다. 그런데 지훈은 그러한 힘의 근거를 놀랍게도 '커다란 허무'에서 찾고 있다. 이 '커다란 허무'는 『시의 원리』의 문맥에서는 매우 돌발적으로 등장한 것이라서 그 의미연관을 정확히 파악하기 어렵지만, 우리는 「대도무문」이라는 수필의 다음 구절과 관련시켜 이해해 볼 수 있다.

---

29) II, 85.

일찍이 이 무문관을 들어갔다가 나온 사람 하나 — 실달다(悉達多)는 세 개의 법인을 찍고 갔다.

'제법무아(諸法無我) 제행무상(諸行無常) 일체개고(一切皆苦)'

출발점은 언제나 귀착점이다. 이 염세관(厭世觀)을 보라, 이 제세관(濟世觀)을 보라.30)

위의 인용문에서도 확인되듯 지훈은 불교(혹은 실달다)에 근거하여 '염세관'을 '제세관'과의 긴밀한 상호관련 속에서 파악한다. 다시 말해 허무주의를 심리적 비관주의의 발생론적 뿌리로서가 아니라 유토피아로서의 휴머니즘의 객관적 조건으로 파악하는 것이다. 아마도 앞서 설펴 본『시의 원리』의 문장에서 지훈이 '허무'라는 말 앞에 '커다란'이라는 수식어를 연결시킨 것도 바로 그와 같은 맥락 때문일 것이다. 지훈은 내일의 삶을 위하여 오늘을 괴로워하는 '고행주의'나 내일을 모른다고 해서 오늘에 집착하는 '쾌락주의'를 모두 부정한다.31) 그것들은 모두 극단적인 것들이라서 자연스럽지 못하다고 보기 때문이다. 지훈은 괴로움 속에서 즐거움을 찾음으로써 그 괴로움을 즐거움으로 전화시켜야 하고, 즐거움 속에서 괴로움을 봄으로써 부자연한 극도의 쾌락을 피해야 한다고 생각한다. 아마도 지훈의 그런 생각은 불교에서 말하는 중도(中道)의 논리와도 통하는 것일 것이다. 중도의 논리는 굳이 불교와 관련시키지 않아도 누구나 쉽게 알 수 있는 논리이다. 그러나 그것은 좀처럼 실천하기는 어려운 논리라서 실제로 실천할 수 있기 위해서는 부단한 노력이 필요하다. 지훈은 그렇게 노력하는 태도와 관련하여 다음과 같이 말한다.

---

30) IV, 175.
31) IV, 306.

내 오늘 허무의 기반 위에 성실(誠實)의 세계를 본다.
'제법실존(諸法實存) 제행원융(諸行圓融) 일체개락(一切皆樂)'
귀착점은 언제나 출발점이다.32)

지훈이 여기서 말하는 '성실의 세계'는, 앞서 인용된 부분에서 말한 '일체를 통찰하면서 퇴폐에 떨어지지 않아 순정으로 진실되게 살려는 심정'과 동일한 뜻일 것이다. 이 '성실의 세계'는 고행주의를 통한 정신의 고공비행도 쾌락주의의 산물인 퇴폐도 인정하지 않는다.33) 그것들은 현실과 전체적 삶의 맥락을 놓쳐버린, 부자연스러운 극단이기 때문이다. 현실과 전체적 삶의 맥락 위에서 퇴폐에 떨어지지 않고 진실되게 살기 위해서는 생명의 자연스러운 율동에 따르는 수밖에 없다. 『시의 원리』에서 지훈이 "상상적 실현은 실상은 자연이라는 한 말로 돌아가지 않을 수 없다"34)고 한 것도 그가 보기에는 자연이야말로 새로운 생명을 기르는 조화로운 협동의 장이자 바로 그 작용이기 때문이었을 것이다.

'허무를 기반으로 한 성실'이라는 지훈의 정신적 지향에서 우리는 불교적 허무주의와 유교적 현세주의의 변증법적 긴장을 목격한다. 그러나 우리는 전통을 매개로 한 그러한 긴장과 융합의 근거를 지훈이 어린 시절부터 조부에게서 한문 교육을 받았다거나 혜화전문학교를 졸업하였다는 단순한 사실의 기계적 적용에 두어서는 곤란하다. 지훈에게 있어 전통이란 역사와 운명의 공동체인 한 민족이 일정한 지역에서 오랫동안 축적해온 독특한 생명가

---

32) IV, 175.
33) 「비승비속지탄」(非僧非俗之嘆)이란 수필에서 지훈은 자신의 호인 '증곡'(曾谷)의 뜻이 '비승비속'(非僧非俗)이라고 설명한다. '증'(曾)자에 인(人) 변이 붙으면 '승'(僧)자가 되고, '곡'(谷)자에 인 변이 붙으면 '속'(俗)자가 되기 때문이라는 것이다. 비승비속의 뜻으로서의 '증곡'이란 지훈의 호 역시 정신의 고공비행과 퇴폐의 쾌락주의라는 양 극단을 지양하고 현실과 전체적 삶의 맥락에서 사유하고 생활하려는 그의 정신적 지향을 보여준다고 보아도 무리한 해석은 아닐 것이다.(IV, 61).
34) II, 69.

치의 창조능력과 보존 및 해석능력 이외의 다른 것이 아니다. 따라서 그것은 공중에 매달린 두엉박처럼 따오고 싶으면 아무나 쉽게 따오고 버리고 싶으면 언제든 쉽게 버릴 수 있는 물건 같은 것이 아니다.[35] 전통은 언제나 자기 안에 숨어 있는 생명을 고심참담한 노력 속에서 창조적으로 발견하는 것이라는 것이 지훈의 근본적인 믿음이었다. 지훈은 "쓰일 곳 없는 세상이자 쓰이고 싶지도 않은 세월"이었던 '나라 잃은 시대'의 끝 무렵을 살면서도 전통의 맥락에 근거하여 "자신을 가누려는 혈투의 몸부림"을 보여주었다.[36] 단순한 사실의 적용만으로는 그의 정신적 지향의 근거를 제대로 파악할 수 없는 이유가 바로 거기에 있다.

생명가치로서의 전통에 눈을 뜸으로써 그것을 자신의 정신적 자양으로 삼는 노력을 기울이기 이전에 지훈은 한때 스스로 탐미주의자라고 고백할 정도로 유미주의 문학에 깊이 이끌리기도 하였다.[37] 미적 체험에 대한 인간의 근원적 충동, 기술제일주의와 물질만능주의의 마법에 걸린 경험세계로부터 예술을 철저하게 대립시키려는 부정과 비타협주의 정신 등을 지훈은 유미주의 문학관으로부터 받아들였다. 그러나 지훈은 유미주의 문학의 범주에 포함시킬수 있는 시인들의 스타일 자체를 하나의 정전적(正典的) 규범으로 받아들이지는 않았다. 유미주의를 중심으로 한 서구문예사에 대한 성찰을 통해 지훈이 파악한 것은 세계사의 맥락에 근거한 근현대의 정신사적 지형이었다. 지훈이 보기에, 시대정신이라는 '시계추'의 운동은 신본주의와 물본주의라는 진폭의 좌우 극한 사이를 오가는 인본주의의 역학 이외의 다른 것이 아니었다 : "중세의 교권(敎權)이라는 경향에서 인간중심에로 끌려 온 휴머니즘은 그 힘을 과학정신에서 빌려왔기 때문에 그 힘의 타성은 인간주의 중심에서 다시 유물사관 또는 메커니즘으로 표현되는 물본주의의

---

35) II, 20.
36) IV, 42, 43.
37) III, 68.

극한에 이르지 않았던가."38) 따라서 지훈은 새롭게 생탄해야 할 현대의 시대정신은 중세의 종교정신과 근대의 과학정신을 변증법적으로 지양한 예술정신이어야 한다고 주장한다. 왜냐하면 심미적 체험과 인식은 "이상과 현실의 생명적 창조의 조화작용이 있기 때문이다."39) 이처럼 지훈이 '생명적 창조의 조화작용'을 예술정신의 본질로 파악한 것은 현대의 문제가 자연과 소통하거나 접촉하는 기회를 상실함으로써 삶의 유기적 통합성을 망각하고 있다고 보았기 때문이다. 유기체적 자연관에 근거한 자연미의 전체적 생명이야말로 시가 작품 안에서 생성해내야 할 진리내용이자 그 생성(형상화)의 방식이라는 『시의 원리』의 핵심적 주제는 근현대의 정신사적 지형에 대한 지훈의 도저한 이해에서 비롯한 것이었다.

4.

이상에서 우리는 『시의 원리』의 검토를 통해 지훈의 '생명시론'의 초월론적 성격을 규명해 보았다. 지훈은 우주라는 전체성 안에서 자기를 형성해가는 조화로운 의지를 생명으로 사유하였다. 이처럼 '시의 세계는 질서와 조화의 세계이다'라는 원리에 입각하여 시의 제반 문제를 파악하는 지훈은 '우아한 시'(우아미)와 '비장한 시'(비장미)와 '관조하는 시'(관조미)라는, 스스로 구분한 시의 세 가지 기본 성격 가운데 첫 번째와 세 번째의 스타일을 선호하는 듯하다. 지훈에 따르면, "우아미는 인간과 자연 사이에 조화 융합하는 미라면 비장미는 대개 인간과 인간 사이에 모순, 갈등되는 미"이다 ; 우아미는 평화로운 상태나 삶의 즐거움 같은 균형과 조화를 내용으로 하기 때문에 초월한 자연미가 되고, 비장미는 참혹한 운명이나 파멸, 혹은

---

38) III, 174~175.
39) III, 43.

죽음과 몰락을 내용으로 하기 때문에 고통받는 인간미가 되는 것이다 ; 우아미가 동양적 정신미의 한 최고 경지라면 비장미는 현대문학의 성격이 되고 있다 ; 관조미는 대상의 깊은 곳에 파고 들어가 그 본성을 파악하는 지적 직관, 다시 말하면 감각적이면서도 철학적, 종교적 의미에 도달한 것을 말한다.[40] 지훈의 대표작들은 대개가 '우아미'와 '관조미'에 기반한 것들이라 볼 수 있는데, 이처럼 조화와 균형을 강조하는 그의 문학관과 관련하여 우리는 한 가지 의문을 제기하지 않을 수 없다.

지훈의 문맥에서 조화와 균형은 작품 안으로 수용된 무수한 타자들의 개성과 차이를 존중하는 작품의 화해적 통일의 방식이었다. 그것은 그 자체로써 작품 바깥에서 이루어지는 피상적이며 날조된 통일성, 즉 구성의 계기들을 억압하는 경험세계의 강압적 통일에 대한 부정의 기능을 하게 된다. 그것은 비진리를 부정한다는 측면에서 진리의 성격을 띤다. 그러나 작품의 내용 자체가 그런 화해적인 통일 방식으로서의 조화와 균형을 이미 이루어진 것으로 상정한다면, 그것은 여전히 그렇지 못한 현실 상황을 거짓으로 보여준다는 점에서 비진리의 성격을 띠게 된다. 물론, 우리는 그런 조화와 균형조차도 초월적 이행의 관점에서 볼 때 현실의 경험 세계를 넘어 이루어진 통일상을 선취한다는 점에서 그것 역시 진리의 성격을 띤다고 파악할 수도 있을 것이다. 그러나 그와 같은 초월적 이행을 통해 조화와 균형을 선취한 작품의 화해적 형상은 여전히 화해를 이루지 못한 사회의 추악한 형상을 가려주는 이데올로기적 보완물로 이용될 소지가 있다. 그런 점에서 지훈의 초월론적 생명시론은 한쪽의 진리와 다른 한쪽의 비진리가 뒤섞여 있는 형국이라 할 수 있다. 그 스스로도 이러한 사정을 파악하고 있었던 지훈은 1962년에 발표한 것으로 되어 있는 글에서 다음과 같이 말한다.

---

40) II, 86~100.

현대시가 상실한 문학적 지주를 회복하기까지에는 오직 서정정신과 비평정신의 고도한 융합이 있을 뿐이라고 생각한다. 시대성과 사회성을 비평성이라는 이름으로, 예술성과 주체성을 서정성이라는 이름으로 대치시킬 때 우리는 현대가 요청하는 '고절성의 지양'과 '통속성의 탈출'을 기도할 수 있으며, 이는 현대인의 어쩔 수 없는 양식의 지향이요, 안이한 절충론적 견해로 버림받을 성질의 것이 아니다. 산문의 세기에서 광대한 산문예술에 압도되는 시를 소생시키기 위해서는 산문예술에 압도되는 배리를 구명해야 할 것이니, 그것이 바로 시의 핵심이 되는 '서정성'의 세계이다. 또 압도적인 산문예술을 초극하고 시가 권위를 회복하기 위해서는 산문예술의 우수한 부분을 섭취함으로써 그것을 독자적으로 방법화해야 할 것이니, 이것이 바로 근대정신의 결정이 되는 '비평성'인 것이다.[41]

여기서 지훈이 말한 '서정성'과 '비평성'이라는 것을 '형식'과 '내용'의 문제로 단순화시켜서는 곤란하다. 문맥상 지훈이 말하는 '비평성'은 근대와 관련한 부정적 내용을 작품에서 직접적으로 비판하는 것을 의미하지 않는다. 그것은 방법화의 문제이다. 다시 말해 작품 자체를 현실 경험세계의 부정성과 논쟁시킬 수 있도록 하는 형식화의 계기와 관련된 것이다. 그런데 이러한 종류의 '비평성'과 '서정성'에 관한 견해는 작품 자체로써 제시되지 않는다면 그 속성상 '절충론적 견해'의 범주를 벗어나기 어렵게 된다. 아쉽게도 1962년 무렵에 지훈은 이미 본격적인 창작으로부터 멀어지기 시작한다. 오늘날 서정시의 운명이나 이념과 관련하여 새로운 논의를 촉발시킬 수 있는 잠재적 생산력에도 불구하고 지훈의 시론이 어딘지 모르게 활력을 결여한 것처럼 보이는 것은 실패와 좌절을 두려워하지 않는 부단한 모색과 실험의 정신이 직접적인 창작과정으로 드러나지 않은 데에서 기인하는지도 모르겠다. 그러나 분열과 고립이 운명처럼 고착화된 오늘의 상황에서 생명의 자연스러운 율동에 내재해 있는 초월적 힘에 근거하여 조화와 균형을

---

41) III, 249.

꿈꾸었던 지훈의 시론은 우리에게는 하나의 준거가 될 수 있을 것이다. 문제는 그런 준거를 통해 우리가 어떤 새로운 시적 직관을 이끌어내는가 하는 점일 것이다. 그리고 그것이 '지훈'이라는 기호표현이 상기시키는, 한국근현대사와 관련한 그 상처를 치유하는 길이 될 것이다.

조지훈의 유기체론

이미순

1. 머리말

한국 근대시론의 기본구조에 대해 유기체론적 모델, 변증법적 모델, 근대성 모델 등 세 가지 문제틀을 설정하는 시각은 상당히 일반화되고 있다. 그러나 이 중 유기체론과 관련된 논의에는 많은 문제점이 내포되어 있다고 할 것이다. 그것은 유기체론을 논자에 따라 달리 해석하는 데서 비롯한다. 유기체론은 우선 전통적 사유방식의 발현형태로 이해되고 있다. 이러한 시각에서는 유기체론을 한국 문학이론에서 가장 전통적인 이론으로, 근대주의와 대립구조에 선 것으로 파악한다.[1] 한편 유기체론을 낭만주의 시론과 동일시하는 논의는 보다 일반적이다. 유기체시론과 낭만주의와의 상관성에 대한 이해는 서구 비평에서 일반적이거니와 우리의 경우에 있어서도 사정은 다르지 않다.

유기체론에 대한 이러한 해석의 차이는 한국 근대시론 논의에 상당한 문제점을 노정한다. 가령 유기체론을 전통적 사유방법의 발현으로 동일시

---

[1] 구모룡, 「한국근대 문학유기론의 담론분석적 연구」, 부산대학교 박사학위 논문, 1992. pp. 1-22

하는 경우 낭만적 유기체론의 근대적 성격이 문제가 된다. 왜냐하면 전통적 유기체론과 다른 형태지만 역시 유기체론을 전개하는 낭만주의 문학은 어디까지나 근대성을 구현한 문학이기 때문이다. 한편 유기체론을 낭만주의 시론과 동일시하는 경우도 마찬가지로 문제점을 남긴다. 그 대표적인 경우가 조지훈의 시론과 관련된 논의이다. 유기체 시론을 낭만적 유기체 시론에 한정하여 조지훈 시론을 고찰할 경우, 전통적 사유의 바탕 위에서 시론을 전개하고 있는 조지훈의 시론을 곧바로 낭만적인 것으로 해석하거나[2] 낭만주의 시론과 모방론의 혼합으로 해석[3]하게 되는 결과에 이르고 만다. 따라서 조지훈의 유기체 시론에 대한 온전한 해석은 유기체시론이 곧 낭만주의 시론이라는 등식에서 벗어날 때 가능하다고 할 수 있다.

이러한 의미에서 지훈의 시론에 나타나는 유기체론을 동양적 유기체론과 관련지은 시도는 한층 진전된 것이라 하겠다.[4] 그러나 이들 논의에서도 동양사상이 가지는 유기체론적 성격을 제대로 규명하지 않거나 동양적 유기체론과 낭만적 유기체론을 혼용한 채 논의함으로써 어떤 점에서 조지훈의 시론이 동양적 유기체론과 관련된 것인지 구체적으로 드러나지 않고 있다.

이 글에서는 우선 한국 근대시론에 나타나는 유기체론을 동양적 유기체론[5]과 낭만적 유기체론이라는 두 가지 범주로 구분하여 논의하여야 하는 근거를 밝히고, 조지훈의 시론이 지니는 동양적 유기체론의 성격을 구체적으로 살펴보고자 한다.

---

2) 문혜원, 「한국낭만주의 시론에 대한 고찰」, 한국현대문학회, 『한국근대장편소설연구』, 모음사, 1992, pp. 263-4.
3) 정효구, 「유기체 시론의 의미」, 『시와 젊음』, 문학과 비평사, 1989, pp. 257-8.
4) 구모룡, op.cit. 1992. 최승호, 「조지훈 순수 시론의 몇 가지 이론적 근거」, 향천 김용직 박사화갑 기념 간행위원회, 『한국 현대시론사』, 모음사, 1992.
5) 여기서 말하는 동양적 유기체론이란 동양사상, 특히 주자학적 세계관을 근본으로 한 사유방식에서 배태된 유기체론을 말하는 것이다 이 용어는 어디까지나 필자가 서구 낭만주의의 유기체론과 구분하기 위해 임의로 설정한 개념이다.

2. 동양적 유기체론과 유기적 형식론

문학에 있어 유기체론이란 문학작품을 하나의 유기체처럼 독립된 개체로 보는 관점이다. 이 유기체론에 있어 부분과 전체는 필연적 관계를 지니고 있어야 한다. 부분은 전체로부터 분리될 수 없다. 만약 어느 부분이 전체에서 떨어져 나간다면 그 순간 그것은 본래의 성격과 기능을 잃어버린다.[6]

서구의 경우 유기체주의(Organism) 혹은 유기적 형식(Organic Form)으로 정의되는 시의 유기체론이 본격적으로 논의된 것은 코울리지에 의해서이다. 그에 따르면 유기적 형식이란 고유의 양식을 가지며 내부적 발전법칙을 따라 나온 형식이다. 유기적 형식은 생명체와 같이 고유법칙에 따라 세부들을 하나의 통일체로 융합시키는 형식이다. 따라서 유기적 형식은 흔히 생물체로 비유되어 논의된다. 코울리지는 시에서 시인의 모든 정신요소가 결합되는 것을 식물이 종자에서 생겨나서 흙, 공기, 수분, 광선 등의 여러 요소를 실체에로 동화하며 자라나는 과정에 비유하였다. 식물의 완성된 구조는 유기적 통일체를 이루고 시 역시 마찬가지이다. 일단 각 요소들이 완성되면 각 부분은 유기체와 같이 연결되어 있어 한 부분이라도 고치거나 없앨 수 없다.[7]

그런데 낭만적 유기체 시론이 유기체론의 전부일 수는 없다. 유기체론을 세계와 우주에 대한 일정한 세계관으로 본다면, 서구에 한정하더라도 유기체론의 역사는 아리스토텔레스로부터 20세기의 저명한 유기체 철학자 화이트헤드(A. N. Whitehead)에 이르기까지 유구하다. 동양적 유기체론의 역사는 서구의 그것보다 훨씬 앞선다. 사실 서구의 낭만적 유기체론은 어떤 의미에서 동양적 유기체론으로부터 영향을 받아 그들의 사회 속에서 독자적인 전개를 해왔다고 할 수 있다. 서구의 경우 근대적인 형태로서의 유기체적

---

6) 김용직 편, 『문예비평용어사전』, 탐구당, 1985, p. 202.
7) M. H. Abrams, The Mirror and the Lamp, Oxford Univ., 1979, pp. 171-4.

자연철학의 시초는 라이프니츠에게까지 소급하는데[8] 서구 낭만적 유기체론은 이 라이프니츠에게서 많은 영향을 받았다.[9] 가령 서구 낭만주의의 대표적인 철학자인 셸링만 하더라도 라이프니츠의 단자론으로부터 많은 점을 취했다. 셸링이 순수정신에 이르기까지 단계적으로 나누는 방식은 라이프니츠가 단자들을 단계적으로 나누는 방식을 수용한 것이다. 또한 그가 인간정신을 작은 신성과 같은 것으로 본 것도 라이프니츠의 영향으로부터 비롯한다.[10]

그런데 서구 낭만적 유기체론에 깊은 영향을 준 라이프니츠의 모나드 이론은 중국의 유기체 철학으로부터 직접 영향을 받은 것이었다.[11] 라이프니츠는 예수회가 번역한 신유가의 자료와 그보다 수년이나 앞서 유대 및 아라비아를 경유하여 유럽 사상에 들어온 아득한 옛 사상이라는 두 가지 경로로 중국 유기체 철학의 영향을 받았다.[12] 이와 같이 라이프니츠의 모나드가 서양의 학설 형성의 무대에 나타난 근대적 유기체의 최초의 출현이고 그 라이프니츠는 중국의 상관주의 신유학파의 번역에 의하여 자극되었다고 한다면[13] 서구의 낭만적 유기체론은 오히려 동양적 유기체론에서 비롯된 것이라고도 볼 수 있는 것이다.

그러면 동양적 유기체론이란 무엇이며, 그것의 특질은 무엇일까? 우리는 그것을, 동양의 전통적 사상이 유기체론 철학이라는 것을 명쾌하게 밝히고

---

8) A. N. 화이트헤드/ 김준섭 역, 『과학과 근대세계』, 을유문화사, 1993, p. 205.
9) 이에 대해서는 A. O. 러브조이, 「로만주의와 충만의 원리」, 최상규 편역, 『로만주의의 재조명』, 한밭, 1983, p. 128 참조.
10) 김혜숙, 『셸링의 예술철학』, 자유출판사, 1992, p. 98.
11) 당시 라이프니츠는 중국문명에 깊은 조예를 가졌다. 그는 70세의 원숙한 나이에도 불구하고 『중국인의 자연 신학에 관한 강의』란 저술을 남겼다. 그 책에 인용된 고전만 해도 『역경』, 『서경』, 『시경』, 『예기』, 『대학』, 『중용』, 『논어』, 『맹자』, 『공자가어』, 『성리대전』 등이 있다. 논의되는 개념들만 일별해 보아도 "이, 예, 태극, 상제, 천도, 기, 원기, 태허, 혼, 백" 등등이었다. 김용옥, 『동양학 어떻게 할것인가』, 통나무, 1989, p. 132 참조.
12) 조셉 니덤/ 이석호 외 역, 『중국의 과학과 문명 II』, 을유문화사, 1986, p. 412 참조.
13) Ibid. p. 403-4.

있는 니덤(J. Needham)의 논의를 통해 살펴볼 수 있다. 니덤에 의하면 전통적인 중국의 자연관, 세계관, 우주관은 유기체 철학이면서도 사회적인 측면에 지나치게 경사되어 있다. 따라서 전통적인 중국의 세계관은 현대의 신유기체론과는 일정한 차이를 보이기도 한다. 현대의 신유기체론이 데카르트 - 뉴튼적 방법론과 자연관을 토대로 한 근대과학을 수정하면서 등장한 데 반해, 중국의 유기체 철학은 근대과학의 기계적 유물론을 거치지 못한 유기체 철학이라는 것이다. 그러나 어쨌든 니덤은 화이트헤드의 유기체 철학과 비교하면서 중국의 전통적인 세계관이 유기체 철학이라는 것을 밝히고 있다. 동양적 유기체론은『周易』의「繫辭傳」에 이미 나타나고 있는데 그것은 우주생성론에서 잘 드러나고 있다.

> 우주의 생성 변화(易)에는 원래 태극이 있어 이것이 양의인 음양을 낳았고, 그 양의가 사상을 낳았으며 사상이 팔괘를 낳았다.[14]
> 하늘의 길이 사내다움을 이루고, 땅의 길이 계집다움을 이룬다.[15]

『주역』에서는 우주를 만상을 포괄하는 생명의 약동이며 만상에 충만한 대생기(大生機)로서 잠시도 창조와 화육을 쉬지 않으며 어느 곳이든 유행되고 관통되지 않는 데가 없는 것으로 인식한다. 그런데 우주생성의 기초로서의 음양은 "살아 움직이는 어떤 힘(원칙)에 의해 모습이 이루어진다는 틀(생동성형적 틀, ein biomorphes Modell)"을 뚜렷이 그 바탕에 깔고 있다. 음과 양의 대립은 생물학적 번식과정에서와 같은 교호적이며, 함께 묶여 있는 상관관계이다. 그 교호작용에서 유기화된 전체성이 나온다.[16] 이러한 사유를 많은 현대의 학자들은 '동격화사고' 혹은 '연상사고'[17]라고 하였거니와

---

14) 易有太極 是生兩儀 兩儀生四象 四象生八卦,『周易』「繫辭傳」
15) 乾道成男, 坤道成女,『周易』「繫辭傳」
16) 송두율,『계몽과 해방』, 한길사, 1988, p. 9.
17) 빌헬름(H. Wilhelm), 에버하르트(Eberhard), 자블론스키 (Jablonsky), 그라네(Granet) 등이 그

여기서 니덤은 중국사상의 유기체론적 성격을 본다.

> 동격화 사고에서는 제개념이 서로 포섭되는 것이 아니며 패턴 속에 나란
> 히 놓여지며, 사물은 상호간에 인과율에 의해서가 아니라 일종의 '감응'에
> 의하여 영향을 준다. … 중국사상의 관건은 '질서'이며, 특히 '패턴'(이며
> 여기서 속마음을 털어 놓는다면 '유기체')이다. 상징적 상관관계, 즉 대응은
> 모두가 거대한 패턴의 각부분으로 되었다. 사물은 각자 특유한 방식으로
> 행동하지만 그것은 반드시 다른 사물이나 행동에 선행하는 행동이나 자극
> 에 의해서가 아니며 영원한 순환을 행하는 우주에서의 그것들의 위치가
> 그런 거동을 필연적으로 만드는 본질적인 성질을 부여하는 것이었기 때문
> 이다.[18]

이러한 중국의 동격화 사고는 극단적이며 정밀하게 질서지어진 상이었
다. 하지만 우주 속에 이와 같은 조직이 나타나게 된 것은 지고의 창조자-입
법자가 명령을 내리며 사물이 그 명령에 복종하도록 되어 있기 때문은 아니
었다. 그것은 명령자 없이 질서지어진 여러 의지의 조화로, 자발적이며 조화
적 의지로 협력하는 것이다. 그리고 이때의 질서는 천상이건 지상이건 어떤
주권자가 상정되는 것이 아니라 사물 자체 내재하는 것이다.

> 하늘의 힘은 볼 수가 없다. 예컨대 하늘은 사계절을 운행시키는 것을 볼
> 수는 없으나 사계절은 그 질서를 어기지 않는다. 마찬가지로 성인이 백성에
> 게 강제하는 것을 볼 수는 없지만 백성은 자발적으로(스스로) 성인에게 복
> 종한다.[19]

여기서는 명백히 어떤 천상의 입법자가 사계절의 진행에 대하여 명령한
다는 개념이 거부되고 있다. 우주의 조화는 어떤 제왕의 명령에 따라 실현되

들이다. 니덤, op.cit., p. 389.
18) Loc. cit.
19) 神則無形者也 不見天之使四時而四時不忒, 不見聖人使百姓自服也, 『周易』.

는 것이 아니라 각각의 사물 자체의 내재적 필연성에 따라 일어나는 것이다. 그것은 현대 유기체 철학의 대표자 화이트헤드의 견해와 비슷하다.[20] 즉 원자는 기계적 유물론이 생각하는 것처럼 맹목적으로 운동하는 것이 아니고 모든 실체는 유심론자가 생각하는 것처럼 신적인 간섭에 의해 미리 정해진 일정한 노선을 운동하는 것도 아니다. 모든 실체는 그것을 한 부분으로 갖는 보다 큰 유기체 속에서의 위치에 합당하게 움직이는 것이다.

『주역』에서 이미 나타난 유기체 철학은 송대의 주자학에 이르면서 유기적 자연주의라는 완성형태에 이르게 된다. 정주학이라고 부르는 송대의 신유학은 유가사상의 자연철학적 완성이라고 불리울 정도로 고도로 사변적인 철학이다. 신유학은 유교의 사회철학적인 전통을 그대로 유지하면서 도가의 자연철학을 받아들여 유교적 이념을 자연철학적으로 기초지운 것이다. 예컨대 주자는 유교법의 지도원리요, 가족 사회의 봉건적 이데올로기인 禮를 '天理之節文(하늘의 이치가 꼭 들어 맞는 것)'이라고 표현하고 있는데 이것은 삼강오륜을 기본강령으로 하는 봉건적 이데올로기의 정당성을 도가적 자연철학으로 뒷받침하는 것이다. 이 신유학이 가지는 유기체론의 성격은 理의 개념을 중심으로 하여 살펴볼 수 있다. 신유학의 개념 중에서 '사물의 질서'라는 의미를 가지고 있는 것은 理와 則이다.

> 道와 理는 대개 같은 것이나, 두 단어가 나뉘어 쓰이고 있으므로 양자를 구별하는 것이 가능하다. 그 차이는 道는 인간적으로 (인간적인 단계에서) 보급된다는 점이다. 理에 비하여 道는 보다 광범위하며 理는 비교적 심오하다. 理에는 불변한다는 명확한(確然) 의미가 있다. 따라서 道가 (변화하는 인간조직체의 원리로서) 모든 시대에 걸쳐 통용되어 왔음에도 理는 이 모든 시대를 지 나오면서 결코 변하지 않았던 것이다. 理에는 형체가 없다. 어떻게 이것이 보일 수 있는가? 理(패턴, 또는 유기적 조직)는 사물의 자연스럽고 불가피한 법칙(一箇當然之則)이다. 그것은 패턴을 부여하는 법칙(理則)

---

20) 니덤, op.cit., p. 403 참조.

이다. 그것은 표준화하는 법칙(準則)이다. 그것은 보기를 만드는 法則이다. 그것은 확실성과 일정성(確定), 그리고 불변성(不易)이라는 관념을 전달한다. '자연스럽고 불가피(當然)'하다는 것은 (人)事와 (自然)物이 適所에 꼭맞게 부합되도록 만들어져 있다(正當合做處)는 것을 뜻한다. '法則(則)'은 조금도 지나침이 없이 (無過) 適所에 놓이거나 (沿好)부족함이 없는 (無不及) 것을 의미한다.[21]

여기서 도는 비록 내적인 일관성은 가지지만 흐름에 따라 일정한 변화의 폭을 지니는 것으로 파악된다. 그러나 전 우주적 차원의 유기체는 불변의 것이다. 전우주적 차원의 유기체는 보다 저차원의 패턴이 포함되어 있는 거대한 패턴이고 거기에 내재하는 칙이란 복잡성의 정도에 관계하는 외재적인 것이 아니라 내재적인 것이다. 칙이란 이처럼 모든 수준에서의 개별 유기체에 내재적인 것인 바, 칙으로부터 패턴이 나온다. 그러므로 신유학의 理와 則의 개념은 뉴턴의 법칙개념과는 전혀 다르다. 왜냐하면 주요 구성 요소는 패턴(살아 있고 동적인 패턴을 포함하는)이고 결국 유기체이기 때문이다.

理의 가장 적합한 의미는 우주의 조직 원리이다. 이는 정립된 법이라기보다는 자연 속에 있는 질서 또는 패턴에 가깝다. 그러나 그것은 고정된 것이 아니라 그 속에 모든 살아있는 물, 인간관계, 최고의 인간적 가치가 구체화된 동적인 패턴이다. 그러한 동적인 패턴은 오직 '유기체'란 말로서만 표현될 수 있다. 신유학의 철학이란 사실 유기체 철학을 지향하는 사고체계이다.[22]

즉 理에는 則이 내재해 있는데, 칙이란 전체의 부분이 전체의 부분이라는 바로 그 존재성 때문에 적응하는 칙이다. 부분에 있어서 가장 중요한 것은 부분이 모여서 구성하는 전체 유기체 내에서의 그 부분이 다른 부분들과

---

21) Ibid. p. 296.
22) Ibid, p. 558.

함께(조화를 이루어) 조금도 지나침과 부족함이 없이 정확히 그 장소에 알맞아야 한다는 것이다. 여기에는 어떤 통제자의 명령같은 것이 없다. 신유학자에 있어서 칙이란 지상의 군주와 유사한 천상의 입법자가 명령한 것이 아니라 우주의 본성으로부터 직접 나오는 것이다. 그런가 하면 혼돈 속에서 오직 통계적 확률만을 생각할 수 있는 원자들의 우연한 집합이나 어떤 패턴도 없이 움직이는 자연의 변화무쌍한 우연적 연속을 상기시키는 것도 아니다.

이 동양적 유기체론 일반으로부터 시의 제원리를 설명하는 이론을 우리는 동양적 유기체 시론이라고 할 수 있을 것이다. 동양적 유기체시론은 동양적 유기체론으로부터 시의 존재, 과정, 가치, 역사를 설명하는 틀을 빌어오게 된다. 즉 동양적 유기체론의 근본주제로서 연속성, 전체성, 역동성 등이 시의 전체와 관련되는 방식을 우리는 동양적 유기체시론이라 할 수 있다.[23]

3. 조지훈의 유기체론적 세계관의 형성

조지훈은 1939년 『문장』지를 통해 등장한 시인으로 전통적 서정성을 현대시에 계승, 발전시킨 대표적인 시인의 한 사람이다. 그러나 이러한 전통지향적인 세계가 처음부터 선험적으로 형성되었던 것은 아니다. 대부분의 시인들이 그러하듯이 조지훈 또한 시의 제재 및 주제의 이행과정에서 볼 때 여러 단계의 변모 양상을 드러내고 있다. 그의 시세계의 변모는 한마디로 습작기의 서구지향성에서 『문장』 추천 이후의 전통지향성으로 요약할 수 있다. 지훈은 『문장』 추천으로 본격적인 시작활동을 전개한 이후 전통지향의 서정주의를 시의 본령으로 삼는다. 전통적 세계에의 지향을 통해 조지훈은 유기체적 세계관을 견지하게 된다. 1940년을 전후한 시기에 발표된 「서

---

23) 구모룡, op. cit., p. 16 참조.

창집-역일 시론」에서 그는 단편적이나마 동양의 유기체적 자연관과 유기체
적 시관을 보여주고 있다.

> 朝鮮의 하늘은 玲瓏한 구슬같이 맑고 푸르다. 東洋의 魂은 自然과 渾一體
> 가 되는 곳에 있다. 自然을 征服하려는 생각은 조금도 없다.[24]

> 舊穀에서 벗어나기 위하여 西洋詩는 힘을 주었으나 지나치게 分哲的인
> 것은 確實히 西洋에서 온 缺點이다. 통히 하나로 詩란 하나의 世界이다.
> 그러므로, 이 '하나'가 分化 發展된 形態로 그대와 내가 있다.[25]

이와 같이 자아와 자연을 하나의 혼일체로 본다든지 시를 '하나'의 전체
로서 보는 것은 동양적 유기체론의 관점에서 비롯한 것이다. 여기서 하나란
보편생명, 대자연을 뜻하는 것이다. 시인은 분화된 개별생명의 표현을 통하
여 보편적 생명인 시의 세계를 창조한다. 그래서 시의 세계는 '통히 하나로'
통하는 하나의 세계이다. 이 때의 시는 작품으로서의 시가 아니라 정신으로
서의 시이며 낱낱의 시작품은 시정신을 표현하는 소우주이다. 그리고 또한
그는 시작과정을 설명하면서도 다음과 같이 유기체적 시론을 개진한다.

> 그러나 詩가 思想의 聲明書가 되기에는 至極한 難關이 있다. 不可能하다
> 는 것은 아니나 거의 不可能에 가깝다. 일부러 애쓰지 않아도 저절로 나타
> 나야 한다.[26]

시인이 시를 쓰는 것은 '저절로'라는 말이 뜻하듯 자연 또는 생명현상에
속하는 것이다. 즉 시작 과정은 생명 현상의 일부이다. 이것을 그는 시인의
'영감'에 의한 창작이라고 표현하기도 한다.

---

24) 조지훈, 『조지훈전집』 4, 일지사, 1973, p. 140.
25) Ibid, p. 138.
26) 조지훈, op.cit., p. 137.

한편 이 시기 조지훈의 유기체적 세계관은 서구적 근대성에 대한 비판에서 비롯하고 있다. 그는 스스로 자신이 지향하는 시가 전통시이며 또 그 전통시의 성격이 유기적이라는 것을 밝히고 있다. 그가 지향하는 전통시는 다음과 같은 대립항들을 전제하고 있다.

전통시	서양시
종합적	분 석 적
생명적	비생명적
유기적	기 계 적

이러한 도식은 조지훈의 모더니즘에 대한 비판에서 비롯된 것이다.[27] 그는 1940년을 전후한 시기에 당시의 시단의 한 주류를 이루고 있던 모더니즘시를 분석적인 것으로 보고 비판한다. 시를 하나의 생명의 세계라는 유기체론의 관점에서 본다면 모더니즘 시가 지닌 분석적인 정신은 생명체의 종합적인 것과 대립한다고 할 수 있다. 그런데 여기서 주목되는 것은 그가 서양시를 모더니즘에 한정하고 있다는 점, 또 모더니즘시에서 그 일면적 특성만을 지적하고 있다는 점 외에도 서양의 낭만주의시가 가지고 있는 유기체론적 성격을 강조하지 않는다는 점이다. 요컨대 지훈은 시의 유기체적 성질을 전통시의 특징으로 한정하고 있었던 것이다.

4. 조지훈의 「시의 원리」에 나타나는 동양적 유기체론

1) 「시의 원리」에서의 동양적 유기체론의 성격

유기체적 세계관을 단편적으로나마 보여준 조지훈은 이를 발전시켜 「시

---

27) 구모룡, op.cit., p. 26.

의 원리」에서 유기체 시론의 완성형태를 보여주기에 이른다. 그는 여기서 시의 우주, 시의 인식, 시의 가치 등의 항목으로 나누어 유기체 시론을 개진하고 있다. 그런데 그가 설명하고 있는 시의 우주, 시의 인식, 시의 가치론 등은 각각 유기체시론의 존재이론, 과정이론, 가치이론28)에 해당될 수 있는 성질의 것이다. 즉 그는 시전통의 본질을 밝혀 시의 보편적인 지향이 우주적 생명이라는 것을 제시하고, 시의 창작과정을 체험적 시론에 의거하여 유기체의 성장과정에 비유한다. 또한 그는 서정시, 순수시를 모든 문학의 중심에 두고 동양적 우아미를 미학체계의 정점에 둔다. 그런데 지훈의 유기체시론은 동양적 유기체론에 의거하고 있는 것인 바, 이는 유기체시론의 존재이론, 과정이론, 가치이론 모두에서 드러나고 있다.

첫째, 존재이론에서 드러나는 점은 그의 유기체시론이 우주의 원리에 그 근거를 두고 있다는 점이다. 그에게 시는 우주적 생명의 본질이 사상의 정서적 감동이라는 시의 작용을 통하여 시의 표현을 갖출 때 나타나는 것이다. 그리고 시를 낳는 육신은 바로 생명의 본원상이다. 따라서 조지훈에 의하면 시작은 하나의 소우주를 창조하는 행위이다.

다시 말하면 「對象을 自己化하고 自己를 對象化하는 곳에 생기는 統一體 精神」이 詩의 本質이라고 나는 믿는다. 「人間意識과 宇宙意識의 完全一致 의 體驗」이 詩의 究竟이라고 믿어진다는 말이다. 이런 뜻에서 宇宙의 生命 的 眞實을 受精함으로써 詩를 生誕시키는 것은 詩人의 普遍한 志向이라 할 것이다.29)

이와 같이 시는 우주생명이라는 객관적인 측면을 시인이 받아 산출한

---

28) Ibid., p. 17. 유기체론은 과정이론, 존재이론, 가치이론, 역사이론 등의 이론영역을 갖는다. 이들은 구체적으로 생명현상의 유기적 과정(과정이론)과 그 공시적 체계(존재이론), 부분과 전체의 관계와 관련된 가치의 질서(가치이론), 그리고 과정의 통시적 변화(역사이론) 등에 대한 이론이 된다.
29) 조지훈, 『조지훈전집』 3, 일지사, 1973.

것이다. 시는 자연으로부터 생명, 즉 도를 받아와서 하나의 작은 생명체를 이룬 것이다. 이 과정에서 시인은 시를 통해 대자연의 생명을 현현시킨다. 그런데 여기서는 서구와 같이 우주를 모방하는 것이 아니다. 道는 자연 가운데 모두 내재해 있다. 도는 개개인의 마음 속에 분명한 개념이나 심상과 같이 존재하는 것이 아니라 오히려 그것은 개개인의 마음을 흡수하는 것이다.[30]

둘째, 과정이론에서 드러나는 점은 동양적 유기체론의 시창작론을 보이고 있다는 점이다. 지훈에게서 시의 창조는 '의식과 무의식의 조화운동'이기 때문에 그 창조활동의 근저에는 언제나 무의식의 신비와 함께 의식적 노력이 요구된다.

> 이러한 靈感을 나는 「假感」이라고 불러둔다. 다시 말하면, 주관의 究極에 받아 들이는 객관의 靈感이요, 객관의 究極에 찾아내는 주관의 주의력이라는 것이다. 여기에 靈感派가 도리어 객관파가 되고 주의력이 주관파가 되는 倒錯의 계기가 있는 것이다.[31]

지훈의 시창작에 대한 이해는 서구 낭만주의자들의 그것과 상당한 차이가 있다. 지훈이 말하는 영감은 그 자체로 시인 자신의 주관적인 것에 그치지 않는다. 시인은 의식적으로 자연을 모방할 수도 없고 순전히 무의식적으로 도를 반영할 수도 없다. 다만 주체적인 것과 객체적인 것 사이에 어떤 구분도 없어진 상태에서 그가 얻는 의식이 사물과 융화된 상태에서 저절로 도의 현시를 느낄 수 있다.[32] 따라서 여기서는 자연을 관조하려는 의식적인 노력으로부터 도를 직관적으로 확인할 때까지의 변화과정이 필요하다.

셋째, 가치이론에서 드러나는 점은 동양의 미를 우위에 두는 사유속에서

---

30) 劉若愚/ 이장우 역, 『중국의 문학이론』, 동화출판공사, 1984, p. 99 참조.
31) 조지훈, op.cit., p. 40.
32) 劉若愚, op.cit., p. 101 참조.

미적 범주를 체계화하고 있다는 점이다. 조지훈은 시의 기본성격을 밝히는 작업의 하나로 미적 범주 체계를 정립하고 있다. 그는 우선 기본적인 미적 범주로 우아미와 비장미와 관조미를 든다. 그런데 그가 가장 우위에 두는 것은 우아미이다. 그에 의하면 우아미는 '조화의 미', '일치의 미'이다. 우아미의 특성은 동양적 정신미, 정서적 미, 고전적 미, 자연미 등이다. 우아미가 최고의 가치를 가지는 것은 그것이 주체와 객체의 완전한 조화와 융합을 달성한 미, 곧 동양미의 특성을 지니고 있기 때문이다.

> 이 優雅美는 東洋的 精神美의 최고 경지라고 하겠다. 가령 釋迦나 老子의 究極이 미소하는 法悅의 세계라면 이것이 곧 優雅美의 경지라고 하겠다. 이에 반하여 크리스트나 마호메트는 미소보다는 극복, 전취의 세계였던만큼 여기에서 西洋的 精神美의 최고 경지는 고뇌하는 「悲壯美」가 되는 것이다.[33]

이와 같이 그는 우아미를 동양적 정신미의 최고 경지임을 구체적으로 밝히고 있다. 그리고 '우아미학의 권위'로 공자를 들기도 한다.[34] 지훈이 우아미를 우위에 두고 미의 범주를 체계화한 것은 그의 이론이 동양적 유기체론에 의거하고 있다는 것을 잘 보여주는 대목이다.

2) 조지훈의 유기체시론과 낭만적 유기체시론의 차이

낭만적 유기체시론과 동양적 유기체시론은 그것이 의거하고 있는 세계관의 차이에 따라 많은 점에서 차이가 있다. 그런데 이러한 차이를 현상적으로 기술하는 것은 낭만주의에 대한 명확한 정의가 불가능한 것처럼 불가능하다. 따라서 다양한 차이를 노정시키게 되는 근본적인 차이가 무엇이가 하는

---

33) 조지훈, op.cit., p. 48.
34) Ibid, p. 48.

데 대한 이해가 필요하다. 낭만적 유기체론과 동양적 유기체론의 근본적인 차이, 그것은 자아관의 차이에서 찾아볼 수 있다.

낭만주의자들의 유기체론에서 자연은 살아 있고 진화하는 과정으로 이해된다. 그것은 생기론적 유기체론이라 할 수 있다. 시인은 외부 사물에서 감각적 인상을 받아들이지만 그것을 기계적으로 결합하는 것이 아니라 고조된 감정의 상태에서, 상상력의 힘으로 이들을 하나의 새로운 생명체로 만들어낸다. 그런데 낭만주의의 생기론적 유기체론은 생명의 본질을 초월적인 것으로 보는 특징을 가지고 있다.[35] 사실 낭만주의는 서구에 있어 물질과 정신, 자아와 자연 등을 분리하는 이원론적 사유방식을 극복하려는 시도에서 형성되었다. 낭만주의는 이원론에서 비롯되는 상실의 감정을 창조적 상상의 행위를 통해 회복하고자 한 것이다.[36] 그것은 구체적 현실은 사유주체의 창조물이고 이 창조물은 주체로부터 분리될 수 없다고 하는 주관화의 방향을 취한 것이다. 이에 따라 낭만주의 시관에서 가장 중시되는 것은 시인의 개성이며 천재이다. 천재는 그 천재성에 의해 영감을 부여받으며 상상력의 활동속에서 시를 탄생시킨다.

한편 동양적 유기체론에서 자연은 끊임없이 창조하는 전진의 과정이며, 인간은 이 과정 중에 참여하여 화육하는 동등의 창조자로 인식된다. 이러한 사유에 의해 자연과 인간은 둘이면서 하나가 되어, 생명 전체는 서로 융화하고 교섭하는 것으로 받아들여진다.[37] 여기에는 애초부터 물질과 정신, 자아와 자연의 분리가 존재하지 않는다. 생명은 초월적인 현상으로 인식되지 않는다. 따라서 동양적 유기체론에서는 보다 적극적으로 생기론에 반대한다. 그것은 생기론이 기초적 실재(substantial entity)라는 신비적 유심론적 존재를 유기체 내부에 가정함으로써 물리학적으로 설명되지 않는 독특한

---

35) W. J. 베이트/ 정철인역, 『서양문예비평사서설』, 형설출판사, 1964, pp. 111-2 참조.
36) C. Norris, Paul de Man, (New York & London : Routledge Press, 1988), p. 31.
37) 方東美/ 정인재 역, 『중국인의 인생철학』, 탐구당, 1983, pp. 26-7.

생명현상을 해결하려는 데 반해, 유기체론은 생기라는 신비적 용어를 쓰지 않으면서 생기론적 전통을 달성하려는 시도이기 때문이다.[38]

　이제 동양적 유기체론을 전개하고 있는 조지훈의 시론이 낭만주의 시론과 다른 몇 가지 점을 살피기로 한다. 첫째 시인을 보는 관점에서의 차이이다. 낭만적 유기체론의 특색은 시인을 천재와 동일시하는 데 있다. 그리고 천재는 자신의 개성, 독창성을 지니고 있다. 여기서 천재란 아무런 특정한 규칙도 부여될 수 없는 것을 산출하는 하나의 재능이다. 천재의 재능은 어떤 규칙에 따라서 습득될 수 있는 것에 대한 숙련의 기술이 아니다. 독창성이 천재의 제일의 특성이 아니면 안된다.[39] 조지훈 역시 시가 나올 수 있는 태반으로 '저 자신의 사상'을 제시하고 있다. 그러나 그가 말하는 개성은 어디까지나 보편성에 기반을 둔 개성이다.

　　대자연의 일부인 사람은 그 자신 자연의 實現物로서만 존재하는 것이
　아니라 創造的 自然을 저 안에 간직함으로써 다시 자연을 만들 수 있는
　기능을 가지는 것이다.[40]

　이와 같이 조지훈은 천재의 개성을 강조하지 않는다. 그에 따르면 시인은 신 대신에 자리한 창조적 주관이 아니다. 또한 무한히 확대되어 그 스스로 우주가 될 수 있고 세계 그 자체까지도 변혁시킬 수 있는 주관이 아니다. 조지훈은 시인은 대자연의 일부이며 시인의 사상은 곧 우주 생명의 직관이라는 객관적인 것과 통한다고 한다. 심지어 그는 개성의 무한함을 부정하기도 한다.

---

38) P. Edward ed., The Encyclopedia of Philosophy (N.Y: Macmillan & Free Press, 1978), V. pp. 549-551.
39) I. 칸트/ 이석윤 역, 『판단력 비판』, 박영사, 1992, p. 187.
40) 조지훈, op.cit., p. 12.

소학생의 단조로운 齊唱보다 성숙한 남녀의 混聲合唱을 더 높이 평가한
다면 그것은 곧 '個性的 思想의 調和있는 合奏가 詩의 세계의 바른 상태'라
는 것을 승인하는 것이 된다. 그러나, 造和 있는 合奏는 '個性의 無限大한
特殊化의 자유가 아니라 전체를 위한 자유의 個性的 犧牲'이 아니면 안되
는 것이다.41)

이와 같이 지훈은 개성의 무한한 자유 대신 오히려 "전체를 위한 자유의
개성적 회생"을 내세우기도 한다.

둘째, 창작과정을 설명하는 데서 드러나는 차이이다. 낭만주의 시론에서
는 시인이 시를 창작하는 것을 근본적으로 '영감'에 의한 것이라고 본다.
시를 쓰게 하는 것은 인위적인 노력에 의한 것이 아니라 사물을 대하는
순간에 시인에게 부여되는 영감이다. 시인은 낭만적 주관의 창조적 상상력
이 명령하는 바에 따라 시를 산출해낸다. 따라서 시는 시인 자신도 모르는
가운데 자연발생적으로 쓰여지는 것이다.42) 그런데 조지훈은 시인이 시를
창조할 때에는 다만 영감에만 의존하는 것이 아니라 영감과 주의력이 동시
에 작용하는 것이라고 주장한다. 조지훈은 시의 창작과정을 설명하면서 '의
식적 노력'을 중요한 항목으로 부가시킨다.

나의 체험에 의하면 이러한 최초의 根幹이 되는 言語는 대개 他動的 自然
으로 生成되는데 이를 그 詩의 腦中樞라 하든지 骨膈이라든지 焦點이라
하든지 아무렇게 불러도 무방한 것이다. 이 純粹持續하는 言語를 우리는
靈感이라 부를 수 있고 靈感的 言語를 중심하여 상하전후에 潤色하고 和聲
하는 言語를 配列함으로써 비로소 그 전체의 有機的 構成 속에 한편의
시가 탄생하는 것이다.43)

이와 같이 조지훈은 체험 시론을 피력하면서 시작에는 영감과 아울러

41) Ibid. p. 17.
42) 오세영, 『문학연구방법론』, 시와 시학사, 1991, p. 219. 재인용.
43) 조지훈, op.cit., p. 32.

"상하전후에 화성하는 언어를 배열"하는 일이 수반되어야 함을 지적하고 있다. 또한 "시의 질서를 위해서 부당한 언어가 제재를 받는 것은 불가피하다"고 하여 시 창작과정에서의 기교를 강조한다.

셋째, 작품을 보는 관점에서의 차이이다. 낭만주의에서 시는 시인의 사상과 감정이 넘쳐흐른 것이다. 그렇지 않으면 시는 시인의 심상, 사상 및 감정을 변형하고 종합하는 상상력의 움직임에 의해 정의된다.[44] 이와 같이 낭만주의에서는 감정을 강조한다. 감정은 실재와 세계를 인식하는 유일한 방법이다. 감정의 자생적 방출과 내심에서 우러나는 보편적 감정의 표현은 시에서 대단히 중요한 가치로 인식되었다. 조지훈도 물론 시를 산출하는 조건으로서 감정을 강조하기도 한다. 그러나 그는 시는 제이의 자연이며 생명의 표현으로 하나의 유기체라는 사실을 강조하여 감정만을 내세우지 않는다. 시는 감정의 분출이 아니라 감정, 지성, 윤리가 모두 조화된 것이다.

> 시는 처음에는 천진한 嬰兒로서 感性의 젖을 먹고 자란다. 이 젖은 詩를 孕胎하던 瞬間에 乳腺에다 그 營養素의 준비를 요청한 것이기 때문이니 이 感性의 젖을 먹고 자라는 동안 知性을 배우고 倫理를 체득하는 것이다. 感性의 倫理는 양심의 發露요 感性의 知慧는 사랑의 發露이다. 다만 여기서 말하는 感性이란 知性과 理性을 포함하여 거느린 感性임을 알아야 할 것이다.[45]

조지훈에 의하면 시는 하나의 생명으로 지, 정, 의 그 어느 하나로 분해할 수는 없는 것이다. 생명의 표현으로서 시의 존재를 어느 한 면에만 결정지우는 것은 잘못이다. 따라서 조지훈은 시가 감성에서 출발한다고 할 때라도 그 감성은 "지성과 이성을 포함하여 거느린 감성"이라고 정의하였다. 이것이 낭만주의에서 말하는 감정과 다름은 물론이다.

---

44) M. A. Abrams, op.cit., pp. 21-2.
45) 조지훈, op.cit., p. 26.

5. 맺음말

문학에 있어 가장 원론적인 논의 대상의 하나는 내용과 형식에 대한 이해이다. 그런데 형식의 전통적인 의미는 내용을 쏟아넣는 외적인 용기라는 의미를 지니고 있었다. 그러나 이후 내용과 형식의 이러한 이분법적인 이해에서 벗어나 내용과 형식을 하나로 보기 시작하였다. 서구의 경우, 코울리지의 유기체론은 내용과 형식을 융합시키려는 첫 시도라고 할 수 있다. 유기체론은 작품의 최종적인 형상은 작품 자체가 스스로 성장의 목표로 취하는 모습이지 외부에서 강제로 주어진 형식이 아니라는 것을 가정한다. 따라서 여기서 형식은 내부에서 나온, 자연스러운 것이 된다.

이후 유기체론은 영미비평에서, 구조주의에서 그 모습을 달리 하며 지속되어 있다. 구조주의의 대두와 함께 야콥슨, 토도로프, 바르트 등의 논의를 거치면서 유기체라는 개념은 구조적이라는 말로 사용된다. 영미비평의 경우에도 유기체론은 엘리어트와 브룩스 등의 논의를 통해 구조, 형식이라는 용어로 발전되어 왔다. 그것은 시가 살아 있는 생명체가 아닌 데서 비롯된다. 즉 작품이란 독자의 창조적 지각력에 의하여 수정되는 형식이며 그 자체가 생명을 가지고 있지는 않기 때문이다. 그럼에도 불구하고 유기체론은 오늘날의 많은 비평 이론에 영향을 미친다. 그리고 실제 창작에 광범위하게 응용된다.

특히 우리나라의 문학의 경우 유기체론은 박용철, 정지용, 조지훈 등의 시론에서 나타난다. 그런데 이 가운데 조지훈의 시론은 코울리지의 유기체론으로 설명될 수 없는 부분이 많다. 본고에서는 서구의 낭만적 유기체론과 차이를 드러내는 동양적 유기체론을 설명하고 조지훈의 시론이 동양적 유기체론에 의거해 있다는 점을 밝히고자 하였다.

우선 동양적 유기체론에 대해 설명하면서 유기체론에는 다양한 갈래가 있다는 것을 강조하였다. 그리고 한국근대 문학과 관련하여 의미 있는 것은 동양 사상과 낭만주의에서 비롯한 두 가지 유기체론이라는 것을 들었다. 즉 한국 근대문학에 나타나는 유기체시론은 동양적 유기체시론과 낭만적 유기체시론이라는 두 가지 형태로 구분하여야 한다는 것이다.

조지훈은 1940년을 전후한 시기에 유기체적 세계관을 형성하기 시작하였다. 그것은 구체적으로 동양의 유기체적 자연관과 시를 '하나'로 보는 유기체적 시관에서 드러났다. 그런데 이 시기 그의 글에서 유기체적 세계관이 나타나는 것은 서구적 근대성에 대한 비판에서 비롯하였다. 유기체적 세계관을 형성한 조지훈은 이후 「시의 원리」에서 독자적인 유기체 시론의 완성형태를 보여주었다. 그는 유기체 시론의 존재이론, 과정이론, 가치이론을 각각 구체화하면서 동양적 유기체론을 개진하였다. 우주의 원리에 시의 특성을 두는 것, 시 창작과정에서 시인의 영감 외에 주의력을 강조하는 것, 동양적 우아미를 미적 가치의 우위에 두는 것 등으로 그는 동양적 유기체론을 구체화하였다. 따라서 조지훈의 유기체론은 낭만적 유기체론과는 많은 점에서 차이가 있었다. 그것은 근본적으로 자아를 보는 관점의 차이에서 비롯한다. 이에 따라 조지훈의 시론에서는 시인, 창작과정, 작품 등을 보는 관점에서 낭만주의와 많은 차이를 드러내었다. 즉 시인은 더 이상 천재가 아니며, 창작과정에서도 기교가 상당히 강조되며, 작품은 지성, 감정, 의지의 전체적인 조화로 제시되었다.

본고에서는 조지훈의 시론에 국한하여 논의를 전개하여 다른 유기체 시론과의 차별성을 충분히 검토하지 못했다. 그러나 낭만적 유기체론과 동양적 유기체론을 구분하여 논의하여야 하는 이유는 충분히 제시되었을 것으로 생각한다. 앞으로 한국근대문학에 나타난 다양한 유기체시론을 낭만적 유기체론과 동양적 유기체론이라는 두 가지 영역 속에 묶는 포괄적인 연구가 계속되어야 하겠다.

조지훈 초기 자연서정시에 나타난
세계와 자아의 대응 양상

김종태

1. 서론

조지훈은 1939년 4월『문장』지 제1권 3호에「고풍의상」으로 첫 추천을 받았고 같은 해 12월 같은 잡지 제1권 11호에「승무」로 2회 추천을 받았으며 1940년 2월「봉황수」,「향문」으로 추천 완료되어 문단에 등장하였다. 등단 무렵 그의 시 세계는 "趙君의 懷古的 에스프리는 애초에 名所古蹟에서 捏造한 것이 아닙니다. 차라리 固有한 푸른 하늘 바탕이나, 高邁한 磁器 살결에 無時로 去來하는 一抹雲霞와 같이 自然과 人工의 極致일까 합니다."[1]라는 정지용의 추천 소감에서 짐작할 수 있듯 전통적이고 고유한 우리 것에서 작품의 소재를 발굴하여 일제 말기 기울어져 가던 민족 정신을 예술적으로 복원하여 민족 해방의 초석을 다지기도 하였다.

조지훈은 일제 강점이라는 비극적인 역사 현실 속에서 시를 썼다. 일본 제국주의자들은 근대성을 함양시킨다는 명분 아래 우리 민족의 정체성을 말살하는 과정에서 우리의 고전 문학과 언어를 폄훼(貶毁)하였다. 이런 왜

---

[1]『문장』제2권 제2호, 1940. 2, p. 171.

곡된 현실을 극복하고자 조지훈은 민족 정체성을 복원하고 확립하기 위하여 창작과 연구에서 공히 전통을 지향하였다.[2] 그는 일제의 계몽주의에 동조하지도 않았으며 당대의 절망을 비현실적으로 무화하는 낭만주의자가 되지도 않았다. 그는 동양 전통 사상에 입각하여 문학론을 펼치고 시와 수필을 창작하고 민족운동사를 기술하였으며 채근담 같은 고전을 번역하였다. 조지훈은 지식인 예술가로서 당대의 억압 구조에 결연히 맞섰던 것이다.

박두진은 조지훈의 작품 세계를 초기의 고전, 중기의 자연, 후기의 자아로 나누었다. 박두진은 첫째, 고전에 대한 민족문화적인 애착과 회고에서 그의 민족의식을, 둘째 자연에 대한 허탈한 관조와 방랑에서 그의 인생을, 셋째, 자아에 대한 내적 응시(凝視)와 철학적 탐색에서 그의 우주 감각을 도출해 낸다. 해당 계열의 분류를 '초기의 고전민속 = 고풍의상, 승무, 봉황수(1939)', '중기의 자연 = 산방, 파초우, 낙화(1941-1943)', '후기의 자아 = 화체개현, 묘망, 절정(1949)'과 같이 하고 있다.[3] [4] 조지훈의 자연서정시를

---

2) 김종태, 「조지훈 '한국현대시문학사'의 의의와 한계」, 『인문논총』 제 17집, 호서대학교 인문과학연구소, 1998, pp. 103-110.
3) 박두진, 「조지훈의 시세계」, 『조지훈 연구』, 고려대학교 출판부, 1978, p. 4.
    이밖에 조지훈 시의 변모 과정을 시기별로 살핀 연구물로서 서익환의 「조지훈시 연구」(한양대학교 대학원 박사학위 논문, 1989), 박경혜의 「조지훈 문학 연구」(연세대학교 대학원 박사학위 논문, 1992), 최병준의 「조지훈시 연구」(국민대학교 대학원 박사학위 논문, 1993)가 설득력 있는 성과를 보이고 있다. 한편 오탁번의 「지훈시의 의미와 이해」(『한국현대시사의 대위적 구조』, 고려대학교 민족문화연구소, 1988)는 조지훈 시의 율조·비유·상징을 정치하게 분석하고 있으며 김지연의 「조지훈시 연구」(숙명여자대학교 대학원 박사학위 논문, 1994)는 조지훈 시 전반을 관통하는 순수 의식을, 김문주의 「조지훈 시에 나타난 생명의식 연구」(고려대학교 대학원 석사학위 논문, 1997)는 조지훈 시 전반에 나타나는 동양적 생명의식을 논리적으로 추출하고 있다.
4) 해방 전의 조지훈 시와 해방 후의 조지훈 시가 서로 다른 시의식을 형상화한다는 것에는 김지연, 서익환, 최병준, 최승호 등 대부분 논객들이 대체로 동의하고 있다. 예컨데 서익환은 위의 논문에서 '자아 갈등'과 '자아 탐구'라는 용어로 이 두 시기의 특징을 간파하고 있다. 한편 최병준은 위의 논문에서 『청록집』 무렵의 시세계를 '민족 정서와 전통에의 향수·자연친화와 선에의 몰입'이라는 용어로 설명하고 『풀잎단장』·『조지훈시선』의 세계를 '자기 확인과

해방 전의 세계와『풀잎단장』을 중심으로 한 해방 후의 세계로 나누어 고찰하는 본고는, 박두진의 이와 같은 구분을 깊이 참조하였다. 본고는『청록집』과『풀잎단장』까지를 조지훈의 초기시로 보고 여기에 실린 자연서정시를 조지훈의 초기 자연서정시라고 일컫겠다. 해방 후에 창작되어『풀잎단장』에 실린 「아침」, 「절정」, 「흙을 만지며」, 「풀밭에서」와 같은 자연서정시들이 『청록집』에 실린 자연서정시인 「낙화」와 해방 전에 창작되어『풀잎단장』에 실린 자연서정시 「창」, 「고목」, 「도라지꽃」 등과 어떻게 다른 자아와 세계의 대응 방식을 보이느냐에 연구 초점을 두겠다. 즉 해방 전의 자연서정시와 해방 후의 자연서정시를 주요 작품을 중심으로 비교 검토하여 이 두 세계의 특질을 밝혀 조지훈의 초기 자연서정시의 미학적 전략과 주제 의식을 밝히는 것이 본고의 목적이다.

　동양인들은 자연을 인간과 우주의 근본으로 생각했다. 그렇기 때문에 동양의 자연은 살아 움직이는 유기체로서 인간 성정(性情)의 상징물로 자리 잡았다. 자연이 삶의 진리를 반영하는 거울이 될 수 있는 것도 이 때문이다. 자연을 소재로 하여 시를 창작할 때 시인은 자연 자체에 대한 묘사적 대응을 뛰어넘어 인간과 자연이 어우러지는 모습까지를 파악할 수 있어야 한다. 이때 시인은 자연으로부터 깊은 정서적 감응을 부여받기 마련이다. 필자는 자연과 인간의 정서적 대응이 나타나는 시를 자연서정시라고 부르겠다. 여기서 '서정시'라 함은 '시'와 동일한 개념으로 사용함을 밝혀 둔다. 서정시라는 개념이 정착된 데에는 많은 논쟁이 있었음에도 불구하고, '서정, 서사, 극이라는 가장 지속적인 분류법에 의거해 볼 때 오늘날 서정 양식의 총화로서 존재하는 것은 오직 시뿐'[5]이기 때문이다.

생명 탐구 · 자의식의 지평 확대'라는 용어로 설명하고 있다. 본고는 이들의 논문에서 논의의 방향성을 얻었다.
5) 한영옥, 「서정시, 다시 생각하기」, 최승호 편, 『서정시의 본질과 근대성 비판』, 다운샘, 1999, p. 27.

2. 쇠락(衰落)하는 자연과 자아의 정적화(靜寂化)

조지훈의 초기 자연서정시에는 쇠락하는 자연 풍경을 서경적 방법으로 묘사하거나 나아가 그 풍경에 자아의 슬픈 내면을 투사하는 시들이 많다. 이러한 시들은 대부분 시인이 세속잡사를 떠나 자연에 묻혀 은거하던 해방 전에 쓰여진다. 은거란 사회적 활동을 기피하여 숨어사는 것으로 둔거(遁居) 또는 은서(隱棲)라고도 한다. 논어 미자편(微子篇)을 보면 은거방언(隱居放言)이란 말이 나오는데 이는 은거하며 살면서 마음속에 품고 있는 생각을 털어놓는 것을 이른다. 속세의 일을 멀리하며 살아갈 때 인간은 이 세상에 대하여 새로운 존재 방식을 체득하여 이 세계를 거침없이 형상화하기도 하는 것이다.

조지훈은 두 번의 은거를 하였다. 이 두 경우 모두 불합리한 세계 질서에 대한 자아의 대응이었다. 이것은 한편으로 소극적 도피라는 의미를 지니면서 동시에 그 나름대로의 저항 방식이라 할 수 있다. 그의 은거 공간은 여느 은거자와 마찬가지로 옛 동네이거나 옛 농가이며 고향이며 산 속 사찰이다. 그곳은 바깥 세계의 무질서가 쉽게 침해할 수 없는 안전한 곳으로 그곳에서 시인은 존재의 자유를 구현한다.

그의 자유 찾기는 자연의 모습을 관찰하고 그것을 시라는 창조물로 만드는 것으로 나아간다. 그러나 세상을 등지고 온 은거자의 눈에 자연이 활력 넘치는 생산적 주체로서만 보여질 리는 만무하다. 특히 유가적 세계관을 신봉하던 조지훈에게는 독선(獨善)과 독락(獨樂)을 위한 은일의 시간 역시 항상 겸선(兼善)과 동락(同樂)으로 나아가는 과정의 일부일 수밖에 없었다. 그러므로 그는 경물의 아름다움만을 찬양할 수는 없었을 것이며 자연을 시화함에 있어 어떤 이념성을 추구하여야 했는데, 그것이 조락하는 자연 현상과 자아의 비애 및 정적을 일치시키는 작업이었을 것이다. 여기에는 동양적 정경론(情景論)의 이치가 배어 있다.[6]

전술했듯이 그는 두 번의 은거를 하였다. 첫 번째의 은거는 1942년 4월부터 같은 해 12월까지 월정사 불교강원으로 근무하던 시기였고 두 번째의 은거는 1943년 9월부터 8. 15 해방까지로 고향 마을에서 지내던 시기이다. 최승호는 조지훈의 말을 참고하여[7] 첫 번째 은거 기간 동안 쓴 은거시는 주로 소품의 서경시로 선미와 관조에 뜻을 두어 '슬프지 않은' 자연시이며 두 번째 은거시는 영남 사림파의 후예들인 한양 조씨의 집성촌인 주실에서 생산된 것답게 유가적인 한만(閑漫)한 정서를 담고 있다고 하였다. 조지훈은 첫 번째 은거 무렵 지은 「마을」(1942), 「달밤」(1942), 「고사」(1941), 「산방」(1941) 등의 시를 두고 '슬프지 않은' '자연시'라 하였다.[8] 하지만 두 번째 은거 때에 쓴 자연서정시에는 '슬픔'의 정서가 깊이 배어 있었다.

월정사에서 외전 강사 생활을 하면서 조지훈은 탐미적 서구 지향과 민족 문화적 소재 지향에서 벗어나 동양적 자연의 세계에 깊이 몰입한다. 그는 이 무렵 자신의 시 세계의 변화를 '이 절간 생활은 나의 시를 또 한번 변하게 하였다. 그것은 변이된 생활의 쾌적미와 당시 내가 심취했던 詩仙一如의 경지 때문이었다. 일체의 정서와 주관을 배제하고 자연을 있는 그대로 직관하고 관조하는 敍景의 小曲調를 찾았다.'[9]라고 술회한다. 일본 제국주의의 포악함이 극에 달하던 이 시기는 조지훈에게 고통스러운 기다림의 시간이었다. 이 시기에 그가 자연의 품속으로 들어가 산 것은 언뜻 보면 소극적인 도피이기도 하겠지만 자연의 세계에서 우주의 생성론적 이법을 발견하여 새로운 시대의 도래에 대한 깨달음을 얻으려고 했다는 점에서는 또 하나의 저항 방식이라고 할 수 있다. 이는 유가적 지식인이 택한 불가피한 처세술이었다.

---

6) 겸선·동락·독선·독락·정경론 등에 관한 논의는 최승호의『한국 현대시와 동양적 생명사상』(다운샘, 1995, pp. 64-91, pp. 224-237)을 참조하였다.
7) 최승호, 위의 저서, p. 191.
8) 조지훈,『조지훈 전집』3권, 나남출판사, 1996, p. 203.
9) 조지훈, 「나의 시의 편력」,『청록집 이후』, 현암사, 1968, p. 355.

동양인들은 정경합일(情景合一)과 천인합일(天人合一)이라는 목표를 두고 시를 쓰고 그림을 그렸다. 산수의 세계로 들어가 자연과 자아의 일체화를 추구하기는 것이 군자의 즐거움이라 여기면서 자연의 풍광 속에서 세속의 찌든 때를 씻어버리려 노력했던 동양인의 삶은 이러한 예술 정신과 맞물린다. 그들은 자연 속에서 얻은 자유와 해방감으로 자연과 자아의 융합을 예술로 승화시켰다. 한편 동양미학은 이러한 유(遊)와 소요(逍遙)의 정신 이외도 예술가의 인격성과 도덕성을 중시하였다. 특히 유가 미학은 인간 정신의 순수한 도덕성이 창작의 바탕이 되도록 요구한다. 조지훈의 초기 자연서정시는 소요 정신과 도덕성이라는 두 가지 동양 미학의 지향점을 충실히 반영하고 있다. 그러므로 "지훈의 시에 보이는 자연관조의 태도는 그의 성장 배경 가운데 중요한 단면을 이룬 유가적 전통 의식과 관련지어 설명될 수 있다."[10)는 지적이 가능해진다.

　　자연은 늘 생성과 조락을 반복하는 것이며 또한 그 순환의 원리는 인간 역사의 원리이기도 할 것이다. 해방 전 특히 은거 시기에 조지훈이 작품으로 형상화한 자연의 모습 중 가장 두드러진 것은 조락과 죽음의 자연으로 특징지을 수 있겠다. 그는 자연을 관조하면서 자아의 자유와 해방을 생각하면서도 마음 한 구석에는 늘 외부 현실에 대한 유가적 지식인으로서의 걱정을 두고 있었다. 그가 아름다운 자연 질서 앞에서 정적과 비애에 빠진 자아를 숨기지 못한 것은 이 때문이며 그가 조락과 죽음의 자연을 많이 노래했던 것도 이 때문이다.

　　　　외로이 스러지는 生命의
　　　　모든 그림자와

　　　　등을 마주대고 돌아 앉아

10) 이숭원, 『근대시의 내면구조』, 새문사, 1988, p. 109.

말 없이 우는 곳

至大한 空間을 막고
다시 無限에 통하나니

내 여기 기대어
깊은 밤 빛나는 별이나

이른 아침
떨리는 꽃잎과 얘기하리라.

-「窓」(1942) 부분

「창」은 별로 알려져 있지 않은 작품이지만 조지훈이 해방 전에 창작한
자연서정시의 특징을 잘 보여 준다. 조지훈은 해방 전에 주로 '외로이 스러
지는 生命의/ 모든 그림자'와 같은 소멸과 조락의 형상에 관심을 가졌다.
가녀린 생명의 형상성 앞에서 시인 또한 말없이 울고 있을 수밖에 없었다.
이 시의 제목이자 소재인 '창'은 화자와 자연물을 정서적으로 연결시켜 주
는 매개체 역할을 한다. 화자는 창을 통하여 모든 생명 있는 존재의 조락을
경험하게 된다. 그러나 이 창은 화자와 자연물 사이에 가로 놓여 있기 때문
에 화자가 그 자연물로 다가서는 데 방해가 되기도 한다. 화자가 창 안쪽
공간에 돌아앉아서 울고 있는 것은 조락하는 자연에 대한 연민의 정서에서
출발한 것이겠지만 그 슬픔이 가중되는 것은 가로놓인 창을 뛰어넘을 수
없는 존재의 한계 상황을 자각하였기 때문이다. 이 때 화자는 위축되고 정적
화한다. 그런데 공간의 폐쇄성으로 인하여 화자는 오히려 '무한' 공간으로
시상을 전개할 수 있게 된다. 역설적인 세계 인식이 가능해진 것이다. 그곳
에서 화자는 '깊은 밤 빛나는 별'과 '이른 아침 떨리는 꽃잎'과 조우한다.
'깊은 밤 빛나는 별'은 밤의 거대한 어둠을 뚫고 그것의 존재성을 확보해

나갈 것이며 '이른 아침 떨리는 꽃잎'은 아침 햇살을 머금고 그 생명력을 피워나갈 테지만 이는 화자의 상상 공간에서 일어나고 있는 일이 뿐이다. 화자는 여전히 창 안쪽에 갇혀서 자연물의 조락을 경험할 수밖에 없는 상황에 처해 있다. 이 시 끝 행의 종결 어미가 강한 의지를 품고 있음에도 불구하고 이 시의 전체적 정서는 애상적일 수밖에 없는 것도 이 때문이다.

　　이미 수많은 논객들에 의해 분석된 바 있는 「낙화」는 세계와 자아의 이러한 대응 양상이 더욱 선명하게 나타나는 작품이다.

　　　　꽃이 지기로서니
　　　　바람을 탓하랴.

　　　　주려 밖에 성긴 별이
　　　　하나 둘 스러지고

　　　　귀촉도 우름 뒤에
　　　　머언 산이 닥아서다.

　　　　초ㅅ 불을 꺼야하리
　　　　꽃이 지는데

　　　　꽃지는 그림자
　　　　뜰에 어리어

　　　　하이얀 미닫이가
　　　　우런 붉어라.

　　　　묻혀서 사는 이의
　　　　고운 마음을

아는이 있을까
저허하노니

꽃이 지는 아침은
울고 싶어라.

-「洛花」(1943) 전문[11]

조지훈은 자연의 우주적 질서와 상반하는 파시즘적 세계의 폭력을 피하여 자연으로 도피하였고 이때 주로 바라본 자연의 현시적 모습은 생성보다는 조락의 형상에 가깝다. 박호영[12]의 지적처럼 이 시의 초반부는 이기철학과 연결되어 있다. 즉 '꽃이 지기로서니/ 바람을 탓하랴'라는 표현은 꽃의 떨어짐은 바람 때문이 아니며 꽃의 존재성 안에 이미 조락의 원리가 내포되어 있다는 뜻이다. 이러한 세계 인식을 통하여 처음에 시인은 존재의 조락에 연연하지 않는 객관적인 태도를 유지하려 한다. 2연 역시 1연과 마찬가지로 해석할 수 있다. '주렴 밖에 성긴 별/ 하나 둘 스러지'는 일 역시 어둠이 그 별을 침탈하기 때문이 아니다. 그 별 자체의 존재 원리 안에 이미 존재의 귀결이 내포되어 있는 것이다.

'머언 산이 닥아서다'에서 '머언 산'은 자연의 원리를 총체적으로 담고 있는 상징이라 할 수 있다. 귀촉도의 울음을 매개로 하여 멀리 있는 산이 화자 가까이로 다가오고 있는데 이는 자연의 원리 속으로 화자 자신이 서서히 빠져들고 있음을 뜻한다. '꽃지는 그림자/ 뜰에 어리어'나 '하이얀 미닫이가/ 우련 붉어라'와 같은 표현 역시 자연의 모습 변화에 화자 자신이 제유적

---

11) 조지훈은 『靑鹿集』(박두진·박목월 공저, 을유문화사, 1946), 『풀잎斷章』(창조사, 1952), 『조지훈시선』(정음사, 1956), 『역사앞에서』(신구문화사, 1959), 『餘韻』(일조각, 1964) 등 다섯 권의 시집을 간행하였다. 또 일지사(1973)와 나남출판사(1996)에서 전집이 간행된 바 있다. 본고에 인용된 시는 각 시집의 표기를 따르는 것을 원칙으로 하였으며 같은 작품이 여러 시집에 수록된 경우는 그 출처를 각주로 명기하였다.
12) 박호영, 「조지훈 문학연구」, 서울대학교 대학원 박사학위 논문, 1988, p. 84.

으로 움직이고 있음을 드러낸다. '꽃'과 '별'과 '귀촉도 울음'과 '촛불'과 '미닫이'는 서로서로 제유적으로 존재한다. 제유적 세계 인식은 세계를 하나의 유기체로 인식하며 모든 존재물들이 소유한 제각각의 생명력을 인정한다. 그러므로 뜰과 방은 화자가 위치해 있는 공간인 동시에 위의 사물들과 화자가 제유적으로 어우러진 총체적인 배경으로 기능한다. 여기에 화자는 자신의 감정과 마음을 이입시키고 있다. 화자의 마음은 그 다음 연에서 구체적으로 나타난다. 그것은 다름 아닌 '묻혀서 사는 이의/ 고운 마음'으로 요약되는데 그 마음이 곱고 순박하기 때문에 이러한 자연의 원리에 쉽게 젖어들 수 있다. 속세의 권력과 명예를 좇는 자세로는 자연에 젖어들 수 없을 뿐만 아니라 궁극에는 자연의 원리에 역행한다.[13]

묻혀서 사는 이의 고운 마음을 아는 이가 있을까 두려워하는 것은 자신의 상황을 세상 사람들이 이해해 줄 것을 바라는 마음이 아니다. 안분지족(安分知足)하는 자신의 심정이 속세의 관여로 인하여 훼손되는 것을 싫어하지 때문이다. 안분(安分)이야말로 은거하는 자의 가장 기본적인 자세라 할 수 있는데 그 마음은 생명력이 이완하는 자연의 조락을 겸허하게 받아들일 수 있는 마음이기도 하다. 마지막 연에서 시인이 울고 싶어하는 것은 양가적 의미를 지닌다. 그것은 생명력의 이완에 대한 감정적 대응인 동시에 자연의 존재 원리에 대한 깨달음을 나타낸다. 그 깨달음 속에는 숨길 수 없는 비애가 있기 때문에 화자의 심리 상태는 정적화한다. 「낙화」는 생명력이 이완하는 자연 현상을 그리고 있는 시이지만 관찰자는 그 자연 현상을 대자연의 이법으로 상정한다. 그러나 조락의 과정이 대자연의 순리이기는 하겠으나 그것을 바라보는 화자는 끝내 어찌할 수 없는 슬픔과 고독을 느끼고 만다.

맹자는 "만물이 모두 나에게 갖추어져 있다(萬物皆備於我)."고 하였다.

---

13) 조지훈의 「낙화」가 제유적 세계 질서를 보여준다는 논의는 최승호의 「제유적 세계 인식과 서정적 대응 방식」(『인문과학연구』, 성신여대 인문과학연구소, 2000, pp. 139-142)을 참조하였다.

인간과 세계는 서로 하나처럼 얽혀져 있기 때문에 인간은 자신을 대하듯 삼라만상에 응하여야 한다. 인간은 만물을 사랑으로 아껴줄 때 성품의 발현을 이룰 수 있다. 인간이 만물과 유대할 때 비로소 인과 선이 나타나서 천지간에 질서가 생기게 되며 만물 또한 자생하여 번성하게 된다. 「낙화」에는 자연에 대한 사랑과 연민이 동시에 나타난다. 낙화라는 자연 현상은 생명 순환 원리의 일부이기도 하겠으나 그것은 안타까운 생명의 소실이기도 한다. 다음의 시에서는 자연의 생명력이 더욱 위축되어 나타나므로 시인의 심리 상태는 더욱 정적화한다.

嶺넘어 가는 길에
임자 없는 무덤 하나
주막이 하나

시름은 무거운데
주머니 비었거다

하늘은 마냥 높고
古木가지에

서리 가마귀 우지짖는
저녁 노을 속

나그네는 홀로 가고
별이 새로 돋는다

嶺넘어 가는 길에
산 사람의 무덤 하나
죽은 이의 집

－「枯木」(1943) 전문

이 시는 우울한 자아의 부정적인 세계관을 형상화한다.[14] 화자는 지금 은거의 시간을 외롭게 견디고 있다. 이러한 자아의 슬픈 모습은 폭력과 광기로 물든 저 바깥 세계를 떠나서 은거한 자의 내면 풍경을 반영한 것이다. 자아의 심정이 자연물의 형상에 깊이 투영된 것이다. 고목은 죽어가고 있는 나무이거나 아니면 이미 말라죽은 나무이다. 고목에 화자의 감정이 이입된다. 조락의 끝은 죽음과 잇닿아 있다. 생명력을 완전히 상실한 고목은 잎과 꽃이 지는 조락의 과정을 이미 겪은 것이다. 화자는 어디론가 가고 있는데 그가 가고자 하는 곳이 어디인지에 대한 정보는 없다. 그는 다만 정처 없이 떠나고 있는 나그네일 뿐이다. 끊임없이 방랑하는 자에게 비친 세계의 모습은 어둡고 누추하다. 그는 임자 없는 무덤과 주막 하나를 볼 뿐이다. 아무도 찾지 않고 누구의 것인지도 모르는 무덤이 황막함과 쓸쓸함을 가중시킨다. 이러한 마음을 조금이라도 달래줄 수 있는 주막을 발견하였음에도 불구하고 그는 '주머니'가 비어서 그곳에 들어가지 못한다.

3연과 4연에서 화자의 정서는 더욱 정적화한다. 3, 4연이 제시하는 음울한 분위기에 침윤되어 있기 때문이다. 높은 하늘 아래 고목이 서 있고 죽은 가지에 의탁하여 '서리 가마귀'가 울고 있다. 무리진 까마귀 떼는 화자를 더욱 내성화시켜서 고적과 시름에 젖어들게 한다. 낮은 생명력이 왕성한 삶의 시간이며 밤은 생명력이 위축되는 죽음의 시간이므로 놀은 삶과 죽음의 경계에 머뭇거리는 시인의 내면을 대변한다. 까마귀 떼의 울음소리가 들려오는 저녁은 더욱 처연한 분위기를 연출한다. 그 속으로 나그네는 홀로 가고 있고 차츰 밤은 더 깊어간다. 밤이 깊어도 나그네는 쉴 곳이 없다. 그는 방랑의 길 위에서 '산 사람의 무덤 하나'를 발견한다. '산 사람'은 산에 사는 사람이다.[15] '산 사람'은 화자 자신처럼 자연 속에 은거하여 일생을

---

14) 김기중, 「지훈시의 이미지와 상상력 구조」, 『민족문화연구』 제 22호, 1989, pp. 174-176.
15) 서익환과 최승호는 '산 사람'을 '살아 있는 사람'으로 보고 있는 듯하다. 서익환은 『조지훈 시와 자아·자연의 심연』(국학자료원, 1998)에서 '시 「枯木」의 상징인 죽음은 나그네의 이미

보냈으며 산중턱에 자신의 무덤을 만들었다. '죽은 이의 집'은 '산 사람'이
살았을 때 살던 무덤 근처의 집이기도 하겠으며 그 무덤 자체를 뜻하기도
한다. 화자는 산 사람의 무덤을 보고 자신 역시 언젠가 맞이해야 할 죽음의
시간을 생각한다. 화자 역시 영 넘어 가는 길에 무덤을 써야 할지 모를
일이다. 요컨대 은거의 시간을 견디고 있는 시인은 자연의 조락과 죽음에
천착하면서 거기에 의탁하여 자신의 시름과 고독을 나타내고 있다.

　　자연의 조락 앞에서 내성화하던 자아는 「완화삼」, 「파초우」 같은 여행을
소재로 한 자연서정시에서는 인생 달관을 향한 초탈의 자세를 보이기도
하지만 '외로이 흘러간 한송이 구름/ 이 밤을 어디메서 쉬리라던고'(「파초
우」 부분), '차운산 바위 우에 하늘은 멀어/ 산새가 구슬피 울음 운다'(「완화
삼」 부분) 등의 구절에서 알 수 있듯 거기에도 늘 우수와 고독은 깔려 있다.
구체적이지는 않지만 고단한 삶의 무게가 개입되고 있는 것이다. 그 삶은
국권 상실로 얼룩져 있던 역사적 함의를 지닌다. 그러므로 조지훈의 초기
자연서정시에 자주 나타나는 비애는 현실의 결핍을 채워줄 무언가에 대한
기다림의 자세와 연결된다.

　　　　기다림에 야윈 얼굴
　　　　물 우에 비초이며

　　　　가녀린 매무새
　　　　홀로 돌아 앉다.

지의 緣起이다. 그래서 嶺 넘어 가는 길에서 볼 수 있는 '임자 없는 무덤 하나'는 '산 사람의
무덤'으로 그것은 '죽은 이의 집'을 상징하는 이미지들이다.'(p. 180)라고 말하고 있으며,
최승호는 위의 저서에서 '이런 고적감이 맨 마지막 연에서는 심각하게 나타나는데, 그 무덤
이 '산 사람'의 무덤이라는 것이다. 이는 조지훈이 자신의 은거 공간이 무덤과 같다고 인식한
결과로 보여진다'(p. 203)라고 설명한다. 필자는 '산 사람'을 '山에 사는 사람'이라는 뜻으로
보고자 한다.

못견디게 향기로운
바람결에도

입 다물고 웃지 않는
도라지꽃아

-「도라지꽃」(1942) 전문16)

　　도라지꽃을 '야윈 얼굴', '가녀린 매무새'라고 표현한 것은 도라지꽃의
생태 자체가 여리고 가늘기 때문이기도 하겠지만 도라지꽃이라는 객관적
상관물에 시인의 고달픈 심사를 이입시켰기 때문이기도 하다. 시인은 생명
력 넘치는 새 삶에 대한 기다림으로 애태우고 있다. 그 기다림이 끝나지
않는 이상 '못 견디게 향기로운/ 바람결'도 아무런 의미가 없는 것이다. '입
다물고 웃지 않는/ 도라지꽃'은 적막하고 결핍된 세상을 견지는 자의 태도이
다. 「도라지꽃」은 창작 연대가 1942년인 것으로 보아 조지훈이 월정사 시절
에 지은 작품으로 추정된다. 월정사의 적막한 삶 속에서 새로운 시대를 갈구
하던 시인의 마음이 투영되었다. 이처럼 조지훈의 초기 자연서정시 중에서
해방 전의 작품들 중에는 조락하거나 죽어가거나 혹은 야위어 가는 자연물
의 모습을 형상화하는 경우가 많다. 이때 그 자연물을 관조하는 자아는 비애
와 고독의 정조를 띠면서 내성화하고 정적화한다. 조지훈의 초기 자연서정
시가 이러한 성격을 띤 것은 시인 자신이 처해 있는 현실 상황과 밀접한
관련성이 있음을 알 수 있다. 이러한 검토는 조지훈이 자연을 명철보신(明哲
保身)과 천석고황(泉石膏肓)의 세계로만 인식하지 않고 그곳에 세상 질서의
왜곡으로 인한 자아의 고단한 심정을 이입시켰던 점을 알게 한다.

---

16) 「창」, 「고목」, 「도라지꽃」은 『풀잎단장』에 수록되어 있으나, 그 창작 연도나 주제 의식으로
　　인하여 본고의 2장에서 논의하고 있다.

3. 생동(生動)하는 자연과 자아의 정서적 충일(充溢)

여기서는『풀잎단장』에 실린 시들 중에서 해방 후의 작품을 언급한다. 이 시집에 실린 자연서정시 중 해방 후의 작품들은 주로 생동하는 자연의 모습을 다루고 있다는 점에서 해방 전의 세계와 구분된다. 조지훈 시에 나타난 자아의 정서적 태도는 자연이라는 객체의 운동성과 밀접하게 관련된다. 시인은 자연에 감정을 이입하여 자연의 존재성에 자신의 존재성을 일치시켜 나간다. 즉 쇠락하는 자연의 모습을 관찰한 시인은 비애와 고독과 우수의 정조를 감추지 못했던 반면 생성하는 자연물 앞에서 자아는 정서적으로 고양되어 존재론적 즐거움을 누리기도 한다. 바꾸어 말하면 자아의 정서적 방향성과 정신적 양식이 그것에 걸맞는 자연의 형상을 따라갔다고도 할 수 있다.『풀잎 단장』은 조지훈이 처음으로 간행한 개인 시집이다. 1952년 대구에 있는 '창조사'에서 발행한 이 시집은 추천 시기에 쓰여진 작품 1편과『청록집』에 수록했던 9편과 이후 49년까지 쓴 25편 등 총 35편을 수록하고 있다.『풀잎단장』을 두고 "자연이나 전통의 세계를 잠시 멀리 하고, 존재의 내면을 응시하는 자세를 갖춤으로써 자아 인식을 확보하는 방법을 시도한다."[17]라는 진술은 이 시집의 한 특징을 잘 지적하고 있는데 '자연을 잠시 멀리하였다는 지적'은 이 무렵의 자연서정시에는 적용되지 못하는 설명이다.

조지훈은『청록집』에서 전통문화의 심미적 요소에 대한 감응을 형상화하기도 하였으며 선적인 물아일체 속에서 생성과 소멸이 반복되는 자연을 서정적으로 관조하기도 하였는데 이러한 시의식이『풀잎단장』에 와서 '구도적 생명 탐구 의식'으로 바뀐다.[18] 이 시기의 작품에 나타난 자연물은

---

17) 서익환, 위의 저서, p. 184.
18) 최병준,『조지훈 시 연구 : 시와 삶의 미학』, 한국문화사, 1997, p. 71. 이하 '구도적 생명 탐구'라는 용어는 최병준의 저서에서 인용하고 있음을 밝힌다.

꿈틀거리는 생명력을 가지고 자아의 정신적 고양을 제고시킨다. 이러한 문학적 태도는 해방 전에 낙향과 은거를 거듭하던 시인이 해방 후 문화단체와 학교에서 '아주 진지하고 엄숙하고 또 열중하였던'[19] 전기적 생애의 특징과도 일맥 상통한다. 조지훈은 근본적으로 유가주의자였다. 해방 조국은 유가주의적 세계관을 확충시킬 수 있는 가능성의 공간이었다. 그는 이 무렵 전국문화단체총연합회 창립위원, 한국문학가협회 창립위원 등을 지내면서 새롭게 탄생한 조국의 문예 부흥을 위하여 활약하였다. 이러한 삶과 사상은 창작에도 영향을 주었다. 조지훈은 자연서정시를 쓰다가『역사 앞에서』,『여운』등의 시집을 중심으로 사회시 · 참여시를 쓰게 되는데『풀잎단장』에 나타난 구도적 생명 탐구 의식은『청록집』의 세계와『역사 앞에서』·『여운』의 세계를 이어주는 교량적 역할을 한다. 왜냐하면 그에게 '구도'의 '도'라 함은 유가적 인애를 깊이 함의하고 있는 것이었으며, 인애사상은 6. 25 전쟁과 이승만 독재라는 불의의 시간에 더욱 실천적인 사상으로 자리매김될 수 있었기 때문이었다. 그렇다면 이 무렵 조지훈이 역동적인 생명 현상을 시화하여 자아의 존재론적 즐거움을 형상화하는 데 치중한 것은 당연하다고 하겠다. 이 역시 자연에 대한 정서적인 반응이라 할 수 있다.[20]

　　　　실눈을 뜨고 벽에 기대인다
　　　　아무것도 생각할수가 없다

　　　　짧은 여름밤은 촛불 한자루도 못다녹인채 살아지기 때문에 섬돌 우에
　　　　문득 柘榴꽃이 터진다

---

19) 조지훈, 「나의 역정」,『조지훈 전집』3권, 나남출판사, 1996, p. 205.
20) 「아침」, 「절정」역시 필자는 자연서정시로 간주하고자 한다. 혹자는 이 두 작품을 관념적이고 철학적인 사유의 시로서 정서적 반응이 위축되어 있다고 설명하기도 한다. 필자는 이 두 작품은 모두 자아의 정서적 충일을 이루고 있다고 생각한다. 관념적이고 철학적인 경향은 후자에만 나타나는 것 같다.

꽃망울 속에 새로운 宇宙가 열리는 波動! 아 여기 太古쩍 바다의 소리없는
물보래가 꽃잎을 적신다

　방안 하나 가득 柘榴꽃이 물들어 온다 내가 柘榴꽃 속으로 들어가 앉는다
아무것도 생각할수가 없다

- 「아침」(1949) 전문[21]

　화자는 '아무것도 생각할 수가 없는' 무아지경[22]에 빠져 있다. 그는 세상
의 가장 작은 부분이나마 가장 자세히 보기 위하여 '실눈'을 뜨고 이 상황을
고요히 즐기면서 자신의 내면에서 솟아오르는 정서적 충일을 느끼고 있다.
자류꽃[23]이 터지는 순간에 다가올 새로운 깨달음을 얻기 위한 호흡 고르기
인 셈이다. 자류꽃의 개화는 새로운 우주 생성이라는 의미를 준다. 한 자루
의 촛불도 태우지 못하는 짧은 여름밤이지만 그 짧음으로 인하여 우주적
깨달음은 더욱 용이하게 전달된다. 여름밤이 순식간에 사라지기에 이른 아
침에 자류꽃이 터진다는 진술은 이 때문이다. 밤이 짧기 때문에 깨달음은
아침 일찍 찾아온다. 화자의 깨달음은 자류꽃의 개화와도 같이 순간적으로
일어난다. 3연에 이르러 화자는 그 작은 꽃망울 속에서 생성하는 우주를
본다. 작디작은 꽃망울 속에서 거대한 우주를 체득하는 화자는 생명의 향연

---

21) 『풀잎 斷章』에서 「아침」이라는 제목을 달았던 이 시는 『조지훈시선』에서는 「花體開顯」으로
　그 제목을 바꾸었다. 나남출판사에서 간행한 『조지훈 전집』에서는 다른 제목을 한 같은
　시를 각각의 시집 부분에 싣고 있다. 한편 이 시는 「절정」과 소재와 주제면에서 유사하고
　창작 연도도 같아서 거의 모든 논객들이 자신의 논문에서 이 두 시를 연이어 분석하고 있다.
22) 최승호는 이 상태를 완전한 각성 상태도 아니며 완전한 무의식 상태도 아닌 그 중간 상태라
　는 점에서 조지훈의 표현을 빌어 "半無意識的인 상태"라 하였다. 위의 저서, p. 177. 한편
　박호영은 이를 "無念無想, 沒我의 경지"(위의 논문, p. 106), 김지연은 "無念無想의 경지"(위
　의 논문, p. 106)라 하였다.
23) 김문주는 위의 논문(p. 51)에서 자류(柘榴)가 석류(石榴)로 오독되는 경향을 지적한 바 있다.
　한편 그는 자류와 석류를 전혀 다른 나무로 보고 있는데 필자의 조사에 의하면 자류와 석류는
　명칭만 다른 뿐 동일한 나무를 지칭한다. 한글학회 편 『우리말 큰사전』(어문각, 1992)과
　금성판 『국어대사전』(금성출판사, 1991) 자류 항목 참조.

을 즐긴다. 작은 꽃망울이 우주로 확대되어 나가듯 짧은 개화의 시간은 태고 속으로 파동하여 우주적 시간과 합일한다. '바다의 소리 없는 물보래'는 우주적 시공을 화자의 눈앞으로 끌어당기는 기능을 한다. 마지막 연에서 화자가 현재 위치한 방의 공간은 우주적 공간으로 치환되는 것도 이 때문이 다. 화자가 방안에 들어앉아 있는 것은 곧 우주적 지평 속에 있는 것이며 이는 다시 자류꽃망울 속에 있는 것과도 같다. 이미 자류꽃이 우주가 되었기 때문이다. 화자가 자류꽃 속에 들어가 앉는 의식적 행위는 자아와 대상의 상호 상승하는 대응이다. 목가적 즐거움을 노래한 자연서정시[24]에서도 외 향적으로 정서적 충일을 이룬 자아의 모습을 찾아볼 수 있다. 목가적인 전원 공간 역시 자연물의 생산적 동력을 지니고 있기 때문이다.[25]

> 바람이 부는 벌판을 간다 흔들리는 내가 없으면 바람은 소리조차 지니지
> 않는다 머리칼과 옷고름을 날리며 바람이 웃는다 의심할수 없는 나의 영혼
> 이 나즉히 바람이 되어 흐르는 소리
>
> 어디로 가도 새로운 풀잎이 고개를 든다 땅을 밟지 않곤 나는 바람처럼
> 갈수가 없다 조약돌을 집어 바람속에 던진다 이내 떨어진다 가고는 다시오
> 지 않는 그리운 사람을 기다리기에 나는 영영 살아지지 않는다
>
> 차라리 풀밭에 쓸어진다 던져도 하늘에 오를수 없는 조약돌처럼 사랑에는
> 뉘우침이 없다 내 지은 죄는 끝내 내가 지리라 아 그리움 하나만으로 내
> 영혼이 바람속에 간다
>
>   -「풀밭에서」(1949) 전문

---

24) 최승호는 위의 저서에서 이와 같은 시를 전원시라고 칭한다. 그는 조지훈의 전원시에는
    자아가 방관자로 있기 때문에 언뜻 보면 자아와 대상간의 교감이 없는 것 같은데, 실상은
    그 교감이 대상을 바라보는 자아의 태도 속에 녹아 있다고 지적한다.(p. 182) 자아가 방관자로
    나타난 시로는 「마을」, 「아침2」 등을 들 수 있겠고, 자아와 대상간의 교감이 직접 보이는
    시로는 「산중문답」, 「흙을 만지며」 등을 들 수 있겠다.
25) 한편 박호영은 위의 논문(p. 106)에서 꽃을 우주로 보는 관점이 가장 두드러지게 나타난
    시로 1954년에 창작된 「코스모스」를 들고 있다.

화자는 풀밭을 홀로 거닐면서 바람의 움직임 속에서 고양되어 가는 자신의 정신의 형상을 나지막하게 진술하고 있다. 그는 바람이 소리를 낼 수 있는 것은 흔들리는 내가 있기 때문이라고 말한다. 화자는 자신의 존재 의미를 바람을 통하여 확인하고 있는 것이다. 그러므로 1연에서 머리칼과 옷고름을 날리며 웃는 주체는 바람인 동시에 화자 자신이다. '의심할 수 없는 나의 영혼'이라는 표현에서 자신의 존재에 대한 신뢰가 더욱 확충된다. 2연에서는 화자 자신에 대한 신뢰가 풀밭에 있는 풀잎에 대한 가능성 부여로 확대된다. 화자는 땅을 밟고 또 땅에서 자라고 있는 풀잎을 밟음으로써 바람처럼 앞으로 나아갈 수 있는 것이다. 어디로 가든지 있는 새로운 풀잎과 바람처럼 앞으로 전진하는 화자는 서로를 상호 상승시키는 관계를 엮어간다. 결국 바람은 풀과 화자의 상호 작용을 더욱 원활하게 하는 매개체 역할을 한다.

풀잎이 하늘을 향하여 자라는 것이나 화자가 바람처럼 앞을 향해 나아가는 것은 그들 내부에 어떤 그리움이 있기 때문이다. 이 때의 그리움은 존재의 정서적 충일을 제고시키는 가능성으로 존재한다. 화자가 "나는 영영 살아지지 않는다"라며 자신의 영구불멸을 말할 수 있는 것 역시 그러한 그리움에 대한 확신이 있기 때문이다. 3연에서 화자는 풀밭에 넘어져 역동적으로 생장하고 있는 풀들과 하나되면서 뉘우침 없는 영원한 그리움과 사랑을 확신한다. 이 사랑은 싱그러운 풀잎 이미지와 제유적으로 연결되어 순결성과 청순성을 획득한다. 그러므로 화자는 '내 지은 죄는 끝내 내가 지리라'라고 단언할 수 있는 것이다. 그의 마음속에는 이 세상 무엇하고도 바꿀 수 없는 '그리움'이라는 커다란 힘이 존재하기 때문이다. 벌판에서 무수히 생동하는 풀의 생명력이 화자의 그리움에 충분히 전이되었기 때문에 화자의 어조 역시 마지막 연에서 더욱 고양되었다. 다음 시에 나타난 전원 공간은 「풀밭에서」의 공간보다 사실적이어서 자아의 움직임의 의미 역시 더욱 뚜렷하게 형상화된다.

여기 피비린 玉樓를 헐고
따사한 햇살에 익어가는
草家三間을 나는 짓자

없는것 두고는 모두다 있는곳에
어쩌면 이 많은 외로움이 그물을 치나

虛空에 박힌 화살을 뽑아
한자루 호미를 벼루어보자

풍기는 흙냄새에 귀 기울이면
뉘우침의 눈물에서 꽃이 피누나

마즈막 돌아갈 이 한줌 흙을
스며서 흐르는 산골 물소리

여기 가난한 草家를 짓고
푸른 하늘이 사철 넘치는
한그루 나무를 나는 심자

있는 것 밖에는 아무것도 없는곳에
어쩌면 이많은 사랑이 그물을 치나

- 「흙을 만지며」(1947) 전문

　이 시를 지배하는 심상은 흙이다. 대지를 구성하는 흙은 무진장의 창조력
을 지닌 생산의 원천이다. 특히 식물은 흙에 의지하지 않고서는 생명을 유지
할 수 없다. 화자는 지금 흙을 만지면서 외로움과 슬픔을 무화시켜 줄 가능
성을 생각한다. 그러므로 화자는 깨끗한 흙으로 가득 찬 터전에 초가삼간을
짓고자 한다. 지금 이곳에는 피비린내 나는 '옥루'가 있는데 '옥루'는 '초가
삼간'과 대조적 의미를 지니는 것으로서 안분지족(安分知足)하고자 하는

삶과 어긋난다. 이 공간은 '없는 것 두고는' 모두 다 있는 공간으로 진술되는데 이러한 인식이 가능한 것은 화자 자신이 안빈낙도하는 마음을 지녔기 때문이다. 안빈낙도하는 이에게 외로움이라는 것은 수행의 걸림돌이 아니다. 그는 외로움을 즐긴다. '화살'은 '옥루'와 연결되는 사물로 세계와 자아가 교감하는 데 방해가 되니 그것으로 전원 생활에 필요한 농기구를 만들고자 한다. 4연의 흙 냄새는 화자의 정신을 더욱 고양시킨다. 흙 냄새는 세속에 찌들어 살던 정신적 궁핍을 반성케 하여 그를 완전한 자연인으로 만들어 준다. 흙은 죽은 사람의 가슴에 뿌려진다. 인간은 흙 속에 묻혀 자연으로 돌아간다. 그러므로 '마지막 돌아갈 이 한줌 흙'에는 대자연의 원리가 있다. 흙을 '스며서 흐르는 산골 물소리'는 새로운 생성을 향한 동력이다. '가난한 초가'나 '한그루 나무' 모두 소박하기 이를 데 없는 것들이지만 이것들은 자연과 인간의 화해를 열어갈 '많은 사랑'이 그물 치고 있는 존재들이다.

끝으로 언급할 것은 『풀잎단장』에 실린 관념적 사유의 시이다. 철학적 통찰 속에 자연 심상이 중요한 소재로 자리잡고 있다는 점에서 이러한 시편들도 자연서정시의 맥락에 넣어야 한다. 주지했듯이 조지훈에게 해방은 새로운 문학적 공간을 개척할 수 있는 동인(動因)이었다. 해방 후 그는 자연의 무상성을 초극하기 위하여 관념적이고 철학적인 사유를 통하여 자아의 외향화를 추구하는 경향을 보이기도 한다. 은거 시기에 쓰여졌던 시들이 허무적 애상을 위주로 하여 자연의 소멸을 형상화했다면, 해방 후에 조지훈은 자연의 질서에 대한 적극적이고 총체적인 사유를 통하여 생명의 영원성과 불변성에 천착한다.

나는 어느새 천길 낭떨어지에 서있었다 이 벼랑끝에 구름속에 또 그리고 하늘가에 이름 모를 꽃 한송이는 누가 피워 두었나 흐르는 물결이 바위에 부디칠때 튀여 오르는 물방울처럼 이내 공중에서 살어져버리고 말 그런 꽃잎이 아니었다

몇만년을 울고 새운 별빛이기에 여기 한송이 꽃으로 피단말가 죄지은 사람의 가슴에 솟아오르는 샘물이 눈가에 어리었다간 그만 불붙는 심장으로 염통 속으로 스며들어 작은 그늘을 이루듯이 이 작은 꽃속에 이렇게도 크낙한 그늘이 있을줄은 몰랐다

한점 그늘에 온 宇宙가 덮인다 잠자는 宇宙가 나의 한방울 핏속에 안긴다 바람도 없는곳에 꽃잎은 바람을 이르킨다 바람을 부르는것은 날오라 손짓 하는것 아 여기 먼곳에서 지극히 가까운 곳에서 보이지 않는 꽃나무 가시에 心臟이 찔린다 무슨 野獸의體臭와도 같이 戰慄할 향기가 옮겨온다
나는 슬기로운 사람이 아니었다 그러기에 한송이 꽃에 永遠을 찾는다 나는 또 철모르는 어린애도 아니었다 永遠한 幻想을 위하여 絶頂의 꽃잎에 입맞추고 길이 잠들어버릴 自由를 抛棄한다

다시 산길을 내려온다 조약돌은 모두 太陽을 呼吸하기 위하여 匕首처럼 빛나는데 내가산길을 오를때 쉬어가던 주막에는 옛 주인이 그데로 살고있 었다 이마에 주름살이 몇개 더 늘었을뿐이었다 울타리에 복사꽃만 구름같 이 피어 있었다 청댓잎 잎새마다 새로운 피가 돌아 산새는 그저 울고만 있었다

문득 한마리 흰 나비! 나비! 나비! 나를 잡지말아다오 나의 人生은 나비 날개의 가루처럼 가루와 함께 絶命하기에- 아 눈물에 젖은 한마리 흰나비는 무엇이냐 絶頂의 꽃잎을 가슴에 물들이고 邪된 마음이 없이 죄지은 懺悔에 내가 고요히 웃고 있었다

- 「絶頂」(1949) 전문[26]

꽃이라는 자연물을 중심 소재로 하여 역동적으로 펼쳐지는 이 시 역시 자연서정시의 전형성을 획득하고 있다고 보인다. 이 시는 꽃 이미지를 중심

---

26) 「절정」은 『풀잎단장』과 『조지훈시선』에서 그 표기와 연 갈이가 조금 다르다. 『조지훈시선』 에서는 2연의 '꽃속'이 '꽃잎'으로, 3연의 '가시'가 '가지'로 수정되었으며 3연의 두 행이 각각 한 연으로 독립되어 있다. 본고는 『풀잎단장』의 것으로 텍스트를 삼는다.

으로 여러 논객들에 의해 분석된 바 있다. 예컨대 「절정」의 꽃에 대하여 오탁번은 "모든 꽃을 포괄하면서도 구체적으로는 어느 특정의 꽃이 아닌 추상적이요 일반적인 꽃"[27]이라 하였고 김지연은 "이 꽃송이는 현세적 일시적인 것이 아니라 영원 불멸의 것이며, 허무의 일회적인 것이 아닌 至純地高한 精髓를 이미지화한 상징적인 꽃"[28]이라 하였으며, 신현락은 "이 시는 꽃의 이미지와 관련한 조지훈의 선적 상상력의 비밀을 가장 잘 나타내 주고 있는 작품"[29]이라고 하였다. 꽃 이미지는 이 시를 제대로 이해하는 데 매우 중요한 실마리를 제공한다. 화자는 '천길 낭떨어지'라는 극한 상황에서 꽃 한 송이를 발견한다. 이 꽃의 이름과 이 꽃을 피워 놓은 사람에 대한 정보는 전혀 나타나 있지 않고 또 이 꽃은 '낭떠러지 끝'과 '구름속'과 '하늘가'에 동시 다발적으로 피어 있다는 점으로 미루어보아 이 꽃은 일상적인 꽃이 아니라 추상화된 꽃이라 하겠다. 그 꽃의 생명력이 '물결이 바위에 부디칠 때 튀어오르는 물방울'의 순간성과는 정반대로 영구적 가능성을 지닌다는 진술은 꽃의 추상성을 강화시킨다.

벼랑과 구름과 하늘에서 동시에 나타나는 꽃은 영구한 생명력으로 화자의 정서를 더욱 고양시키면서 스스로 신비화한다. 한 송이 꽃의 생성이 무한한 우주적 시공의 생성을 의미한다는 점에서 이 시의 꽃은 「아침」의 꽃과도 통한다. 즉 그 꽃은 '몇만년 울고 새운 별빛'의 시절을 지나서 피어난 것으로 우주적 공간만큼의 무한한 그늘을 지닌 채 화자의 정신을 매혹시키고 있다. 그늘을 품은 꽃은 더욱 만개하고 화자는 그 그늘 속으로 들어가 그곳을 존재의 해탈을 위한 유무초월(有無超越)의 입정처(入定處)로 만들어 놓는

27) 오탁번, 「지훈시의 의미와 이해」, 『한국현대시사의 대위적 구조』, 1988, p. 187.
28) 김지연, 위의 논문, p. 109. 한편 김지연은 이 논문에서 이 시를 "조지훈이 삶의 깊은 실존적 고뇌를 시적인 상상력으로 초극하는 과정을 서구적 취향과 동양적인 체취로 기묘하게 詩化해 낸 작품"(p. 108)이라는 측면에서 매우 세밀하고 설득력 있게 분석해 내고 있어서 본고의 논의에 많은 참조가 되었다.
29) 신현락, 『한국 현대시와 동양의 자연관』, 한국문화사, 1998, p. 394.

다. 그러므로 이 꽃이 지닌 그늘은 죄지은 사람의 불붙는 심장과 염통의 고통을 씻을 줄 수 있는 가능성을 지닌다. 화자는 그 꽃 앞에서 욕망으로 얼룩진 죄의 세월을 참회하며 그 꽃과 일체화를 이루려 한다. 이 때 꽃은 화자의 죄를 사할 수 있는 주체라는 점에서 신앙의 대상과도 같은 종교적인 신성성을 획득한다.

3연에서는 그늘 속에 응축된 작은 꽃의 생명력이 우주를 덮는다. 한 점 그늘이 온 우주를 덮었을 때 그 우주는 다시 화자의 핏속으로 들어와 화자를 고양시킨다. 화자의 몸에 신성한 피가 흐른다. 꽃은 '야수의 체취'를 뿜으며 화자를 전율시켜 그에게 심장을 찌르는 듯한 고통을 안겨 준다. 이 고통은 존재가 진정한 참회를 통하여 승화할 수 있는 과정으로서의 고통이다. 궁극적으로 그것은 존재의 열락을 지향한다. 화자는 '먼 곳'과 '가까운 곳'을 구분하지 못한 채 고통스러운 축제 속에서 무아지경(無我之境)에 빠져 있다. 전방위적(全方位的)으로 그의 정신은 혼미해지는데 이 역시 더욱 상기된 정신력을 확충하기 위한 과정일 따름이다. 화자는 꽃나무 가시에 심장이 찔리는 충격을 통하여 세속인으로서의 구속에서 완전히 벗어나는 황홀경을 경험한다. 화자는 '슬기로운 사람'과 '철모르는 어린애' 사이에서 자신이 갈 길을 변증법적으로 선택하고 있다. '슬기로운 사람'이란 형이상학적 진리 추구를 포기한 채 현실의 명예와 권력을 위하여 세속에 머무는 사람이다. 화자는 그런 사람이 아니었으므로 꽃의 우주적 생명성에 탐닉하여 존재의 정서적 충일을 이룰 수 있었다. 또한 화자는 '철모르는 어린애'도 아니기 때문에 낭떠러지의 꽃을 꺾기 위하여 자신의 목숨을 버리지도 않는다. 그는 환상과 죽음의 자유를 승화한 인물이다.

4연의 2행에서 화자는 희열과 깨달음을 안고 하산한다. 그는 이제 산인(山人)이 아니라 선인(仙人)이 되었다. 주막 옛 주인의 이마에 늘어난 주름살은 통과의례의 고난한 시간의 상징이어서 그것은 화자 자신의 주름살이기도 하다. 이제 존재물들의 본질은 많이 달라져 있다. 조약돌은 하늘의 태양을 호흡하기 위해서 빛나고 복사꽃은 구름같이 아름답게 피어 있어 그것을 바라보는 화자의 정서를 더욱 확충시킨다. 청댓잎의 푸른 색채와 피의 붉은 빛은 황홀한 대조를 이루어 자연의 생명력을 강화시킨다. 이렇게 변해 버린 공간은 꿈 같기도 하고 현실 같기도 하다. 혹은 꿈과 현실의 경계가 사라져 버린 공간 같기도 하다.

'나비! 나비! 나비!'의 간절한 반복은 정서적 충일을 향한 갈구이다. 육신은 나비 날개 가루처럼 보잘것없이 허무한 것이지만 정신은 육신을 초월한 나비의 영혼이나 절정의 꽃잎처럼 영원한 지향성을 지닌다. 그것들과 전적인 합일을 이루었기 때문이다. 화자는 나비의 영혼을 체득하여 절정의 꽃잎을 지향한다. 이때 비로소 사(邪)된 마음으로 인하여 생겨났던 눈물은 마른다. 참회의 웃음은 화자가 완전한 죄 사함을 얻었기 때문에 비로소 가능해졌다. 화자는 꽃잎의 우주적 생명성에 합일함으로써 자연의 무상성을 완전히 초극한다. 「절정」은 관념적이고 철학적인 색채도 강하지만 자아의 세계 대응이 자연의 형상성과 밀접히 교접하여 자연의 형상성이 자아의 심정적 발현과 상응함을 보여준다.

4. 결론

본고는 자아와 세계의 대응 양상을 중심으로 조지훈의 초기 자연서정시를 살펴보았다. 여기서 세계라 함은 우선 자연과 자연물을 뜻하며 나아가 사회와 사회 현상을 뜻한다. 필자는 조지훈의 초기 자연서정시를 『청록집』과 『풀잎단장』에 실린 시들로 한정시켰다. 물론 조지훈은 그 이후로도 다수의 자연서정시를 창작하였지만 여기에 대한 연구는 다음 기회로 미루기로 한다. 필자는 발표 연도를 고려하면서 이 두 시집을 면밀하게 살핀 결과 자연 세계에 대한 시인의 대응이 해방 전에 창작된 작품들과 해방 후에 창작된 작품들에서 많은 차이를 보이고 있다고 판단했다.

「창」, 「고목」, 「도라지꽃」 같은 작품은 그 창작 연대가 해방 전이면서 『풀잎단장』에 실려 있는데 이 작품은 창작 연대나 주제 의식으로 보아 2장에서 논의되어야 한다고 생각하여 그렇게 하였다. 그래야만 해방 전에 쓰여진 작품들의 세계와 해방 후 작품들의 세계가 대비적 방법으로 고찰될 수 있겠다. 본고는 두 세계를 각각 '제 2장. 쇠락하는 자연과 자아의 정적화(靜寂化)', '제 3장. 생동하는 자연과 자아의 정서적 충일'로 나누어 살폈다.

제 2장에서는 해방 이전에 창작된 자연서정시를 언급하였다. 여기에서 시인은 주로 조락하거나 죽음에 다가서는 자연 현상에 관심을 보인다. 이는 폭력적 세계로부터 도망쳐 와 은거의 시간을 보내던 시인의 자의식이 은연중에 나타났기 때문이다. 「창」, 「낙화」, 「고목」, 「도라지꽃」 등의 분석에서 알 수 있듯 시인은 조락하거나 죽어 가는 자연의 모습 앞에서 내성화하거나 정적화하는 자아의 모습을 보인다. 이때 화자가 비애와 우울을 보이는 것 또한 당연한 일이다. 제 3장에서는 『풀잎단장』에 실린 시들 중에서 해방 후에 창작된 시들을 언급하였다. 「아침」, 「풀밭에서」, 「흙을 만지며」, 「절정」 등의 시에서 시인은 구도적 생명 탐구와 자아의 정서적 충일을 이루고 있었다. 즉 시인은 이 무렵 생동하는 자연에 관심을 보이기 시작했고 그것에 일체화하여 존재론적으로 승화하는 자아의 모습을 구현한다. 「절정」에서는 그 자아가 우주적 생명을 얻는 경지에까지 나아가고 있다.

위의 두 가지 맥락에서 조지훈 초기 자연서정시를 연구한 결과 조지훈은 해방을 기점을 하여 자연과 세계에 대한 대응 방식을 달리하고 있음을 알수 있었다. 해방 전에는 주로 비애와 우수의 정서에 젖어서 주로 자연의 소멸과 죽음을 시화하였다면 해방 후에는 영원한 생명의 진리를 응축하고 있는 자연에 몰입하여 현실의 고단함으로 인해 우울과 고독에 빠져 있었던 자아의 새로운 정서적 충일을 시화하였다. 해방 후에는 생동하는 자연 현상 속에서 정서적 교감을 이루어 실존의 한계를 우주적으로 극복하는 힘을 얻었기 때문이다. 해방 후에 지은 조지훈의 시에 새로운 가능성의 세계에 대한 기대가 많이 나타나는 것도 이 때문이다.

근대 극복은 서구적 근대의 의미를 찾아낸다고 해서 이루어지는 것이 아니다. 우리의 현대시는 고전의 풍부한 정신성을 계승하지 못한 채 자본과 물건의 논리 속에서 예술의 진정성을 훼손시켰다. 후기산업사회의 조류는 우리 시의 상상력을 더욱 탈자연화시켜 상품 속에 투신하여 상품에 대한 비판력을 잃어버린 문학적 자아를 양산하기도 하였다. 이런 분위기와는 사뭇 달리 이미 오래 전에 한용운, 정지용, 이병기, 신석정, 조지훈, 박목월, 박두진 등이 우리 고전을 깊이 탐구하고 자연과 인간의 교감을 형상화하는 자연서정시를 창작하여 한국현대시사에 한국적 현대를 불어넣었던 전공(前 功)은 매우 의미 있다. 앞으로 더욱 깊어질 이들 자연서정시에 대한 연구가 '동양', '고전', '전통', '자연', '생명'의 논리를 새롭게 계승하여 왜곡된 근대 성을 비판해 주길 바란다.

제유적 세계인식과 무시간성의 서정적 이념

-「落花」론-

최승호

꽃이 지기로소니
바람을 탓하랴.

주렴 밖에 성긴 별이
하나 둘 스러지고

귀촉도 우름 뒤에
머언 산이 닥아서다.

촛불을 꺼야하리
꽃이 지는데

꽃지는 그림자
뜰에 어리어

하이얀 미닫이가
우런 붉어라.

묻혀서 사는 이의
고운 마음을

아는 이 있을까
저허하노니

꽃이 지는 아침은
울고 싶어라.

- 조지훈, 「낙화」 -

1

조선조 사대부들의 시는 쉬운 듯 하면서도 어렵다. 그들의 후예들인 이병기, 정지용, 조지훈 등 문장파 시인들의 자연서정시 또한 일견 평이한 듯하면서도 그 깊은 의미를 파악하고자 하는 사람들에게 상당한 어려움과 당혹스러움을 가져다주는 게 사실이다. 이들의 산수시 또는 자연서정시가 어려워 보이는 것은 어떤 현학적인 내용이 들어가 있어서가 아니다. 그렇다고 까다로운 기법 때문도 아니다.

사실 그들의 시작품이 생각보다 접근하기 어려운 것은, 역설적으로, 겉으로 보이는 평이함 때문인지도 모른다. 겉으로 보이는 평이함 너머에 뭔가 있을 듯 없을 듯, 알 듯 모를 듯 한 심오한 정신세계가 자리잡고 있는 것처럼 느껴지기 때문이다. 더군다나 대가의 작품일수록 겉으로는 더욱더 평이하고 단순해 보인다. 그냥 간단한 풍경시 내지 事物詩만으로 보이는데 그 속에 고도의 형이상학이 들어있다고 하니 독자들의 입장에서 보면 주눅들지 않을 수 없다. 다시 말해서 지극히 단순하고 소박해 보이는 산수시 앞에서 독자들은 아찔한 현기증을 느끼는 것이다. 현기증, 이것이 바로 산수시 속에 내포되어 있는 난해성의 비밀이다.

전통적으로 산수시는 동양인들의 세계관을 바탕으로 하고 있다. 이때 '산수'는 단순한 물리적인 자연물이 아니라 동양인들의 세계관이 들어있는 정신적 실체로 취급되어 왔다. 그들의 관념에 따르면, 자연 속에는 형이상학적인 理法이 들어가 있다. 따라서 자연은 그 자연의 일부인 인간과 정신적인 생명적인 교감을 하고 있는 것으로 보고 있다. 산수시가 지닌 미학의 요체는 바로 시적 자아인 인간과 대상인 산수자연과의 정신적 생명적 교감에 있다. 이러한 교감이 철학적으로는 '感應(감응)'이라 불리고, 시학적으로는 의경론, 정경론, 생명시학, 형이상학론 등으로 설명된다.

그런데 전통시학 또한 쉬운 듯 하면서도 만만찮게 어렵다. 한결같이 직관적인 용어들로 구성되어 있기 때문이다. 氣라는 용어 하나만 하더라도 이것은 결코 근대 과학적인, 논리적, 분석적 개념이 아니다. 직관이라는 것은 체험적인 것이다. 동양시학은 체험되지 않으면 도무지 이해될 수 없다. 그래서 어렵고 난해하다 할 수 있다.

조지훈의 초기 자연서정시들도 예외가 아니다. 그것들은 그저 단순한 서정 소품처럼 보인다. 일제말기 파시즘이라는, 모든 것을 얼어붙게 하는 시절에 이런 음풍농월처럼 보이는 한가한 시가 도대체 무슨 의미가 있을 것인가 하고 의문을 가지게 한다. 김일성 부대나 김구 부대처럼 총을 들고 직접 싸우는 것도 아니고, 의열단원 이육사처럼 장렬하게 죽음으로 맞서지도 못한 채 나약하게 자연으로 도피하는 것처럼 보이는 면이 있는 것도 사실이다. 그럼에도 불구하고 많은 사람들이 결코 이들 시를 무시하지 못하고 애송한다는 사실 또한 그 속에 심오하고 신비한 그 무엇이 있어 보이게 한다. 도대체 이들 시가 지닌 마력은 무엇인가.

조지훈의 초기 자연서정시는 대부분 은거생활과 관련되어 있다. 월정사 은거시기와 고향 마을에서의 은거시기로 나뉜다. 초기 은거시기에 나온 작품들로 「마을」, 「달밤」, 「古寺」, 「山房」 등을 들 수 있다. 이들 작품을 두고 조지훈 자신은 禪味(선미)와 觀照(관조)에 뜻을 둔 '슬프지 않은 자연시'라 부른다. 첫 번째 은거 시기는 1942년 4월에서 同年 12월까지이다. 조지훈은 월정사에서 外典講師로 있었는데, 그가 선미와 관조에 뜻을 둔 까닭으로는 보통 다음과 같이 두 가지를 들고 있다. 첫째는 시대적으로 어지러운 머리를 가누기 위해서, 즉 심산의 고찰을 택하여 자기침잠의 공부에 들기 위해서라는 것이고, 둘째는 불교에 심취하여 선적 자연관을 맛보기 위해서라는 것이다.

고향마을에서의 은거 시기는 1943년 9월부터 8·15해방까지이다. 조지훈은 조선어학회 사건과 관련하여 일경에 문초를 당하고 풀려났다. 당시 그는 심한 신경성 위장병을 앓았다. 그리고 북해도행 징용검사를 받고 건강이 나쁘다는 이유로 머리만 깎인 채 방면되었다. 이 당시 그는 낙향하여 집에서 살지 않고 근처에 초막을 짓고 숨어살았다. 이 두 번째 은거시기에 나온 작품들에는 강한 슬픔이 녹아들어 있다. 이것은 두 번째 은거시기가 시대적으로나 개인적으로 훨씬 더 불우했기 때문이다. 첫 번째 월정사 은거시기에는 불교적 선적 색채가 강하게 나타나고, 두 번째 고향마을에서의 은거시기에는 정통 유가적인 냄새가 짙다. 「낙화」는 바로 두 번째 은거시기에 나온 대표작이다. 以上이 「낙화」를 이해하기 위한 배경지식이라 할 수 있다.

2

유가들의 자연서정시에는 일반적으로 피는 꽃보다 지는 꽃이 더 많이 나타나는 경향이 있다. 피는 꽃이 나올 경우도 활짝 핀 만개한 꽃이라든가 무수한 꽃이 아니고, 드문드문 핀 몇 송이의 꽃이 등장할 때가 많다. 화려함은 유가들의 자연서정시에 어울리지 않는다. 소박함, 단순성, 겸손함 따위가 그들의 미학이다. 자연 속에서 자연과 더불어 흔적 없이 살아가고 싶어하는 그들의 미학은 처세의 한 방법이기도 하다. 그들은 항상 '출처'를 반복한다. 出이란 상황이 좋아서 공적 생활로 나아가 활동하는 경우이고, '處'란 상황이 나빠 자연으로 돌아와 은둔하는 생활이다. '出'이란 '同樂'과 '兼善'을 지향하고, '處'란 '獨樂'과 '獨善'을 지향한다. 그런데 그들의 출처관에서 보자면, 獨樂과 獨善은 同樂과 兼善을 전제로 하고 있다. 그들은 자신을 비롯하여 세상의 생명력이 충일하고 약동적이면 공적 생활로 나아가 '天下之樂'을 실현하려 한다. 그러다가 생명력이 위축되거나 억압받으면 修身을 위해, 즉 생명력의 고양을 위해 자연으로 돌아와 은둔한다. 은둔이란 결코 도피가 아니다. 생명력을 축적하며 다시 한번 때를 기다리는 것이다. 이 '때'의 철학이 유가들의 미학에 있어서 한 핵심이 된다.

유가들은 삼라만상에 다 때가 있다고 본다. 나아갈 때가 있고 물러갈 때가 있다고 본다. 성취할 때가 있고 실패할 때가 있다고 본다. 현인들은 이 때, 사물들의 운명을 잘 알고 대처해야 한다는 것을 강조하고 있다. 그것이 처세의 미학이다. 그런데 이 '때'의 관념은 유가적인 것이어서 순환론적인 성격을 띠고 있다. 근대 부르주아들의 직선적인 시간 관념을 초월해 있다는 점에서 이 '때'의 관념은 유가들의 미학을 이해하는 데 관건으로 작용한다.

> 꽃이 지기로소니
> 바람을 탓하랴.

이 짧은 싯구 속에 엄청난 미학이 들어 있다. 박호영 교수에 따르면, 꽃이 지는 것은 바람의 탓이 아니라 꽃 자신이 품수한 理 때문이라는 것이다. 즉 氣 때문이 아니라 그 기를 초월한 우주적 법칙인 理 때문이라는 것이다. 이것은 바로 영남 사림파들의 처세미학이다. 그것은 퇴계의 주리론적 사고에서 내려오는 것이다. 지금은 비록 만물이 얼어붙고 이우는 파시즘의 계절이지만 언젠가 봄이 돌아오리라는 것, 우주의 순환법칙처럼 정확히 회복되리라는 것을 믿고 있다. 이러한 '때'의 철학이 바로 그로 하여금 동토의 시절에도 유유자적하게 만드는 것이다.

유유자적이란 하나의 저항적인 미의식이다. 불우한 상황에 있는 사람이 인내로써 견뎌내는 방식이다. 그의 말대로, 隱逸(은일)은 일단 현실에서의 패배를 인정하고 재기를 꿈꾸는 삶의 방식이다. 슬퍼해야 할 상황에서 자적하는 삶, 그것은 성숙한 삶의 방식이다. 고향마을에서의 은거시기에 쓰여진 대부분의 자연서정시 속에는 사물들의 생명력이 위축되어 있다. 시적 자아도 대상도 생명력이 위축되어 있으면서 현상유지적으로 교감하고 있다. 한없이 위축되어질 수밖에 없는 상황에서 더 이상 위축되지 않고 현상유지적으로 교감하는 것 역시 생명력을 위축시키는 세력에 대한 저항방식이다. 좁게는 파시즘에 대한 저항이고 넓게는 그 파시즘을 초래한 근대 서구 자본주의적 삶에 대한 비판이다.

보통의 전통적인 자연서정시와 마찬가지로 「낙화」가 지닌 난해함의 한 원인은 이 시의 구조에 있다. 이 시의 구조는 '느슨한 총체성'을 형성하고 있다. 서구 낭만주의 시에서 보이는 유기적인 총체성도 아니고, 리얼리즘 시에서 보이는 유물론적 총체성도 아니다. 사물과 사물 사이의 관계는 뉴튼 물리학에서처럼 인과론적 관계를 맺고 있지 않다. 동양적인 세계인식 방법으로 보면, 사물과 사물은 서로 매우 민주적인 관계를 맺고 있다. 한 사물이 다른 사물을 지배하지도 않고, 인식 주체가 자연물인 대상을 타자화시키지도 않는다. 느슨한 총체성이란 총체성을 지향하되 강력한 주체(중심)가 없다는 것이다. 모든 사물들은 각자가 자기중심을 형성하며 음양관계로 서로 감응하고 있다. 이때 모든 사물들은 각각 부분이면서 전체를 대표한다. 사물 하나 하나가 우주적 대표성을 지닌다는 것이다. 이것은 바로 제유적인 세계 인식 방법이다. 그런데 조지훈과 같은 유가들에게 있어서 제유란 은유를 지향하고 있는 개념이다. 그들에게 있어서 사물들 사이의 유기적 관계란 우주적인 一者 개념을 전제로 하고 있다. 一者로서의 태극이 비록 느슨하지만 유기적인 총체성을 확보하고 있다.

이 작품에서 보면 꽃, 주렴 밖의 성긴 별, 귀촉도 우름, 머언 산, 촛불, 하이얀 미닫이 등 몇 개의 사물들이 나온다. 이들 사이의 관계는 결코 인과론적이지 않다. 인과적이지 않다는 것은 사물들 사이의 관계가 논리적이지 않다는 것이다. 논리적이지 않다는 것은 시간적 선조구성을 이루고 있지 않다는 것이다. 근대 서구적 세계인식에 물들어 있는 우리들로서는 이해하기 힘든 세계인식 방법이다. 근대적 세계인식, 곧 산문적 인식은 사물들 사이의 논리적 총체성을 구성하는 방법이다. 이런 논리적 총체성에 익숙해 있는 근대인들에게 직관적 세계인식 방법에 의해 구조화된 산수시는 난해할 수밖에 없다. 세계인식 방법의 차이는 미학의 차이이다. 미학이 다르면 서로 이해하기 힘들어진다. 이것이 근대인들로 하여금 전통적 자연시 앞에서 주눅들게 만드는 주된 요인이다.

이 작품에서 사물들은 병치구조를 형성하고 있다. 모든 사물들은 각자 '부분적 독자성'을 형성하면서도 또한 전체적으로 서로 긴밀하게 연속되어 있다. 유가들은 우주 전체를 거대한 氣의 덩어리로 보고 있다. 눈에 감각되는 사물과 사물 사이의 공간에도 가스상태의 氣가 충만해 있다고 본다. 여백이란 바로 눈에 보이지 않는 공간 속의 생명적 실체를 드러내는 방법이다. 여백을 사이에 두고 사물들은 靜中動의 활발한 생명운동을 하고 있는 것이다. 「낙화」의 세계는 얼핏보면 매우 정태적인 것으로 보인다. 일제 말기 자연 속에 칩거함으로써, 움직이지 않음으로써 하나의 저항적 태도를 보이는 것처럼 느껴진다. 그러나 이 작품 속의 사물들은 고요한 가운데 매우 활발한 생명운동을 벌이고 있다. 겉으로는 정지된 듯 하나 안으로는 매우 부단히 움직이고 있다. 그것이 바로 유유자적이다. 능청맞을 정도로 자신을 숨기고 바깥 세상에 대해 완강하게 저항하고 있다.

그런데 사물과 사물 사이의 병치구조, 제유적 관계, 여백은 논리적으로 과학적, 분석적으로 파악이 되지 않는다. 근대 서구적 인식 방법으로는 정말로 이해가 잘 안 가는 괴물같은 삶의 방식이다. 그것은 직관으로만 이해되고 체험될 뿐이다. 직관이란 시간이 뚫고 들어갈 수 없는 세계에 대한 인식 방법이다. 시간이 뚫고 들어갈 수 없거나 시간을 초월해 있거나, 시간 밖에 있는 세계에 대한 인식 방법이다. 논리란 이성적 사고방식이다. 사물과 사물 사이의 논리적 전개는 직선적 시간구조를 형성하는 사고방식이다. 논리 앞에 여백은 없다. 모든 직선적 논리는 여백을 죽이고 파괴한다. 그에 비해 직관은 근대적 논리가 죽인 여백을 복구시킨다. 그래서 직관은 근대적 세계 인식에 대한 저항 방식이 된다.

앞에서 살펴본 대로 이 시에는 여백을 사이에 두고 몇 개의 사물들이 병치되어 있다. 그리고 그 공간 속에 무시간성이 존재한다. 무시간으로서의 시간이 존재한다는 것, 그것은 바로 영원성의 다른 이름이다. 이 작품 속의 사물들은 무시간이라는 영원한 시간 속에서 서로 작용·반작용의 감응운동을 보이고 있다. 시적 자아 역시 그러한 사물 중 하나에 지나지 않는다. 이 영원성 속에서 사물들은 서로 음양관계를 형성하며 끊임없는 생명운동을 하고 있는 것이다. 이것이 바로 유가들의 생명사상이다. 우주 전체가 하나의 거대한 생명체로 되어 있다는 사상이다. 이처럼 끊임없는 생생불식의 생명운동을 하고 있는 '영원한 자연'에 대한 믿음이 이 작품의 사상적 기저를 이루고 있는 것이다. 이 영원성으로서의 무시간성은 근대 서구적인 시간관, 세속적이면서도 물리적으로 일직선적으로 나아가는 시간에 대한 대응 논리로 기능하게 된다. 다시 말하자면, 강박관념을 지닌 채 일직선적으로 앞으로만 나아가는 계기적 시간관, 소위 부르주아의 시간관이 봉착하게 된 근대의 파국, 곧 파시즘 체제에 대한 대응논리가 된다는 것이다. 따라서 이 작품에 나타난 反近代的 시간관이 지닌 영원성의 의미는 당대로서는 파시스트적 속도에 대항한다는 현대적 의미를 지니게 되는 것이다. 이것은 매우 근본적이고도 적극적인 대응 논리일 수도 있다.

3

앞에서 살펴본 바대로, 이 작품에 나타나는 세계인식 방법, 곧 제유적 세계관은 사물과 사물 사이의 민주적 관계를 소망한다는 의미에서 유토피아 지향적이다. 그런데 그들이 지향하는 유토피아는 다분히 현재적이다. 그들은 마음만 먹으면 언제나 그런 유토피아에 도달할 수 있다고 본다. 자아와 세계가 그렇게 소망스럽게 만나는 것은 자아의 마음 고쳐먹기에 달려있다고 본다. 그것은 전통 동양사상의 특징이기도 하다.

전통서정시학, 특히 산수시학은 인간과 자연간의 관계로 구조화되어 있다. 이 때의 '인간'이란 것이 좀 특이하다. 개인도 아니고 집단도 아니다. 개인적인 것에 가까우면서도 근대 서구적인 개인은 아니다. 우리는 개인이란 말을 스스럼없이 쓰지만 근대 이전에는 그런 관념이 제대로 형성되어 있지 않았다. 개인이나 사회가 발견된 것은 근대 이후이다. 따라서 전통 동양사상에는 인간과 자연 사이의 사회학적 매개항이 확연하게 나타나지 않는다.

인간과 자연 사이의 소망스런 만남인 유토피아가 마음만 잘 고쳐먹으면 언제나 현재화될 수 있다는 것도 바로 사회학적인 매개항이 결여되어 있기 때문이다. 이것이 전통적인 유기론적 사상의 결점이기도 하다. 따라서 그들이 꿈꾸는 유토피아는 진정한 유토피아라기보다 아카디아에 가깝다.

그에 비해 김소월류의 낭만적 자연서정시에 보이는 이상적 자연은 과거적인 것이면서도 미래적인 것이다. 분명히 현재적인 것은 아니다. 그의 시에 보이는 '잃어버린 낙원'으로서의 자연은 확실히 과거적인 것이다. 그러나 이 과거적인 것으로서의 낙원은 미래에 우리가 도달해야 할 이상적 모델로서의 과거적인 것이다. 과거 어느 시점까지는 자연이 낙원이었다는 것, 그속에서 인간은 자연과 더불어 소망스러운 관계를 맺고 있었다는 것, 그러나 근대 어느 시점부터 인간과 자연 사이에 '저만치'의 거리가 생겼다는 것,

인간의 힘으로 그 거리를 극복할 수 없다는 비극적 세계관이 그 속에 들어가 있다. 이미 인간과 자연 사이에 근대적 사회관계가 매개항으로 들어가 있어서 전근대적인 삶의 회복이 쉽지 않다는 인식이 깔려 있다. 사실 우리가 힘써 회복해야 할 낙원은 미래적인 것이지 마음만 먹으면 쉽게 언제나 이루어질 수 있는 그런 것은 아니다.

우리는 이미 낙원으로부터 너무 멀리 떠나와 있다. 조선조 때처럼 쉽게 물아일체가 가능한 시대는 이미 옛날에 지나가 버렸다. 조지훈도 이미 전통적 서정이라는 카테고리 안에 '비평성'이라는 사회역사적 비전을 담아내려고 고심한 흔적이 있다. 이는 그가 전통적인 자연서정시를 쓰면서도 근대적인 사회학적 매개항에 눈을 뜨고 있었다는 것이다. 사회학적 갈등을 감싸안으며 서정적인 대통합을 꿈꾸었다는 의미에서 그의 전통서정시학은 현대성을 단단하게 확보하고 있는 것이다.

그런 의미에서 「낙화」는 매우 '현대적인' 자연서정시이다. 전통적인 세계관에 기대고 있으면서도 단지 퇴행적이거나 반동적이지가 않다. 조지훈에게 있어서 전통적 세계인식 방법은 파편화되고 해체되어 가는 파시즘의 시절에 새로운 통합의 원리로 모색된 것이다. 그것이 소위 '느슨한 총체성'이다. 이 느슨한 총체성이 여백, 유유자적의 미학을 낳게 된다. 여백의 강조는 이성중심주의가 몰아가는 숨막힐 듯한 인과관계, 논리적 총체성에 의해 막혀버린 숨구멍을 회복하기 위한 전략이다. 근대의 위기를 극복하기 위해 동원된 전근대적 수사학적 무기이다.

한 폭의 동양화 같은 「낙화」는 새벽 여명을 시간적 배경으로 하고 있다. 주렴 밖에 성긴 별이 하나 둘 스러진다는 것에서 알 수 있다. 귀촉도 울음 뒤에 머언 산이 다가선다는 것 역시 그 시간을 나타낸다. 새벽 시간은 여백의 미감을 살리기에 가장 안성맞춤이다. 새벽 안개 속에 모습을 감춘 사물들이 화폭 속에서 마치 작은 섬처럼 떠있다. 섬처럼 떠있는 사물들은 각자 부분적 독자성을 구축하면서 안개에 의해 신비하게 그리고 대등하게(중심

축 없이) 긴밀하게 연결되어 있다. 안개와 같은 여백은 사물과 사물 사이를 이어주는 생명으로 가득 찬 공간이다. 경성과 같은 식민지 도시에서는 근대화에 의해 그런 생명의 숨구멍인 여백이 사라졌지만, 자연 은거공간에서는 맛볼 수 있다는 것, 거기서 생명력을 소생시킬 수 있다는 것을 암암리에 드러내고 있다. 그리하여 묻혀서 사는 이의 고운 마음을 <아는 이> 있을까 저허한다는 것의 의미를 알 수 있다. 이것은 은일하고 있는 자신을 방해하는 세력을 염두에 두고 하는 말이다. 단순히 일반적인 모든 사람이라기보다 자신의 '고운' 마음을 방해하고 파괴하는 파시스트적 세력으로 국한시켜야 할 것이다. 만약 일반적인 모든 사람으로 확대시키면, 그야말로 단순한 도피이지 은둔이 아니다.

조지훈이 개인적으로나 민족적으로 피폐해진 삶을 소생시킬 수 있는 것은 근원으로서의 자연 안에 충일해 있는 생명력 때문이다. 이것이 바로 「낙화」에 나타나는 여백의 의미이다. 그리고 이 여백 때문에 유유자적의 미학이 생긴다. 그러나 「낙화」에 보이는 자적은 보통 조선조 사대부들의 경우보다 훨씬 더 슬프고 고통스럽다. 자적은 슬퍼해야 할 때인데도 일부러 여유를 부리는 심미적 행위이다. 그런데 이 시에서는 그런 여유가 깨어지고 있다. 묻혀서 사는 이의 고운 마음을 방해하는 이 있을까 두려워한다 하면서도 막상 꽃이 지는 아침에는 울고 싶다고 한다. 은일하는 자는 고독을 즐길 수도 있어야 하는데 고독을 이기지 못하여 그만 울고 싶다고 한다. 어쩌면 단순히 고독감 때문만은 아니리라. 자신의 은일을 방해하는 세력을 부정해 놓고도 스스로는 비장해져서 울고 싶어하는지도 모른다.

그런데 그런 울고싶어 하는 심정을 그만 직설적으로 내뱉고 만다. 전통자연시에서는 내면의 정서를 직접 노출하는 것이 금기이다. 그럼에도 불구하고 직접 감정을 내뱉을 수밖에 없는 것은 시인이 그 순간 긴장을 이기지 못했기 때문이다. 작품의 허두에서 꽃이 지기로소니 바람을 탓하랴 하고 짐짓 여유를 부려보기도 했지만, 마지막 부분에 와서는 무너진다. 무너진다는 것은 앞에서 말했듯이 울고 싶다는 감정을 직설적으로 내뱉지 않을 수 없는 데서 확인된다.

이 무너짐이란 무엇인가. 전통적 세계인식 방법, 곧 제유적 세계관으로 근대의 파시즘적 폭력에 맞서고자 했으나 역부족임을 작품의 구조가 설명하고 있는 것이다. 「낙화」에 나오는 느슨한 총체성이라는 구조로는 당시 괴물과 같은 자본의 파괴력 앞에서 무너질 수밖에 없는 것을 실토하고 있는 것이다. 제유란 하나의 저항방식이긴 해도 어디까지나 '미약한 대안'이다. 그럼에도 불구하고 이 시에는 일반 전통적 자연시에서 볼 수 없는 비장미가 들어 있어 우리를 긴장시킨다. 근대 이후 시 창작이란 거대한 자본의 구조에 대한 미학적 투쟁이다. 그 투쟁이 얼마나 견고한가는 작품의 구조가 얼마나 완강한가에 달려있다. 작품의 구조는 사상의 구조이다. 비록 「낙화」에서 시인이 시대적 폭력 앞에 무너질 수밖에 없었지만, 그 비장함에 우리는 숙연해질 수밖에 없다. 조지훈은 이 작품을 통해 자기 사상 안에서 최선을 다했던 것이다. 이 무너짐은 전통 유기론적 사상 구조의 피할 수 없는 운명일지도 모른다. 그러나 최선을 다하고도 무너지는 자는 눈물겹도록 아름다운 것이다.

II. 연구자료

시의 생명

1. 시적 진실
– 자연미와 예술미

시란 무엇인가. 시 쓰는 사람이면 누구나 스스로 이러한 물음을 제출할 때가 있고 또 이따금 이러한 물음을 다른 사람에게서 받는 수가 많으나 이 물음에 대하여 누구에게나 만족한 대답을 베풀 수 있는 이는 영원히 이 세상에는 없으리라고 보는 것이 옳다. 시가 무엇이냐에 대하여 제각기 一家言을 세운 사람도 많지만 그것은 모두 개인이 느낀 詩觀일 따름이요, 따라서 넓은 시의 일부분의 설명에 지나지 않음을 알 수 있는 것이다. 그러나, 이러한 개개인의 시관과 그에 따르는 작품 행동으로서 시를 두고 그 밖에 따로 시라는 것이 서 있는 것도 아니다.

그러므로, '현상 곧 본질', '특수 곧 보편'이라는 명제는 시에서도 타당하다. 마치 꽃과 잎이 어울려 핀 곳에 그 꽃과 잎 서로 사이에 있는 많은 차별상을 보면서도 우리는 그 꽃과 잎을 피게 한 조건 곧 기후의 변화라는 작용을 느낄 수 있으며 동시에 그것으로써 봄이라는 계절의 본질을 체득할 수 있는 것과 같다.

그러나, "사람이라 하여 다 사람이 아니다"라는 말이 이미 사람이 사는 규범을 의식하는 데서 비롯되듯이 "시라 하여 다 시가 아니다"라는 말이 성립될 수 있음은 시도 또한 시로서 공통된 통일감이 존재함을 의미한다. 그러나, 이 공통된 시의 통일감은 설명으로 이루어질 수는 없다. 시인이 시를 쓰는 것은 즐거운 일이지만 시 짓는 법을 설명한다는 것은 괴로운 일이라는 말뜻을 이로써 이해할 수 있을 것이니 그렇기 때문에 막스 자코브는 그 <詩法>의 첫머리에 "偉人은 위대한 金言을 생활하고 小人이 이것을 쓴다"라는 말을 썼던 것이다.

그렇다. 시란 것은 진실한 생각, 진실한 느낌, 진실한 표현을 통하여 나오는 그 자신의 全人格的 체험에서만 스스로 체득할 수 있고 이와 같이 시를 체득한 시인의 생명의 結晶인 작품을 통하여서만 그의 최상의 作詩法을 듣는 수밖에 다른 길이 없는 것이다.

우리는 시인에게 詩法을 묻기 전에 제 자신의 시에 대한 공부의 치열함이 어떤가를 먼저 반성해야 될 것이다. 高麗磁器의 高邁한 살결과 淸澄한 빛깔을 구워 내는 기법을 후인에게 전하지 않고 혼자 안은 채 죽은 宗匠이 있다고 해서 다만 그의 독선을 흉보고 허물하기 전에 그 超逸한 기법을 전하기에는 언어의 설명으로 베푸는 수단이 너무나 불완전하다는 사실에 대한 그의 고충도 위로해 줄 아량을 지녀야 한다는 말이다. 그렇게 어려우면서도 대대로 계승되어 오던 靑磁의 기법이 왜 끊어지고만 것일까. 여기에는 청자를 사랑하는 마음이 줄어지고 청자를 만드는 자랑과 이익이 사라지기 시작했다는 그 시대와 사회의 공기를 알아야 할 것이다. 다시 말하면, 안 가르쳐 주어서 단절된 것이 아니라 안 배워서 없어진 것이라 볼 것이다.

사람들은 모두들 전통이란 무슨 공중에 매달린 두엉박처럼 생각한 나머지, 따오려면 쉽게 따 올 수 있고 버리려면 언제든 쉽게 버릴 수 있는 것으로 생각하는 모양이지만 참뜻의 전통은 언제나 자기 안에 숨어 있는 생명을 고심참담한 노력 속에서 창조적으로 발견하는 것이다. 그러므로, 詩生命의 祕義를 체득하려면 먼저 시를 사랑하는 데서 비롯하지 않으면 안 된다.

한 말로 말하면 시생명의 본질은 '시를 사랑하는 인생 속에 內在하여 生成하는 自然' 이라고 봐야 할 것이다.

대자연은 사물의 근본적인 원형으로서 여러 가지 의미를 실현하고 있다. 대자연의 일부인 사람은 그 자신 자연의 實現物로서만 존재하는 것이 아니라 창조적 자연을 저 안에 간직함으로써 다시 자연을 만들 수 있는 기능을 가지는 것이다. 대자연은 자연 전체의 위에 그 '本原相' Urphänomen을 실현하지만 반드시 개개의 사물에 완전히 나타나는 것은 아니기 때문에 어느 의미에서 시인은 자연이 능히 나타내지 못하는 아름다움을 시에서 창조함으로써 한갓 자연의 모방에만 멈추지 않고 '자연의 延長'으로서 자연의 뜻을 顯現하는 하나의 대자연일 수 있는 것이다. 바꿔 말하면, 시는 시인이 자연을 소재로 하여 그 연장으로써 다시 完美한 結晶을 이룬 '제2의 자연'이라고도 할 수 있다.

그러므로, 시뿐 아니라 모든 예술은 자연을 精鍊하여 그것을 다시 자연의 혈통에 환원시키는 것, 곧 漠然한 自然에 특수한 의미를 부여함으로써 새로운 의미를 발견하는 것이라고 말할 수 있다. 그러므로, 자연에 더 많이 통할수록 우수한 시며 실제에서도 훌륭한 예술작품은 하나의 자연으로 남는 것을 볼 수 있다. 이로써 우리는 '自然美의 究極이 예술미에 結晶되고 예술미의 구극은 자연미에 환원된다'는 것을 알 수 있다. 훌륭한 자연을 사람이 만든 듯하다고 찬탄하는가 하면 훌륭한 예술을 자연의 솜씨 곧, 神品이라고 찬탄하지 않는가. 그 이유가 여기에 있는 것이다.

이와 같이 생각할 때 먼저 시의 소재는 우주의 森羅萬象과 인간 생활 일체의 내용 속에 遍滿함을 인정하지 않을 수 없다. 그러나, 시의 소재로서 자연은 어디까지나 소재일 뿐 그대로는 아직 시라 할 수 없는 것이다. 나는 이를 '넓은 의미의 시', 다시 말하면 '詩精神'이라 부르고 이 소재가 시인의 개성 있는 가슴과 손을 통하여 창조되어 이루어진 것을 '참뜻의 시'라고 부른다.

그러면, 시인이 창조하는 제2의 자연이라는 시는 어떠한 도가니 속에서 精鍊되는 것일까. 다시 말하면, 시의 胎盤은 무엇이며 어떻게 시의 소재가 통일되어 생명을 받는가. 나는 시의 태반으로서 먼저 '저 자신의 사상'을 가지라고 말한다. 남에게 빌려 온 지식이 아니요, 남에게 배운 감각이 아니요, 남이 찾은 이념이 아닌 저 자신의 속에서 무르익은 사상, 이것은 벌써 개념도 지식도 이론도 아닌 그의 인격이요, 취미요, 감정이다. 남의 시, 남의 학문은 저 자신의 사상을 이루는 요소는 되지만 저 자신의 사상이 없는 곳에는 저 자신의 시는 생기지 못하기 때문이다.

　이와 같이 저 자신의 사상은 詩精神의 바탕이 되는 것이지만 저 자신의 사상을 갖춘 사람은 모두 시를 쓸 수 있는가 하는 것이 문제가 된다. 저 자신의 사상은 그 체득하는 방법, 탐구하는 방법, 표현하는 방법에 따라 얼마든지 다른 길을 잡을 수가 있다. 그러나, 어떠한 길을 택하든지 저 자신의 사상에 철저한 모든 체험은 벌써 하나의 시정신을 체득하게 된다. 이 체득한 시정신을 詩形式의 제약 속에 용화시켜 창조한 것이 시가 된다.

　어떠한 길을 취하든지 저 자신의 사상에 철저하게 되면 시정신을 체득한다는 말은, 저 자신의 사상이란 곧 '우주의 생명의 直觀'에 통하는 길이라는 말이 아닐 수 없다. 이는 자기 심화의 究極은 언제나 인생의 營爲 내지 자연의 현상 모두가 하나의 커다란 보람 속에 혈연적 유대로 맺어져 있다는 것을 느끼게 하는 까닭이다. 이러한 자각은 이론에서 오는 것이 아니라 감성적 인격에서 온다. 공통된 시정신이 있으므로 비로소 시를 사랑하고 느끼고 알 수가 있는 것이요, 시를 사랑하고 느끼고 아는 사람이 있기 때문에 시가 세상에 나오는 보람이 있고 시인이 존립할 근거가 서는 것이다. 따라서, 시를 읽고 좋아할 줄 아는 사람은 누구나 다 시인 될 가능성, 곧 소질을 가진 것은 틀림없으나 저 자신의 사상 또는 시정신을 가진다는 말은 시를 쓸 수 있는 胎盤일 뿐 시를 쓰기까지에는 그 자신의 사상이 다시 '시를 위한 재편성'을 거쳐야 하는 것이다.

시를 위한 사상의 재편성이란 말은 영혼의 母性인 시인의 排卵作用의 시초란 말이다. 시를 잉태할 수 있는 배란작용은 시를 받아서 앉힐 태반이 성숙해 있다는 증거가 된다. 이런 의미에서 시인은 '시를 생산할 수 있는 시정신의 소유자'라고 할 수 있다. 노래하지 못하는 새는 鳴禽類에 들 수가 없다. 그러므로, 시를 알고 좋아한다고 시를 생산할 줄 모르는 사람까지 시인이랄 수 없으며, 나아가서는 시를 참으로 알고 싶은 이는 시를 지어 봄으로써 비로소 시에 대한 참다운 사랑을 알 수 있다고 나는 생각한다. 아기를 사랑하고 좋아하는 것은 모든 사람에게 공통되지만 母性愛의 眞髓 는 아기를 낳아 보지 않곤 다 알지 못하는 것과 마찬가지다. 우주의 생명이 '나'를 통하여 顯現되었기 때문이다. 그러나, 이렇게 생산된 시는 하나의 인격이므로 이 인격을 이해하고 사랑하는 것은 누구에게나 노력으로써도 가능하다고 보지 않을 수 없다.

어쨌든 시인은 '먼저 시를 지을 줄 아는 사람'이요, '인생 의미의 새로운 발견을 언어의 음률적 造型을 통하여 개성적으로 형상화 할 수 있는 사람' 이라고 할 것이다.

2. 카오스와 코스모스
― 시정신과 시인의 시작품의 관계에 대하여

"시를 쓰면 벌써 시가 아니다"라는 말이 있다. 이 말은 불완전한 인간의 언어로써는 절대한 全一의 세계를 표현할 수 없으므로 시랍시고 써 놓은 것은 실상 표현 이전의 직관적 感興의 만분의 일도 못 된다는 생각에서 나온 말이다. 우리는 이 말의 일면의 진리를 이해할 수가 있다. 그러나, 불완전한 언어가 우주를 대변하는 것, 언어의 제약이 정신의 비약을 주는 점이 시의 妙處이다. 그러므로, 시를 쓰면 벌써 시가 아니다라는 말에 나타난 '시'의 本義는 詩精神, 곧 막연한 시의 소재라는 것임을 알아야 한다. 시정신을 음률로 표현하는 것이 음악이요, 색채나 선으로 표현하는 것이 繪畫라면 그것을 언어로 표현하는 것이 시이다. 표현이 없는 것을 예술이라 할 수는 없으므로 詩表現의 유일의 방법인 언어적 형성을 부인하는 것은 시를 부인하는 결과에 이르고 마는 것이다. 시정신은 언어라는 형식을 빌리기 전에는 예술의 공통된 정신일 따름이므로 우리는 '시정신을 독특한 언어로 구성할 때 시가 된다'라고 생각해야 할 것이다. 다시 말하면, '시(시정신)를 쓰면 시가 된다'라는 定理를 밝혀야 할 것이다.

이와 같이, 보편한 것을 여실하게 개성적으로 구체화하기 전에는 예술이 존립할 수 없는 것이므로 시가 구체적으로 표현되지 못한다는 것은 시의 내적 성숙의 부족을 의미한다. 우리가 시를 처음 공부할 때 그 많던 감흥이 붓만 들면 해 뜬 뒤에 안개 사라지듯 사라지는 것은 이러한 사실에서 유래한다. 그러므로, 시를 못 쓴다는 것은 시정신이 시를 이루지 못했단 말이요, 시를 안 쓴다는 말도 시를 못 쓴다는 말과 마찬가지로 보지 않을 수 없다. 쓸 수 있는 시를 쓰지 않고 배길 수 있는 것처럼 말하는 것은 滿朔된 아이를 낳지 않겠다는 것과 같지 않은가. 시를 쓰면 벌써 시가 아니다라는 말은 未熟한 사이비 시에 대한 경고로 삼을 것이요, 시를 못 써서 안 쓰는 변명으로 삼을 수는 없단 말이다.

모든 것은 표현함으로써 그 存在價值가 있으며 그 본질적 면모가 나타나는 것이요, 표현을 통하여서만 저 자신의 사상은 혼돈 속에서 명확히 구체화되는 것이다. 이런 의미에서 시 공부는 하나의 인간 수업이 된다. 다시 말하면, 시를 처음 쓴다고 할 때는 어떻게 하면 남에게 애독될 것인가에 대해서만 焦心하는 나머지 남을 속이기 위하여 제 자신을 속이는 것쯤은 쉬운 일이 되지만, 그 공부가 좀 깊어져서 참으로 시가 무엇인가를 알게 되면 남을 속이기보다 제 자신을 속이기가 점점 어려워 가는 것을 알게 된다. 이는 곧 시가 표현이라는 공부를 통하여 이루어지는 것이요, 시정신이란 시로서 표현될 생명적 진실이기 때문이다.

이상으로써 시에는 나타나지 않는 시와 나타난 시의 두 가지 뜻이 있고 전자는 詩精神으로 모든 예술에 공통된 '에스프리' 곧 '포에지'란 것이요, 후자는 참뜻의 시로서 시만이 가지는 표현 형식임을 알았다. 따라서, 참뜻의 詩인, 나타나는 시는 시인이라는 창조자를 통하여 산출되는 것이요, 시인은 시정신의 섭리를 받아 시를 산출하므로 시정신과 시인과 시는 서로 媒介하고 통일하고 제약하여 떨어질 수 없는 것도 알 수 있다.

이와 같이, 대자연의 생명을 顯現시키는 시인은 먼저 天分으로 뜨거운 사랑을 가진 사람이 아니면 안 되고 노력으로 사랑하고자 애쓰는 사람이 되지 않으면 안 될 것이다. 왜 그러냐 하면, 대자연의 생명은 하나의 위대한 사랑이요 그 사랑은 꿈과 힘을 지니고 있기 때문이다. 다시 말하면, 시는 생명 그것의 표현이요, 인간성 그것의 발현이다. 생명은 저 자신의 생을 긍정하는 것이 그 본성이요, 그 절대의 自己肯定을 생명으로 하는 시는 현실적 사실 위에서만 증명되는 것이 아니라 상상적 현실로도 실현되는 것이다. 이와 같은 시의 세계를 이루는 개개의 생명은 각각 그 본성의 요구대로 생을 긍정하면서 서로 사이의 생을 방해하지 않는다. 이는 다른 생을 긍정함으로써만 자신의 생을 표현할 수 있기 때문이다. 저 이외의 일체의 것으로 자신의 존재 이유를 삼는 영원히 全一한 세계가 감성적으로 구현되고 특수한 언어로써 形象됨으로써 시는 비로소 생명 그것의 순수한 실재의 모습이 될 수 있는 것이다.

생명은 자라려고 하는 힘이다. 생명은 지금에 있을 뿐 아니라 장차 있어야 할 것에 대한 꿈이 있다. 이 힘과 꿈이 하나의 사랑으로 통일되어 우주에 가득 차 있는 것이 우주의 생명이 아니겠는가. 우주의 생명이 분화된 것이 개개의 생명이요, 이 개개의 생명의 총체가 우주의 생명이라고 볼 것이다. 그러므로, 나는 '시는 자기 이외에서 찾은 저의 생명이요, 자기에게서 찾은 저 아닌 것의 魂'이라고 한다. 다시 말하면, '대상을 자기화하고 자기를 대상

화하는 곳에 생기는 통일체 정신'이 시의 본질이라고 나는 믿는다. '인간의
식과 우주의식의 완전 일치의 체험'이 시의 究竟이라고 믿어진다는 말이다.
이런 뜻에서 우주의 생명적 진실을 受精함으로써 시를 生誕시키는 것은
시인의 보편한 지향이라 할 것이다.

시의 세계는 질서와 조화의 세계이다. 하나의 우주이다.

"往古來今 謂之宙 西方上下 謂之宇"라는 淮南子의 해석을 빌리면 우주
는 시공의 通稱概念이다. 시의 우주는 실로 한편의 시를 통하여 영원한
시간과 무변한 공간을 통일한다. 질서 없는 혼돈(chaos)이 질서와 통일과
조화를 이룬 것이 우주(cosmos)이듯이 시정신은 하나의 광대한 道로서 카오
스가 코스모스로 나아가는 길이 된다. 무한한 카오스가 한 편의 유한한 시로
형성되지만 이 유한한 시는 전체의 상징적 分化로 '可視의 세계'를 뛰어넘
어 '可考의 세계'에 통하기 때문에 시는 '유한을 계기로 이루어지는 무한자
의 의욕의 표상'인 것이다.

옛 그리스 사람은 무한한 카오스에 대비하여 코스모스를 유한으로 보았
지만 코스모스는 결코 유한한 것이 아니요, 成壞를 되풀이하면서도 무한히
지속하는 조화와 질서의 통일이다. '觀念의 카오스'가 '시정신의 에로스'를
통하여 이루어지는 '시의 코스모스'는 바로 美 그것이다. 아름다움이란 우
리의 느낌에 비치는 사랑의 모습이요, 개체 안에 있는 普遍하고 영원한
이덴이 나타난 것이다.

우리 옛말에 '생각한다'는 말을 '사랑한다'고 한 것을 아는가. '愛'와 '慕'
가 나눠지지 않은 '사랑', 이것이 바로 시정신이다. 에로스이다.

나는 위에서 시를 자연의 연장이라고 하였다. 그러므로, 모든 예술은 플라
톤이 말한 것처럼 단지 모방(mimesis)의 기술이 아니라 기술을 토대로 한
기술 이상의 것, 다시 말하면 이데아 또는 생명의 原象(Urbild)이 직접으로
표현되는 것이라 하지 않을 수 없다. 차라리 아리스토텔레스가 예술을 '보편
적 형상(universal forms)의 리얼라이즈'라고 본 것은 타당하다 하겠다. 감각

을 통하여 초감각의 세계에 사무친다는 것은 특수적인 것이 보편화하는 길이 아니겠는가.

나는 또 시를 시인을 통하여 창조된 제2의 자연이라 하였다. 시인에게 소재 또는 생명으로 주어진 일체를 直接美라고 한다면 그것으로써 표현한 시는 間接美라고 부를 수 있겠다. 그러나, 간접미가 직접미의 模寫에 그치지 않는 것은 그것이 간접미이면서 하나의 창조적 理想美이기 때문이다.

생명의 충동과 이상의 규범이 자연히 일치되는 사람! 일거수 일투족이 無非法에 맞는 사람! 그가 바로 天成의 시인이다. 이런 사람이 사는 곳엔 도덕도 법률도 아랑곳이 없을 것이다. 그러기에 조화와 질서와 통일의 美는 敎化 이상이 될 수 있는 것이니 우리는 哲人政治의 뒤에 인류정치의 구경적 이상으로 시인정치를 생각할 수가 있다. 언제 이루어질지 모르는 이 고귀한 사명 속에 시의 宗敎性이 있다. 그런 날이 오는 날 이 세상에는 시가 없어도 좋을 것이니 시는 讚頌歌나 呪詞에의 變成으로 족할 것이다.

그러나, 정말 그러나, 인류문화 수천년의 에스프리에 시가 절멸되지 않고 이어 온 것은 무슨 때문인가.

傳統에의 回歸

- 文化의 前進을 爲하여 -

우리는 오늘의 문화에 대하여 두 가지 근본적인 謬見을 지니고 있다는 사실을 지적할 수가 있다. 그 하나는 모든 사람이 현대 문화를 云謂하면서도 그 현대란 것이 실상 르네상스에서 발상된 찬란한 近代精神이 종언을 고한 뒤의 그 타성과 연장으로서의 단순한 시간적 개념에 불과하다는 것 ─ 다시 말하면 근대정신 末流의 西歐的 混沌과 무질서를 아직 生誕하지도 않은 현대정신으로 착각하고 있다는 점이요, 다른 하나는 모든 문화인이 새로운 창조를 운위하면서 그 求新性이 文化線上의 史的 過程에서 자기의 일정한 지위를 정립하려는 의욕이 아니라는 것 ─ 바꿔 말하면 새롭다는 데만 팔려서 이미 세계적으로 낡아빠진 것을 새롭다고 착각하고 창조 아닌 추억에서 저회하고 있다는 점이다.

근대정신의 필연적 귀결로서의 두 사람 최종대변자 ─ 니이체와 마르크스 사상은 전체주의와 공산주의 양대 방면을 낳아 그 사상의 태반인 근대정신이 가르친 바 個性의 신장과 인간의 자유에 대한 부르짖음의 自己背理를 발견하여 새로운 偶像의 권위를 수립하였다. 제2차 세계대전은 곧 다름 아닌 전체주의와 공산주의라는 근대의식의 쌍동 유복아 형제의 싸움 ─ 獨蘇戰으로 시작되었고 이로써 근대정신 일가는 사실상 몰락하고 만 것이다. 우리는 물론 역사가 돌발적인 것이 아니고 질서 있는 계기임을 믿기 때문에

241

현대 곧 시간적 개념으로서의 현대가 새로 생탄된 현대정신과 분리된 별개의 것이 아닌 줄은 안다. 그러나 진실한 현대, 즉 정립될 시대사상으로서의 현대는 오늘의 타성적 불안보다는 현대를 위한 근대적 현실의 진실한 비판적 파악이 선행되지 않으면 현대문화의 건설이 안될 것도 안다. 생활과 문화는 시종이 있는 직선이 아니고 생활이 곧 문화요 문화가 곧 생활인 하나의 圓環이기 때문에 이 원환의 어느 일점을 기점으로 하여 문화의 人爲的 超克力을 發揚해야만 생활의 적응적 타성이 극복된다고 강조하지 않으면 안된다.

이 점이 현대의 창조를 위한 현대의 파악이 요청되는 所以然이다. 따라서, 현대 아닌 것을 현대로 오인하는 데서는 문화의 전진을 기약할 수가 없다고 본다. 오늘의 전쟁도 문화의 의미로 볼 때 우리는 비로소 새로운 현대를 위하여 무엇을 理想해야 하는가 하는 구체적 양상을 자각할 수 있을 것이다. 다만 附言해 둘 것은 내가 여기서 말하는 현대는 문화 이념으로서의 현대라는 뜻이다.

우리는 역사를 흐르는 면에서 파악해야 한다. 그러나 동시에 역사는 무엇이 흐르는가 하는 그 「무엇」을 파악해야 한다. 현대는 바로 현대라는 역사 위에 투영된 인간의 자기인식이 아니면 안 되고 그 현대라 할지라도 「우리의 현대」를 남의 과정에서 파악할 수는 없는 것이다. 그러므로 우리는 세계의 인식으로서의 현대 일반과 아울러 민족의 자기인식으로서의 우리의 현대를 아울러 찾지 않으면 안 된다. 이러한 탐구의식 창조의 의욕은 먼저 현대에 요소적으로 존재한 과거를 찾는 데서 비롯된다. 과거를 찾는다는 것은 현대를 연결하고 발육시키는 것이요, 과거를 위하거나 현대를 위한 것이 아니기 때문이다. 과거를 찾는다는 것은 전통의 탐구란 말로 바꿀 수도 있다.

어느 민족의 새로운 창조도 전통에의 還元의 노력 없이는 불가능하였다. 전통은 창조를 구체화시키고 창조는 전통을 진전시키기 때문이다. 이런 의미에서 전통은 창조의 材料요, 창조는 전통의 방법이라 할 수 있다. 전통의 연구에는 復古主義 의식이 수반하고 있지만 그것은 반드시 保守主義를 의미하는 것은 아니다. 르네상스를 예로 들더라도 그것이 복고주의가 아니라 도리어 개혁사상이었던 것은 과거의 새로운 자각으로서 당시의 현대가 발견한 새로운 것으로서의 전통이 있기 때문이다.

새로운 현대가 인간의 주체회복을 그 명제의 하나로 삼는다면 우리의 현대는 마땅히 우리의 主體確立을 명제로 삼지 않으면 안된다. 현대는 喪失의 세기다. 우리의 현대는 「우리」가 없고 그 때문에 우리의 창조가 없는 것은 아닐까. 규범적 성질, 당위적 의식을 잃어버린 우리는 의식주의 기본문화에서부터 우리를 잃어버리고 있다. 이러한 오늘의 정신에서 창조를 찾는다는 것은 非可望이라 할 수밖에 없다.

전통이 선명한 자기의식의 暴力을 갖지 않는 現階段는 전통 탐구로 하여금 발전과 균형을 위한 한 면만을 줄 것이다. 동물로서의 생에 대한 오늘의 막연한 상태를 인간이 병든 세기, 현대 위에서 한 개의 절대적 계속성으로 생을 인식할 때가 왔다. 전통에의 회귀는 문화의 전진을 위한 현대의 거점이다. 支柱를 상실한 현대, 극도의 자기분열에 떨어진 현대를 소생시키기 위하여 먼저 전통을 찾을 때가 왔다.

1953. 9. 5. 「대구일보」

순수시의 지향(純粹詩의 志向)

- 민족시(民族詩)를 위하여 -

숨이 칵칵 막히는 어둠 속에 말라 가는 제 피로 입술을 축이며 목숨을 이어 오던 시의 불사조들은 해방이 오자 일제히 날개를 털고 일어났다. 老詩人에서부터 新人에 이르기까지 백명이 넘는 시인이 등장한 푸진 모임이었으나 이 혼란과 미망 속에서 시인들은 어떠한 길을 찾았는가?

민족시 수립이란 旗幟 아래 민족과 심지어 시에 대한 신념마저 틀리는 두 산맥, 두 조류, 두 지점이 있다는 것을 그들은 발견하였던 것이다. 시인 각자가 제 개성 속에서 우러나오는 확고한 세계를 파악하여 새로운 인간성의 탐구에로 그의 문학적 생명의 모든 정열을 표출하기만 한다면 길은 천 갈래라도 좋을 것이니 오히려 그렇게 함으로써 민족문학의 한 줄기 강물은 滾滾할 수 있는 것이다.

그러나, 시인은 민족시를 말하기 전에 그냥 시 자체를 알지 않으면 안된다. 먼저 시가 된 다음 그것이 민족시도 되고 세계시도 될 수 있는 것이므로 시의 전통이 확립되지 못한 이 땅의 시가 민족시로서 세계시에 가담하기 위하여서 먼저 일어날 것은 순수시운동이 아닐 수 없다. 순수시의 운동은 곧 본질적 계몽운동인 동시에 그의 발전이 그대로 민족시의 수립이기 때문이다. 시가 시로서 가진 바 그 본질의 가치와 사명을 몰각하고 시의 일부인자요, 오히려 그 부수성인 공리성을 유출 확대함으로써 시의 전체를 삼고 자신의 문학적 창조와 개성의 無力을 엄폐하고 정치에의 노예, 정당과의 야합의 당위를 부르짖는 數多한 시인은 其實 시인이 아니므로 민족문학의 一支流는커녕 정치의 부동세력 밑으로 추방될 성질의 것이다. 시는 시로서 제 자신과 민족과 인류에 기여할 것이니 시는 모든 사회 현상의 가치로 더불어 홀로 설 수 있는 개성을 고수할 것이므로 정치건 무엇이건 시의 개성을 굴복시키려는 유파가 있을 때만은 진실한 시는 언제나 순수시로써 그 정통을 유지하는 것이다.

그러므로, 나는 정치적 두 조류로써 곧 민족문학의 두 조류로 삼는 것은 부인한다. 순수한 시정신을 지키는 이만이 시로서 설 것이요, 진실한 민족정신을 지키는 이만이 민족시를 이룰 것이니 시를 정치에 파는 경향시와 민족의 해체를 목표로 하는 羊頭狗肉의 민족시인 계급시의 결탁은 도리어 시 및 민족시의 한 이단이 아닐 수 없다. 時流의 격동 속에 흔들리지 않는, 변하는 가운데 변하지 않는 영원히 새로운 것이 시 본래의 정신이며 이른바 자본주의와 함께 일어나고 그와 함께 사라지는 것이 아니고, 언제나 새로운 의의를 가질 수 있는 것이 민족정신이다. —백보를 讓하여 그들의 논법을 따라도 우리 문화의 현단계는 민족을 통일체로서 사유하고 고조할 때다. —이 두 가지 정신의 합치에서만 우리 민족문학의 大河는 이루어지는 것이니 본질적으로 순수한 시인만이 개성의 자유를 옹호하고 인간성의 해방을 戰取하는 혁명시인이며, 진실한 민족시인만이 운명과 해방의 공동체로서의 민족을 자각하고 정치적 해방을 절규하는 애국시인일 수 있는 것이다. 그러므로, 소위 兩大潮流의 하나는 非詩的이요, 非民族的인 점에서 정치, 偏黨意識이 시를 잠시 假裝하고 있는 것이므로 未久에 도태될 운명을 자체 내에 모순으로 내포하고 있는 것이다.

함에도 불구하고 요즈음 시단에는 이 이른바 두 조류의 특색을 잡아 위험의 적신호를 보이는 이가 있다. 김기림은 「感傷의 미궁」과 「槪念의 砂漠」, 김광균은 「現時代精神의 等閑」과 「예술정신의 저조」, 김용호는 「思想性

의 沒覺」과 「藝術性의 盲目」이란 뜻으로 각기 지적한 듯 싶다. 딴은 이 양면의 지양은 시의 究極의 난관이요, 이상이긴 하나 要는 그 출발점에 있다고 볼 것이니 출발점은 언제나 귀착점을 예언 또는 제약하기 때문이다. 그러므로, 나는 이를 차라리 「시에서 출발하여 시로 돌아가는가」, 「정치에서 출발하여 정치로 돌아가는가」라는 두 길이 있을 뿐이라고 믿는다. 藝術性 속에 용화된 사상, 반영된 현실, 함축된 시대성은 비록 시의 혈육이 못된 개념의 固型이 얼핏 보이지 않으므로 정치적 宣傳效用은 약한지 모르나 시로서는 설 수 있지만, 시의 의도가 지나친 실용개념에 방편의 옷을 입히려 하는 동안 정치는 얻을지 모르나, 미적 승화의 부족 때문에 시는 항시 불구의 유산이 되는 것은 시를 짓는 이는 누구나 느낄 수 있다. 세 분이 말한 사상, 현실, 시대는 무엇인가?

재삼 玩味해도 깡그리 정치적 觀念範疇에서 얻은 어휘들이다. 시의 사상이 반드시 어떤 主義의 偏黨성에 있으며 현실성은 기성 공식의 시류에 뇌동함에 있단 말인가? 이것은 상식 이하이다. 高次의 시는 차라리 전인간의 공감성에 있으며, 愛美求命의 영혼성찰에 있으며 영원한 시공의 관조에 있다할 것이다. 그리고, 아직 나오지도 않은 것을 시의 第二黨이란 기이한 이름을 지어 미리 壁新聞式 공격을 퍼뜨리는 김동석의 논법은 매우 정확한 듯하면서도 실상 고소를 不禁하게 하는 비유였다. 누가 개구리고 올챙인 것은 나도 모르니 두고 보겠거니와 걸핏하면 할퀴기가 일쑤인 이 분의 투지의 베일 뒤에 숨은 도금한 교양이 벗어지는 듯해서 매우 안타깝다. 임화, 이용악을 시인이 아니라 평하더니 오늘은 그들을 변호하기에 급급하니 시의 정파적 의식을 그에게 볼 수 있으며 현실의 물결에 뛰어만 들면 순수를 잃는다는 이가 오늘의 단계에는 탁류의 음악이 시라 하니 시를 인간성의 음악이라는 氏의 설에 의하면 인간성은 탁류와 같이 요란한 것인가? 순수는 혼탁해야 하는가? 사실은 그와 正히 반대이다. 높은 시는 이런 때일수록 더욱 맑은 것이니 그 탁류의 밑바닥에 흐르는 한 줄기 맑은 강물이 詩기 때문이다. 이 탁류 속 저류가 표면에 떠오를 때 시의 새로운 저류가 다시 그 밑에 스며서 흐르는 것이다. 一如한 시인은 먼저 자신의 二元을 초극해야 할 것이요, 자기 모순의 구제에 착수해야 할 것이다.

以上의 나의 말을 종합하면 결론은 간단하다. 순수시는 경향시에 대한 정통시요, 순수시의 영역은 정치, 종교, 사회 어디에도 갈 수 있는 무제한이나 다만 시가 되고 예술이 되는 것을 전제로 하는 무제한이며, 시의 가능성은 그 출발점이 시에 있을 때뿐이라는 것이다. 순수시를 사상이 없고 정치가 없고 現實乃至 시대가 없다고 보는 이들은 시는 주로 정치적 사회적 사상을 뼈다귀로 하고 거기에 若干美辭의 옷을 입히는 것쯤인 줄 알기 때문에 사상과 시가 물에 기름 탄 것처럼 뜨는 것을 고심한다. 그러나, 순수한 시는 어디까지든지 主政治, 主思想的이 아니며 먼저 시로서 立命하려 하는 것이다. 그러므로, 참의 순수시 속에 절로 혈액이 된 「사상과 자각」, 「시대정신의 파악」, 「현실의 추구」가 시를 무슨 고정 공식 관념의 效用書로 오해하는 맹목한 사람에게 한해서는 일곱 번 환생을 해도 믿어지지 않을 것이다. 민족시를 國粹主義, 封建主義라 보는 이는 민족의 주체확립주의와 국수주의, 전통탐구의 현대적 의의와 봉건적 잔해의 한계에 대하여 深思한 다음 얘기하자. 모름지기 시의 정통과 순수를 표방하는 자는 숨어서 큰소리 할 것이 아니라 작품을 가지고 명확한 기치를 달아야 할 것이니 요는 어떤 길이 시의 바른 길인가 하는 것뿐이다.

1947년 「白民」

자연과 문학

　그러면 우리는 자연과 문학에 대해서 조금만 생각해 보기로 하고, 먼저 자연과 문학을 매개하는 인간의 본성으로서의 자연을 생각해 봅시다. 인간의 본성으로서 자연은 문학의 본질로서의 자연이기 때문입니다.

　서양에서 말하는 자연 곧 「네이춰」니 「나투르」니 혹은 「나투라」니 하는 것은 그 어원이 「생긴다」는 말이라고 합니다. 생긴다는 것은 「절로 나타난다는 것」 곧 인위적 조작이 가해지지 않고 이루어진 것이란 말일 것입니다. 그러므로, 우리는 절로 생기는 것은 자연이라 하고 절로 생긴 그대로 있는 것을 자연의 상태라고 부르는 것입니다. 원시생활 그대로 사는 야만인을 자연인이라 부르고 우리들같이 무엇을 좀 배워서 제 손으로 값있는 것을 큰 것을 만드는 생활 속에 사는 현대인은 문화인이라 합니다. 이 두 가지 구별된 용어에서 우리는 오늘 두 가지 중요한 문제를 생각하지 않을 수 없습니다.

　첫째, 절로 생기는 자연 그대로의 인간이 자연 속에서 다시 자연을 소재로 하여 자연이 능히 이룰 수 없는 것을 스스로 창조하는 문화를 가진다는 것은 인간이란 절로 만들어진 것인 동시에 스스로 만들 수 있는 존재라는 말이 아닐 수 없습니다. 인간의 자랑인 문화라는 서양말 컬춰니 쿨투르니하는 말의 어원이 경작한다는 말에서 나왔다는 것을 생각하면 자연은 절로 생기는 것이요, 문화는 스스로 만드는 것이란 지극히 간명한 특질을 찾을 수 있는 것입니다. 그러나, 생기는 것은 만들어지는 것이요, 만드는 것은 생기게 하는 것입니다. 그러므로 자연의 분신으로서 이루어진 사람도 절로 만들어 주는 무엇이 있을 것이요, 인위의 노력으로 이루어진 문화도 스스로 생겨난 무엇이 있을 것입니다. 그러므로 더 높은 데서 보면 사람도 자연의 것이면서 하나의 문화요, 문화도 사람의 것이면서 하나의 자연이라 보지 않을 수 없을 것이 아닙니까. 이런 점에서 보면 자연의 뜻은 한문 그대로의 해답이 더 보람있을 것 같습니다. 자연이란 「自」자는 보통 「스스로 자」라고 읽지만 절로란 뜻으로도 쓰입니다. 절로라는 자연발생의 원리와 스스로라는 창조행동의 주체가 합쳐진 것이 자연이 아니겠습니까.

둘째, 문화가 인위의 산물로서 자연을 이용하고 지배하여 오늘날의 경탄할 업적을 낳기까지에는 자연을 배반하지 않을 수 없었고 자연의 배반은 어느 점으로는 부자연을 낳았다는 것입니다. 만능의 신이 되려다가 동물이 되고 만다는 것은 인간을 기계화하는 경향에서 비롯되는 것이 아니겠습니까. 자연은 인간에게 非定律性이란 창조의 자율성을 주었습니다. 창조의 자율성으로 다른 동물과 구별되는 인간의 특질이 추구 확대된 究極에 제 손으로 제 목을 조르게 되었다는 것도 지나치게 자연을 배반하는 인간에게 주어진 자연한 운명이 아니겠습니까. 자연을 거세한다는 것이 자연에 지배되는 것이라는 말은 하나의 비극이라 하겠습니다. 그러므로, 우리는 인간은 기계적이나 동물적이어서 자연적이 되는 것이 아니라 도리어 인간적이고 자율적이어야 더욱 자연적이라는 진리를 찾을 수 있는 것입니다. 문학은 문화 산물의 하나로서 인간만이 향유한 것입니다. 그러나, 문학을 한다는 것은 인간이 태어나면서부터 절로 발생하지 않을 수 없었던 생명의 욕구였습니다. 생명의 욕구라는 것은 일체가 자연입니다. 그러므로, 자연의 원리가 인간이란 주체를 계기로 하여 만들어진 문학은 인간의 기술을 거쳐서 자연에 환원되는 본질을 가지는 것이고 다만 기술에 멈춰지는 것이 아닙니다.

따라서 좋은 작품은 분명히 한 개인이 만든 작품이면서도 일단 그 지은 사람의 분신이 되어 새로운 개체의 생명을 받아 가지고 지은 사람의 생사흥망에 완전히 定律化 되지 않는 운명을 가지는 것이며, 이 사실은 곧 문학작품이 하나의 인격으로서 하나의 자연에 핏줄을 통한다는 말이 됩니다.

이와 같이 문학은 자연과 인간 사이에서 살고 있으므로 문학은 인간을 통해 나타나는 자연 총체의 결정이요 자연을 통해 나타나는 인간 정신의 究竟的 구현이라 할 수 있습니다.

단지 물질과 물질 사이의 보편적 관계를 생각하는 자연과학적 또는 유물론적 세계관은 인간의 정신현상에 대해선 적은 부분을 생리학적으로 해명하는 길밖에 없습니다. 이와 같이 자연과학이 부분을 합쳐서 전체를 이루는 데 비하여 문학은 먼저 전체를 받아들이고 그 세포로서 부분을 이루는 것이며, 자연을 과학처럼 논리적 구조로만 파악하지 않고 살아 움직이는 생명의 全一狀態에서 파악하는 것입니다. 그러므로, 문학은 처음부터 끝까지 살아 움직이는 자연을 취재하고 그것을 양식으로 하는 것입니다.

趣味 있어야 할 얘기가 너무 沒趣味하게 되었습니다. 다만 이러한 沒趣味도 생각하면 할수록 재미가 나는 것이므로 사색과 반성의 취미를 단서만 풀고, 나는 이 막연한 자연과 문학의 한계를 줄여서 얘기하겠습니다.

자연을 산천 초목 풍토적 환경의 뜻으로 줄여서 봅시다. 또 문학을 이 한정된 자연의 의미와 가장 많이 통한 자로서 서정시의 뜻으로 줄여서 봅시다. 자연미는 서정시와 어떠한 관계에 있는 것이겠습니까. 서정시는 심금의 다채로운 율동적 표현에 그 생명이 있습니다. 그러므로, 심금 곧 감정이란 대개 외계의 현상에 부딪쳐 流露되기 때문에 자연미와 서정시는 떼려야 뗄 수 없는 관계에 있는 것입니다. 사연을 비로 관찰하는 감정은 자연을 자기 정신의 표현으로 보고 자기의 마음을 자연의 움직임으로 느끼는 것입니다. 그리하여 자기와 대상의 일체화의 경지에서 울고 노래하고 사랑하고 미워하는 것입니다. 그러므로, 서정시인에게는 제 마음이 곧 거문고 줄이요,

자연은 그 거문고를 타는 손길이며 또는 자연은 거문고요, 시인의 마음은 거문고를 타는 손길이 되는 것이라 할 수 있겠습니다. 그러나, 문화가 상당히 진보되지 않으면 자연을 미로서 파악할 수 없고 시로서 표현하지 못합니다. 원시인에게는 자연현상이 아름다움으로 파악되기 전에 먼저 그것에 압도되기 때문에 공포감을 느낌으로써 자연을 숭배의 대상으로 삼게 되었던 것입니다. 원시종교에 있는 山川草木 日月風雨의 숭배가 모두 이러한 자연 경외의 감정을 주로 했고, 그러므로 그들의 노래는 아름다움으로 느끼기보다는 그 찬탄은 항시 서정시의 모체가 되는 呪歌로 나타났던 것입니다. 그러므로 서정시가 먼저 문학에서 빛나는 발달을 보게 된 점에서 동양은 서양에 비하여 엄청나게 앞섰던 것입니다. 李太白, 杜子美, 王摩詰 같은 서정시 대가가 百花燎亂을 다투던 성당시대 곧 서력 기원으로 7세기에서 9세기에 이르는 사이에는 아직 서구의 문학에서는 자연미와 자연의 사랑에 자기 심정을 반영하는 태도는 발달되지 못했던 것이니, 훨씬 뒤에 낭만주의 문예의 전성을 기다려서 비로소 이루어졌던 것입니다.

자연을 정복하고 지배한다는 사상을 창조한 서구인이 자연에 대한 두려움을 일찍 극복했을 것임에 불구하고 이러한 자연미를 토대로 한 서정시에 뒤떨어졌다는 것은 이상한 듯합니다. 실상 그들의 관심이 인간문제를 물질문명의 성취에 전심했기 때문이라는 사정으로써 용이하게 이해할 수 있으며, 동양은 여러 가지 물질문명에서 뒤떨어지면서도 찬연한 정신문화를 이루기까지에는 자연 속에 자연을 생활하고 감상하며 자연과 일체가 되어 사는 서정시 정신을 체험했기 때문이라는 것을 생각할 수 있지 않습니까. 오늘날 우리는 과학문명을 배워야 하고 또 인류는 과학을 영구히 버릴 수 없을 것입니다마는 과학을 버리지 못한다 해서 반드시 서정시를 버려야 할 이유는 없습니다. 그러므로 원시인이 자연을 두려워하듯이 현대인이 과학을 두려워해서 자연미를 감상하고 생활하는 것을 꺼리고 두려워하고 비방하는 것은 자연스러운 인간의 마음에 작은 여유도 가지지 못한다는 말에 지나지 않는 것입니다. 자연미는 빈부의 차별로써 그 애정의 대상을 저울질하지는 않습니다. 오히려 마음이 가난한 사람에게만 자연미의 전체적 생명이 항상 그를 싸안고 있는 것입니다. 무너진 담장, 성긴 울타리를 꽃을 심어 보충하던 옛 우리의 조상들은 얼마나 너그럽고 아름다운 마음의 소유자들이었겠습니까. 자연을 두려워하거나 지배하는 데는 자연에 대한 사랑이 美로 나타날 수 없고 자연미를 느끼지 못하는 것은 자연과 한 덩어리가 되는 마음이 없기 때문이 아니겠습니까. 로마시대의 장편시 「自然」이란 시를 쓴 류크레시우스라는 시인은 그 시 제6편에서 자연현상을 거의 과학적으로 치밀한 묘사를 할 정도로 유물론의 始祖와 에피큐로스의 쾌락주의 신봉자를 겸한 사람이었지만, 어느 날 아름다운 자연의 풍경 속에서 永久不變의 그 무엇을 보고 자기의 생의 너무도 짧음을 느껴 소리 없는 눈물을 흘렸다는 얘기를 남기고 갔습니다. 자연은 어머니가 아니겠습니까? 그 젖줄을 마시고 그 품에 안기는 때만 우리는 우주의 사랑에 고개 숙이고 기도하는 자신을 발견할 수 있을 것입니다. 과학정신의 엄격한 채찍 밑에 사는 우리는 때로 몸부림치면서도 언제나 우주의 사랑을 잊어서는 안 될 것입니다.

자연과 한 덩어리가 되는 서정시의 정신이 사람 사람의 가슴 속에 퍼져간다면 어떠한 세상이 올 것 같습니까. 서정시 정신은 딱딱한 교훈이 아니요, 모든 사람의 가슴에 절로 샘솟는 사랑으로 창조되는 아름다운 노래이기에 말입니다.

III. 연보 및 연구 서지

조지훈 생애 연보

1920. 12. 3   경북 영양군 일월면 주곡동에서 父 趙憲泳과 母 柳魯尾
　　　　　의 삼남일녀 중 차남으로 출생.

1925~1928   조부 趙寅錫으로부터 한문수학, 영양보통학교에 다님.

1929   동요를 지음, 메테를링크의「파랑새」, 배리의「피터팬」, 와일드의
　　　　「행복한 왕자」등을 읽음.

1931   마을 소년 중심의 문집『꽃탑』만들어 냄. 형 세림과 소년회를
　　　　조직.

1936   상경, 오일도의 시원사에 머묾. 조선어학회에 관계함. 보들레르·
　　　　와일드·도스토예프스키·플로베르 등을 읽음,「春日」,「浮屍」등
　　　　을 씀,「된소리에 대한 일 고찰」발표.

1939. 4   『문장』3호에「고풍의상」으로 제1차 추천 받음. 동인지『백지』
　　　　　발간함.「승무」로 제2차 추천 받음(12월).

1940   「봉황수」로 제3차 추천 받음(2월), 金渭男(蘭姬)과 결혼함.

1941   혜화전문학교를 졸업하고 오대산 월정사 불교강원 외전강사로 취
　　　　임(4월). 상경(12월)

1942   조선어학회『큰사전』편찬위원. 조선어학회 사건으로 검거되어 심
　　　　문 받음(10월).

1943   낙향(9월).

1944   상경(5월), 다시 낙향함.

1945 조선문화건설협의회 회원. 한글학회『국어교본』편찬위원. 명륜전
      문학교 강사. 진단학회『국어교본』편찬위원.

1946 전국문필가협회 중앙위원. 청년문학가협회 고전문학부장.『청록
      집』간행.

1947 전국문화단체총연합회 창립위원.

1949 한국문학가협회 창립위원.

1950 문총구국대 기획위원장. 종군하여 평양 다녀옴.

1951 종군문인단 부단장(5월).

1952 제 2시집『풀잎 단장』간행.

1953 시론집『시의 원리』간행.

1956 제 3시집『조지훈시선』간행.

1958 수상집『창에 기대어』간행.

1959 제 4시집『역사 앞에서』간행, 수상집『시와 인생』간행.

1962 『지조론』간행.

1963 고려대 민족문화연구소 초대소장.『한국문화사대계』제 6권 기획,
      『한국민족운동사』집필.

1964 수상집『돌의 미학』간행,『한국문화사대계』제1권「민족·국가
      사」간행, 제 5시집『여운』간행,『한국문화사서설』간행.

1967 한국시인협회 회장, 한국신시60년 기념사업회 회장.

1968. 5. 17 기관지 확장증으로 영면, 경기도 양주군 마석리에 묻힘.

조지훈 작품 연보

발표 연대	작품 명	구 분	발표지
1939.4	고풍의상	시	문장
1939.7	계산표	시	백지
1939.7	귀곡지	시	백지
1939.7	우림령	시	백지
1939.8	공작	시	백지
1939.8	부시	시	백지
1939.8.24	과물	시	동아일보
1939.9	향향어	시	백지
1939.9	진단서	시	백지
1939.9	남경충	시	백지
1939.12	승무	시	문장
1940.2	봉황수	시	문장
1940.5	제월지곡	시	문장
1940.5	편경	시	문장
1940.12	아침	시	문장
1941.4	정야	시	문장
1946.1	바램의 노래	시	학병
1947.5	빛을 찾아가는 길	시	죽순
1947.7	유곡	시	백민
1948.1	마을	시	백민
1948.6	고사	시	동국
1948.6	꽃 그늘에서	시	민성
1948.12	흙을 만지며	시	대조
1949.2	아침	시	학풍
1949.2	대금	시	죽순
1949.4	색시	시	죽순
1949.8	풀밭에서	시	문예
1949.9	길	시	민족문화
1949.11	편지	시	민성
1950.6	그리움	시	문예
1951.5	지옥기	시	신천지

발표 연대	작 품 명	구 분	발표지
1952.1	도리원에서	시	문예
1953.3	언덕길에	시	문예
1955.2	경상	시	사상계
1955.6	월광곡	시	현대문학
1956.1	어둠 속에서	시	문학예술
1956.1	종소리	시	문학예술
1956.1	손	시	현대문학
1956.5	별리	시	여원
1956.1	포옹	시	문학예술
1958.7	꽃피는 얼굴	시	사상계
1958.9	찔레꽃	시	영원
1959.6	빛	시	사상계
1960.1	귀로	시	사상계
1961.8	꿈 이야기	시	사상계
1963.6	혼자서 가는 길	시	세계
1967.9.22	바위송	시	중알일보
1967.10.29	장지연선생 묘비제막일에	시	조선일보
1967.10.29	행복론	시	한국일보
1967.12	봉황수	시	현대문학
1968.1	청록집 이후	시	사상계
1968.7	섬나라 인상	시	신동아
1946	청록집(공저)	시집	을유문화사
1952	풀잎단장	시집	창조사
1956	조지훈시선	시집	정음사
1959	역사 앞에서	시집	신구문화사
1964	여운	시집	일조각
1968	청록집 기타(공저)	시집	현암사
1968	청록집 이후(공저)	시집	현암사
1975	승무	시집	삼중당
1982	조지훈(한국현대시문학대계19)	시집	지식산업사
1983	조지훈 시집	시집	정음문학사
1984	승무	시집	정음문학사

발표 연대	작 품 명	구 분	발표지
1985	깊은 밤 홀로 깨어나	시집	영언문학사
1987	승무	시집	자유문학사
1989	동문서답	시집	범우문고
1940.11	서창집	수필	문장
1947.8	무국어	수필	대조
1949.12~1950.1	슬픈인간성	수필	문예
1952.5	서남행	수필	문예
1953.8	등산임수탄	수필	신천지
1954.3	방우산장 산고	수필	문장
1956.5~11	방우한화	수필	신태양
1959	시와 인생	수필집	신흥출판사
1964	돌의 미학	수필집	고대출판사
1986	내일을 위한 지성	수필집	어문각
1940.3	약력과 느낌 두 셋	평론	문장
1940.7.9~16	서창집 – 역일시론	평론	동아일보
1946.3	시의 신비	평론	상아탑
1946.7	서평 청자부	평론	동아일보
1947.1.1~4	병술시단의 후검-문단일년의 총결산	평론	동아일보
1947.1.14	인간노작 – 잊히지 않는 모습에서	평론	동아일보
1947.3	순수시의 지향 – 민족시를 위하여	평론	백민
1947.4	민족문화의 당면과제 – 그 위기의 초극을 위한 의의와 반구에 대하여	평론	문화
1947.4	자연과 문학	평론	부인
1947.10	시정신의 옹호	평론	예술조선
1947.11.6	생명의 문학-유치환의 시에 대하여	평론	경향신문
1948.4	정치주의 문학의 정체 – 그 허망에 향하여	평론	백민
1948.4	조선예술의 원형 – 고전국문학의 배경을 위하여	평론	예술조선
1948.10	문학의 근본과제 – 문학의 독립성과 종속성에 대하여	평론	백민
1948.11.23~24	입명의 문학 – 김동리평론집 문학과 인간에 대하여	평론	경향신문

발표 연대	작 품 명	구 분	발표지
1948.12.30	예술정신을 태반으로 한다	평론	고대신문
1949.1	문학의 예술성과 공 백민리성 - 문학의 근본 과제	평론	백민
1949.2.12	람프를 켜 놓고 - 시론	평론	경향신문
1949.5.18~20	시대의 윤리 - 최문화씨의 근작에 관하여	평론	연합신문
1949.8	상반기의 학계	평론	문예
1949.10	고전주의의 현대적 의의 - 민족문화의 지향에 관한 노트	평론	문예
1949.12~1950.1	슬픈인간성	평론	문예
1950.2	조선문화의 성격 - 풍토적 환경과 민족성	평론	민족문화
1950.3.18	모색에서 자각으로	평론	고대신문
1850.4	현대문학의 고전적 의의	평론	문예
1950.4	자연과 문학	평론	부인
1950.6	시의 언어적 생성 - 시론 노트초	평론	시문학
1951.6	시의 전기에 대하여	평론	시문학
1956.5	현대시의 문제 - 모던이즘 비판	평론	시연구
1956.7	두 개의 방법 - 시단 시평	평론	문학예술
1958.8	한국문화의 위치 - 한국문화사관 노우트	평론	사조
1958.9	한국문화의 발전	평론	사조
1958.10	한용운론	평론	사조
1960.1	1959년의 시	평론	사상계
1962.5	한국현대시사의 반성 - 신문학 50년	평론	사상계
1964.6~1965.3	한국현대문학사	평론	문학춘추
1965.8	나의 시의 편력 - 자전적 시론	평론	사상계
1968.11	현대시의 계보 - 신문학 60년	평론	월간문학
1953	시와 인생	평론집	박영사
1953	시의 원리	평론집	산호장
1964	한국문화사 서설	평론집	탐구당

연구 서지

김기림, 「시단의 회부」, ≪조선일보≫, 1933. 12. 3.

_____, 「모더니즘의 역사적 위치」, 『시론』, 백양사 ,1947.

김시종, 「三家詩와 자연의 발견 - 박목월, 조지훈, 박두진에 대하여」, ≪조선예술≫, 1948. 4. 20~8. 25.

김춘수, 「청록집의 시세계 - 三家詩人小考」, ≪세대≫, 1963. 6.

김운학, 「현대시에 나타난 불교사상 - 한용운, 조지훈, 백석, 서정주를 중심으로」, ≪현대문학≫, 1964. 10월호.

신동욱, 「지훈시에 나타난 저항의식」, ≪현대문학≫, 1965년 11월호.

박목월, 「처음과 마지막 - 지훈에의 회상」, ≪사상계≫ 통권 제 183호, 1968.

_____, 「노상의 검은 장갑 - 지훈과 나」, ≪현대문학≫ 통권 제 163호, 1968.

_____, 「지금도 지훈의 절규가 - 그의 입문과 시」, ≪신동아≫, 1968. 7.

김춘수, 「지훈시의 형태」, ≪청록집·기타≫, 1968.

박두진, 「조지훈론 - 그의 시세계」, ≪사상계≫ 통권 제 183호, 1968.

_____, 「기려의 역정」, ≪청록집≫, 1968.

김종길, 「조지훈론」, ≪교양≫ 제5집, 고려대 교양학부, 1968.

_____, 「조지훈론」, ≪청록집·기타≫, 1968. 11.

김동리, 「자연의 발견 - 三家詩人論」, ≪청록집·기타≫, 1968.

김해성, 「지훈의 선적 시관」, ≪불교계≫, 1969. 7.

정태용, 「조지훈시」, ≪현대문학≫ 통권 제 183호, 1970. 3.

김윤식, 「심정의 폐쇄와 확산의 파탄」, ≪시인≫, 1970. 2.

박두진, 「지훈의 시세계1」, 『한국현대시론』, 일조각, 1970.

정한모, 「조지훈 – 승무, 완화삼」, ≪월간문학≫, 1970. 6.

장백일, 「조지훈 – 승무, 완화삼」, ≪월간문학≫, 1970. 6.

송재영, 「조지훈론」, ≪창작과비평≫ 통권 제 22호, 1971.

장문평, 「지훈의 좌절」, ≪현대문학≫ 통권 제 211호, 1972. 7.

권도현, 「조지훈 詩巧」, ≪시문학≫, 1972. 3.

서정주, 「자연파와 그들의 시-조지훈, 박두진, 박목월의 시」, 『서정주문
학전집 권』 2, 일지사, 1972. 11.

양왕용, 「조지훈의 시」, ≪현대시학≫ 통권 제 47호, 1973. 2.

김용직, 「조지훈론 – 현대시와 전통의 계승」, ≪심상≫, 1973. 2.

박희선, 「지훈의 초기시에 나타난 선취」, ≪시문학≫, 1975. 6.

박희진, 「지훈선생의 이모저모」, ≪시문학≫ 통권 제 47호, 1975. 6.

김용태, 「조지훈의 선관과 시」, ≪부산여대 타련어문론집≫ 제3집, 1975.

김동리, 「조지훈의 선감각」, ≪시문학≫, 통권 제 47호, 1975. 6.

오탁번, 「지훈시의 의미와 이해」, 『현대문학산고』, 고려대출판부, 1976.

조상기, 「지훈의 시사적 위치」, ≪한국문학 연구≫ 제1집, 동국대, 1976.
4.

박철석, 「지훈의 돌의 미학」, ≪현대문학≫, 1976. 8.

최창복, 「청록파에 있어서의 자연」, ≪현대문학≫, 1976. 10.

김종균, 「조지훈의 비평정신 : 사회비평을 중심으로」, ≪월간 충청≫,
1977. 11.

김홍규, 「조지훈의 시세계」, ≪심상≫, 1977. 2.

신동욱, 「조지훈의 작품」, 『문학의 해석』, 고려대출판부, 1977.

박두진, 「조지훈의 시세계」, 『조지훈 연구』, 고려대출판부, 1978.

김종길, 「지훈시의 계보」, 『조지훈 연구』, 고려대출판부, 1978.

정한모, 「초기 작품의 시세계」, 『조지훈 연구』, 고려대출판부, 1978.

김동리, 「조지훈의 선감각」, 『조지훈 연구』, 고려대출판부, 1978.

박희선, 「지훈의 초기작품에 나타난 선취」, 『조지훈 연구』, 고려대출판
　　　부, 1978.

김해성, 「선적 시관고」, 『조지훈 연구』, 고려대출판부, 1978.

김용태, 「조지훈의 선관과 시」, 『조지훈 연구』, 고려대출판부, 1978.

김춘수, 「지훈시의 형태」, 『조지훈 연구』, 고려대출판부, 1978.

정태용, 「조지훈 시」, 『조지훈 연구』, 고려대출판부, 1978.

문덕수, 「민족시의 방향과 주체적 미학의 정립」, 『조지훈 연구』, 고려대
　　　출판부, 1978.

신동욱, 「조지훈의 시에 나타난 저항의식」, 『조지훈 연구』, 고려대출판
　　　부, 1978.

김윤식, 「심정의 폐쇄와 확산의 파탄」, 『조지훈 연구』, 고려대출판부,
　　　1978.

송재영, 「조지훈론」, 『조지훈 연구』, 고려대출판부, 1978.

이기서, 「지훈시가 지닌 상황의 의지화」, 『조지훈 연구』, 고려대출판부,
　　　1978.

장문평, 「지훈의 좌절」, 『조지훈 연구』, 고려대출판부, 1978.

양왕용, 「조지훈의 시」, 『조지훈 연구』, 고려대출판부, 1978.

이동환, 「지훈시에 있어서의 한시 전통」, 『조지훈 연구』, 고려대출판부,
　　　1978.

오탁번, 「지훈시의 의미와 이해」, 『조지훈 연구』, 고려대출판부, 1978.

한승옥, 「지훈시의 굴절과 미적 효과」, 『조지훈 연구』, 고려대출판부,
　　　1978.

조상기, 「지훈시의 시사적 위치」, 『조지훈 연구』, 고려대출판부, 1978.

인권환, 「지훈의 학문과 그 업적」, 『조지훈 연구』, 고려대출판부, 1978.

신일철, 「한 시인의 한국정신사관」, 『조지훈 연구』, 고려대출판부, 1978.

강만길, 「지훈과 <한국민족운동사>」, 『조지훈 연구』, 고려대출판부, 1978.

박노순, 「조지훈의 「신라연구」해의」, 『조지훈 연구』, 고려대출판부, 1978.

인권환, 「전통문화와 민속학의 연구」, 『조지훈 연구』, 고려대출판부, 1978.

김종균, 「조지훈의 문학비평」, 『조지훈 연구』, 고려대출판부, 1978.

박목월, 「지훈 회상 이제」, 『조지훈 연구』, 고려대출판부, 1978.

김종길, 「조지훈론」, 『조지훈 연구』, 고려대출판부, 1978.

홍일식, 「지훈의 인품과 향훈」, 『조지훈 연구』, 고려대출판부, 1978.

박노순, 「논객 조지훈의 변모」, 『조지훈 연구』, 고려대출판부, 1978.

박희진, 「지훈선생의 이모저모」, 『조지훈 연구』, 고려대출판부, 1978.

김용태, 「조지훈론, 그의 선관과 시를 중심으로」, ≪월간문학≫ 110, 1978.

_____, 「조지훈론」, ≪월간문학≫ 111, 1978. 4.

이기철, 「조지훈과 시의 리듬」, ≪현대문학≫ 282, 1978. 6.

김종길, 「청록집의 의미」, ≪심상≫, 1978. 11.

조병수, 「멋」 ≪현대시학≫, 1979. 7.

정한모, 「지훈의 시」, ≪현대시학≫, 1979. 7.

김광림, 「탐미, 선미, 지조」, ≪현대시학≫, 1979. 7.

장 호, 「국토시인」, ≪현대시학≫, 1979. 7.

정진규, 「첫사랑이 없는 자는」, ≪현대시학≫, 1979. 7.

범대순, 「죄송한 생각」, ≪현대시학≫, 1979. 7.

김희철, 「조지훈의 시사상 연구」, ≪서울여대 논문집≫ 8, 1980. 5.

_____, 「조지훈의 시사상 연구」, ≪서울여대 논문집≫ 9, 1980. 10.

박철석, 「조지훈론, 1940년대 시인론」, ≪현대시학≫ 138, 1980.9.

양왕용, 「조지훈시의 잦은 변모와 호사취미」, 『한국근대시연구』, 삼영사, 1982.

김주연, 「인식을 통한 자유의 시인 – 조지훈론」, 『한국현대시문학대계』 19, 지식산업사, 1983.

서준섭, 「조지훈, 승무, 불교적 소재의 시적 변용과 그 의미」, 『한국대표 시평설』, 문학세계사, 1983.

박정환, 「조지훈 연구」, ≪공주전문대 논문집≫10, 1984. 1.

서익환, 「조지훈 연구」, ≪국어국문학회≫ 통권 89호, 1984.

윤재근, 「조지훈, 파초우, 인과 지의 詩道」, 『한국현대시작품론』, 문장, 1984.

박제천, 「조지훈의 인간과 사상」, ≪한국문학연구≫ 제 18집, 동국대 부설 한국문학연구소, 1995.

홍신선, 「조지훈의 시론 연구」, ≪한국문학연구≫ 제 18집, 동국대 부설 한국문학연구소, 1995.

윤석성, 「조지훈의 시세계 – 만해시와 관련하여」, ≪한국문학연구≫제 18집, 동국대 부설 한국문학연구소, 1995.

송희복, 「조지훈의 학인적 생애」, ≪한국문학연구≫ 제 18집, 동국대 부설 한국문학연구소, 1995.

윤재웅, 「조지훈의 시세계 – 미당시와 관련하여」, ≪한국문학연구≫ 제 18집, 동국대 부설 한국문화연구소, 1995.

남근우, 「조지훈의 '민족문화학'」, ≪한국문학연구≫ 제 18집, 동국대 부설 한국분화연구소, 1995.

최승호, 「조지훈 서정시학 연구」, 『한국적 서정의 본질탐구』, 다운샘, 1998.

_____, 「조지훈 시학에 있어서의 형이상학론적 관점」, 『한국적 서정의

본질탐구』, 다운샘, 1998.

_____, 「조지훈 순수시론의 몇가지 이론적 근거」,『한국적 서정의 본질
탐구』, 다운샘, 1998.

_____, 「조지훈 자연시에 구현된 형이상」,『한국적 서정의 본질탐구』,
다운샘, 1998.

_____, 「조지훈, '멋'의 미학과 생명사상」,『한국적 서정의 본질탐구』,
다운샘, 1998.

▪ 학위논문 ▪

| 석사학위 |

1974   조상기, 「조지훈의 시문학 연구」, 동국대 대학원.

1976   홍관표, 「조지훈 시 연구」, 고려대 교육대학원.

1980   서익환, 「조지훈론」, 한양대 대학원.
       윤석성, 「조지훈론 – 시의식의 전개를 중심으로」, 동국대 대학원.

1981   김영극, 「지훈의 민족의식에 대한 고찰」, 충남대 교육대학원
       이원우, 「조지훈 시 연구」, 성균관대 대학원.

1983   이창호, 「조지훈의 시세계 고찰」, 조선대 교육대학원.
       전홍섭, 「조지훈의 시적 변모를 통한 시인의식 연구」, 중앙대 대
       학원.

1984   이기봉, 「조지훈의 시세계 고찰」, 조선대 교육대학원.
       김용언, 「조지훈의 시의식 연구」, 국민대 대학원.
       김지현, 「조지훈 시 연구」, 영남대 대학원.
       윤동재, 「청록집에 나타난 전통적 율격의 수용 양상」, 고려대 대
       학원.

1986   김혜경, 「조지훈 시에 나타난 꽃과 촛불의 심상」, 고려대 대학원.

1987   권택우, 「동양화법으로 본 지훈시 연구」, 부산대 대학원

        김정연, 「Metaphor의 공간 연구 : 조지훈을 중심으로」, 이화여대 대학원.

        양승강, 「조지훈 시 연구 – 시의식의 사적 전개를 중심으로」, 효성여대 대학원.

        정경아, 「조지훈 시 연구 – 시어를 중심으로」, 성신여대 대학원.

1991   한명숙, 「조지훈 시의 물질적 상상력 연구 : 물의 이미지를 중심으로」, 고려대 교육대학원.

        송용석, 「조지훈 연구 : 선관과 주체적 미학을 중심으로」, 중앙대 교육대학원.

1993   권두용, 「조지훈의 시세계 연구」, 전주우석대학 교육대학원.

        신소영, 「해방기 전통서정시 연구 – 김영랑·김달진·조지훈을 중심으로」, 수원대 대학원.

        서지영, 「한국 현대시의 문체연구 : 『청록집』을 대상으로」, 서강대 대학원.

1994   은정호, 「조지훈 시의 불교적 성격 연구」, 계명대 교육대학원.

1995   정근옥, 「지훈시에 나타난 민족정신고」, 중앙대 교육대학원.

        한정희, 「조지훈의 시 연구」, 충남대 교육대학원.

        신동인, 「조지훈의 시 연구」, 한국교원대 교육대학원.

1996   김정언, 「조지훈 시 연구」, 창원대 교육대학원.

        송영미, 「조지훈시 연구」, 전남대 교육대학원.

        성윤석, 「해방기 조시훈의 민족시론 연구」, 수원대 대학원.

1997   이유환, 「조지훈 시에 나타난 현실의식 연구」, 영남대 교육대학원.

        박수현, 「조지훈 시 연구」, 연세대 대학원.

김경희, 「조지훈 시의 정신사적 연구」, 동국대 문화예술대학원.

이선희, 「조지훈의 시 연구 : 역사 의식을 중심으로」, 한국외국어
대교육대학원.

1998   김문주, 「조지훈 시에 나타난 생명의식 연구」, 고려대 대학원

한정순, 「조지훈 시 연구」, 고려대대학원.

이환출, 「조지훈 시세계 고찰」, 경남대 교육대학원.

2000   공상기, 「조지훈 시의 전통적 미양상」, 한국교원대 교육대학원.

| 박사학위 |

1980   김종균, 「한국근대시인의식연구」, 고려대 대학원.

1986   이숭원, 「한국근대시의 자연표상 연구」, 서울대 대학원.

이건청, 「한국전원시연구」, 단국대 대학원.

1988   서익환, 「조지훈 시 연구」, 한양대 대학원.

박호영, 「조지훈 문학 연구」, 서울대 대학원.

1989   서익환, 「조지훈 시 연구」, 한양대 대학원.

1990   김기중, 「청록파 시의 대비 연구」, 고려대 대학원.

1992   박경혜, 「조지훈 문학 연구」, 연세대 대학원.

구모룡, 「한국 근대 문학유기론의 담론분석적 연구 : 조지훈·김
동리·조윤제를 중심으로」, 부산대 대학원.

1993   최병준, 「조지훈 시 연구」, 국민대 대학원.

1994   최승호, 「1930년대 후반기 시의 전통지향적 미의식 연구 : 문장
파 자연시를 중심으로」, 서울대 대학원.

최태호, 「만해·지훈의 한시 연구」, 외국어대 대학원.

김지연, 「조지훈 시 연구」, 숙명여대 대학원.

1995   조석구, 「조지훈 문학 연구」, 세종대 대학원.

1998   신현락, 「한국 현대시의 자연관 연구 : 한용운,신석정,조지훈을
        중심으로」, 한국교원대 대학원.
1999   배영애, 「현대시에 나타난 불교의식 연구 : 한용운,서정주,조지훈
        시를 중심으로」, 숙명여대 대학원.
2000   윤동재, 「오일도, 조지훈, 김종길의 한시와 현대시 상관성 비교
        연구」, 고려대 대학원.

· 조지훈 연구 단행본 ·

1978   김종길 · 인권환 外, 『조지훈 연구』, 고려대출판부, 1978.
1997   윤석성, 『조지훈』, 건국대학교 출판부, 1997.
1998   서익환, 『조지훈 시와 자아, 자연의 심연』, 국학자료원, 1998.

작가론 총서 17 · 조지훈

인쇄일 초판 1쇄 2003년 05월 01일
          2쇄 2015년 02월 23일
발행일 초판 1쇄 2003년 05월 15일
          2쇄 2015년 02월 25일

엮은이 최 승 호
발행인 정 진 이
발행처 새미
등록일 1994.03.10, 제17-271호

서울시 강동구 성내동 447-11 현영빌딩 2층
Tel : 442-4623~4 Fax : 442-4625
www.kookhak.co.kr
E-mail : kookhak2001@hanmail.net
ISBN 978-89-5628-057-8 (93810)
가 격 11,000원